양주사
凉州詞

葡萄美酒夜光杯
欲飲琵琶馬上催
醉臥沙場君莫笑
古來征戰幾人回

맛좋은 포도주 야광 술잔에 담아
마시려는데 비파가 말 위에서 떠나기를 재촉하네
술 취하여 사막에 누웠다고 그대 웃지 말지니
예로부터 전쟁에 나가 몇이나 돌아왔던가

노병귀환 1
남궁훈 新무협 판타지 소설

초판 1쇄 찍은 날 § 2004년 11월 23일
초판 1쇄 펴낸 날 § 2004년 12월 3일

지은이 § 남궁훈
펴낸이 § 서경석

편집장 § 문혜영
편집책임 § 김민정
편집 § 장상수 · 최하나
마케팅 § 정필 · 강양원 · 이선구 · 홍현경

펴낸곳 § 도서출판 청어람
등록번호 § 제1081-1-89호
등록일자 § 1999. 5. 31
어람번호 § 제2-0476호

주소 § 경기도 부천시 원미구 심곡1동 350-1 남성B/D 3F (우) 420-011
전화 § 032-656-4452 팩스 § 032-656-4453
http://www.chungeoram.com
E-mail § eoram99@chollian.net

ISBN 89-5831-325-0 04810
ISBN 89-5831-324-2 (SET)

노병귀환

老兵歸還

■ 남궁훈 新무협 판타지 소설
Fantastic Oriental Heroes

1 귀환(歸還)

도서출판

청어람

목차

노병귀환은 한 남자의 이야기입니다.

전쟁이 끝나고 고향으로 돌아온 어느 노병의 이야기입니다.

마을을 구하고자 칼을 들었으나 도리어 마을 사람들에게 내침을 당한 억울한 사내의 이야기입니다.

피로 얼룩진 기억과 자신을 대신해 죽어간 많은 수하들을 가슴에 묻은 한 장수의 이야기입니다.

지천명을 바라보는 나이에 이르러 새로운 삶을 시작하기 위해 강호로 나선 한 무인의 이야기입니다.

노병귀환은 여러분의 이야기입니다.

힘든 하루를 마치고 집으로 돌아온 여러분의 이야기입니다.

살아가기 위해 발버둥 쳐 보지만, 쉽지만은 않은 세상에 치어 한숨짓던 여러분의 이야기입니다.

힘들었던 지난날, 실수와 후회를 거듭하였으면서도 미소를 잃지 않고 다시 일어서는 여러분의 이야기입니다.

그리고 아직 끝나지 않은 꿈을 이루기 위해, 오늘도 묵묵히 한 자루 마음 속 칼을 벼르고 있는 여러분의 이야기입니다.

세상의 모든 남자들에게 이 책을 바칩니다.

감사한 분들.

노병귀환이라는 부끄러운 글에 변치 않은 애정을 보여주셨던 인터넷소설 연재 사이트 고무림 www.gomurim.com과 북풍표국 www.newmurim.com' 의 독자 여러분. 이름도 없는 후배 작가에게 분에 넘치는 관심을 보여주셨던 정상수님, 박현님, 노기혁님. 처녀작임에도 불구하고, 선뜻 출판 결정을 내려주신 청어람 출판사 여러분. 변치 않는 무공 싸부 윤태구님. 노병귀환을 처음으로 인정해 준 노팬짱 김삿갓님. 가장 두려운 독자이자 사랑하는 아내 극락조화님.

그리고 지금 이 글을 읽고 계신 모든 분들… 감사합니다.

2004년 가을. 남궁훈 올림.

서

序

사람들은
사람들을 기다린다

참으로 지리한 전쟁이었다.

장장 삼십여 년을 끌어오던 전쟁이 끝났다는 소식이 들려오자 마을 사람들은 하나 둘 가슴에 묻어두었던 아비와 자식, 누군가에 대한 그리움을 기억해 냈다.

코흘리개였던 아이가 마당에서 뛰노는 자식들을 바라보며, 얼굴도 기억나지 않는 아비가 혹시 돌아오지 않을까 동네 어귀를 바라보는 일이 잦아졌다.

열여섯 꽃다운 나이에 도화 아래에서 맺은 가약을 기억하는 중년 여인도 괜히 마음이 아련해지는……

이제는 일손을 놓아도 되겠건만 어느 장정 못지않게 풀무질이 힘차던 대장간 영감조차 한쪽 구석에 쭈그리고 앉아 곰방대를 무는 일이 이상하지 않을 만큼……

마을은 무슨 돌림병이라도 돌고 있는 듯 곳곳이 한숨 소리요, 곳곳이 천지신명께 무언가를 고하는 소리로 하루도 잠잠할 날이 없었다.

사람들은 사람들을 기다렸다.

하루… 이틀… 한 달… 석 달…….

처음 전쟁이 끝났다는 소식이 들렸을 적만 해도 마을 객잔에는 제법 사람이 들어 주절주절 이야기도 많더니, 넉 달이 지났을 무렵에는 예전의 한적함이 무색할 정도로 사람들의 발길이 뜸해졌다.

이른 봄 가까스로 마흔 호가 넘는 이 작은 마을 구석구석에 잦아들었던 그리움은, 가을 추수에 손이 바빠지기 시작할 무렵이 되자 어디서도 그 자취를 찾을 수 없었다.

전장이 아무리 멀다 하여도 말로 달리면 한 달이요, 잰걸음으로 달려와도 석 달이면 소식이 들릴 만도 하였건만……. 그리움이란 돌림병이 돌기 시작한 지 일 년이 다 되어가도록… 기다리던 사람들은 돌아오지 않았다.

일 년이 다 되어가던 무렵, 정확히 열 달 스무닷새째가 되던 그날… 눈발이 하도 거세어, 싸리담 하나 넘어 건넛집 불빛조차 가물거리던 그날까지는… 아무도 돌아오지 않았다.

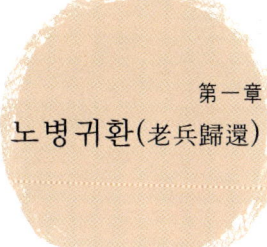

第一章

노병귀환(老兵歸還)

노병귀환

"어이구, 거참 많이도 왔구먼."

어슴푸레 하지만 지난밤 마을을 통째로 날려 버릴 듯이 매몰차게 달려들었던 눈보라가 언제 그랬냐는 듯 사라져 버린 밤하늘을 힘겹게 밀어내고 있는 이른 새벽녘. 마을 어귀에서 가장 가까운 작은 초막(草幕) 문이 열리고, 사내인 듯한 인영이 느릿하게 걸어나오고 있었다.

마을 야경(夜警)을 맡은 장씨가 시향(時香)이 타는 것을 보고 있다 오경이 끝남을 알리는 타경을 하기 위해 나오는 것일 거다.

이 마을은 일 년에 네 번씩 시를 잡는다. 지방마다 시를 잡는 방법은 여러 가지이지만, 장씨가 사는 이 마을은 입춘, 입하, 입추, 입동 합이 네 번의 정일(正日)을 잡는다.

정일을 정하고 각 정일 사이의 분일을 적어 대략의 날짜를 정한다.

매일의 시간을 알리는 방법이 바로 시향인데, 시간을 정하는 방법이 좀 골치 아프다.

마을에 하나밖에 없는 작은 서당의 글 선생이며 마을 촌장이기도 한 황보 선생이 정일로부터 정해지는 분일마다의 셈을 해서 매일 일몰이 몇 시인지를 미리 정한다. 그 후에는 일몰부터 시향(時香)이라는 향을 태워 하루의 시간을 나누는 것이다.

시향을 만드는 자는 이 마을에서 산 두 개를 넘어가면 나오는 정가촌이라는 화전촌의 정 노인이란 자였다. 시향을 만드는 재주가 얼마나 용한지, 열 자루의 시향을 태우면 열 자루 시향이 모두 타는 순간이 한 치의 오차도 없어 모두 신기라고 불렸다. 시향은 정확히 네 시진을 타고 난 뒤 꺼지게 되는데 짙은 초록색의 시향에는 세 개의 붉은 주사빛 띠가 그어져 있어서 네 등분으로 시향을 나누어놓는다. 시향 한 마디가 한 시진인 셈이다.

장씨의 양손에 시간을 알리는 죽봉(竹棒) 두 개가 들린 것을 보니 오경 말(末)이 맞는 모양이다.

무릎께까지 차오른 눈을 보며 눈살을 찌푸려 본 장씨였지만, 야경일이라면 만사 제쳐 두고 눈에 불을 켜는 촌장님 덕택에 어줍지 않은 잔꾀는 부릴 엄두도 안 내는 장씨였기에, 이내 대수롭지 않다는 듯 엉성하게 눈길을 헤치며 마을 쪽으로 발길을 돌렸다.

아무리 작은 마을이라도 마을 어귀부터 마을 끝까지 가려면 일각은 걸어야 한다. 날도 매섭게 추운 것이 빨리 사람들을 깨우고 다시 누워야 겠다는 생각에 서둘러 마을 안쪽으로 길을 잡고 시간을 알리는 죽봉 두 개를 부딪치려는 순간, 그보다 먼저 장씨의 발에 걸리는 것이 있었다.

"엉? 뭐지?"

발길에 걸린 것이 딱딱하였다면 발을 들어 피해갔겠지만, 장씨의 발에 걸린 그 무엇은 분명 딱딱한 무엇은 아니었다. 장씨는 발에 걸린 것이 무엇인지 고개를 떨구었지만 눈 속에 파묻힌 발끝이 보일 리 없다.

물렁한 느낌이 영 찝찝하였는지 조심스레 죽봉으로 눈을 파내보던 장씨의 몸이 딱딱하게 굳어버린 것은, 자기 발끝이 보일 만큼 눈을 파냈을 때였다.

"사, 사… 람… 사람 살려~!!"

여느 날과는 달리 그날 마을 사람들은 매일 듣던 신경 거슬리는 죽봉 소리 대신 호들갑스러운 장씨의 고함 소리로 아침을 맞이하였다.

*   *   *

"어떤가?"

"…송장 치울 걱정은 안 하셔도 되겠습니다."

햇살이 잘 드는 어떤 방. 방 안에는 한 사람이 누워 있고, 두 사람이 서 있다. 물론 서 있는 두 사람의 얘기에 귀 기울이는 방문 밖의 여러 사람이 더 있었지만, 방 안으로 들어올 배짱은 없는 듯했다.

"자네가 보기에는 어떤가?"

"뭐가 말입니까?"

"이 사람 말일세."

"뭐가 말입니까?"

"……"

"……?"

서 있던 사람 중 바짝 마른 장작 같은 몸매에 얼굴 가득 주름이 진, 한 칠십대의 노인이 마주 서 있던 오십대 정도로 보이는 뚱뚱하고 넉살 좋아 보이는 중년인에게 질문을 던졌다.

"…이 사람이 어떤 사람일 것 같으냐는 말일세."

"아… 촌장님도 참, 진작 그리 물어보시지. 음… 제가 보기에 나이는 대략 사십대 초중반 정도이고, 행색은 도저히 거지 이상으로 봐줄 수는 없지만… 온몸에 크고 작은 상처가 많은 것으로 보아서는… 젊은 시절 파락호 짓을 많이 했거나 칼을 두르고 다니는 무림인이거나… 아니면……."

"아니면?"

"군… 인… 이겠죠."

마지막 말을 흐린 중년인의 말에 촌장이라 불린 노인의 눈에 잠시 물기가 어리는 듯했다.

"그래… 온몸에 군살 하나 없는 것을 보니 파락호 따위로 살아온 것 같지는 않고, 강호의 사람을 만나본 적이 없으니 뭐라 말하긴 그렇지만 느낌상 그쪽도 아닌 것 같고, 아무래도… 군인 같지?"

"뭐, 저도 촌장님과 비슷한 생각입니다만… 군인이라 하더라도 꼭 이 마을 사람이라 단정 지어 말할 수만도 없는 거고……."

"우리 마을 어귀까지 와서 쓰러진 군인이 우리 마을 사람이 아니라면 누가 우리 마을 사람인가. 가장 가까운 현하고도 근 이백 리는 떨어진 이런 외진 마을까지 그 눈보라 속을 뚫고 찾아오는 군인이 이 마을 사람이 아니라면 누가 이 마을 사람인가!"

점잖게 말을 하던 노인의 음성이 점점 높아지더니 이내 카랑카랑한 노인네의 호통으로 변하였고, 노인의 음성이 커짐에 따라 중년인의 목은 자라목처럼 움츠러 들어갔다.

"아… 아니, 촌장님. 제 말은 그게 아니고, 그저 조심하자는 거지요. 제가 촌장님 마음을 왜 모르겠… 습니까……."

중년인의 목소리가 점점 수그러들었는데, 촌장의 호통 때문만은 아닌 것 같았다.

중년인도 촌장이 저리 불같이 성내는 이유를 알고 있다. 삼십 년이나 지났건만, 군역으로 끌려간 자 중 고향으로 돌아오는 자는 반도 채 되지 않는다는 것을 잘 알고 있었지만, 촌장은 그 실낱같은 희망을 아직 버리지 못하고 있는 거다……. 마지막 남은 지푸라기 한 올과 같은 작은 희망을…….

"그놈은… 분명 살아 있을 거야. 살아 있고말고. 분명… 분명 살아 있을 거야……. 그래야만 해……."

촌장의 독백에 중년인의 마음까지 그 울림이 전해지는 듯했다.

촌장은 중년인의 스승이자 이 작지만 그럭저럭 살기 괜찮은 마을의 정신적인 지주다. 노인이 그토록 살아 있기를 갈망하는 그놈 또한 중년인은 잘 알고 있다.

'황보연, 스승님의 아들……. 어느 것 하나 특별한 구석이 없었던, 그래서 항상 아버지에게 유약하고 무능하단 호통을 듣고 자라다가 자기도 사내라는 것을 증명해 보이겠다며, 남들 죽을힘을 써서라도 가지 않으려는 군역을 자초한… 어리석은 녀석… 겨우 열일곱이었는데…….'

중년인 역시 촌장의 아들을 알고 있다. 자신을 제법 따랐던 놈이었다. 중년인이 의생의 길을 가지 않았더라면 오붓이 손 붙잡고 군역에 끌려갔을지도 모른다. 중년인에게도 그놈은 살아 있어야만 하는 놈이었다. 다만, 그놈의 아비 앞이라 섣불리 말을 꺼내지 못하는 것일 뿐. 중년인의 머리 속에서 그놈 황보연은 이미 죽은 녀석이고… 실제로도 그럴 것이다. 살아 있다면… 아직까지 돌아오지 못했을 리 없으니…….

"휴… 그래 이 사람의 상태는 걱정할 것 없다 했지?"

"예? 아, 예. 그저 기력이 쇠잔한 상태에서 눈보라를 만나 동사 직전까지는 갔지만, 요행히 장가 놈이 일찍 발견했기에…….'

"그래… 이 사람이 이 마을 사람이기를… 그놈을… 알고 있으면 좋으련만…….'

중년인도 알고 있다. 스승이 원하는 것이 무엇인지를… 생(生)과 사(死). 확실히 하고 싶은 거다. 어떤 식으로든지 자신의 스승은 짐을 짊어지고 있다. 아들을… 사지(死地)로 보냈다는.

너무나도 무거운 마음의 짐을… 지난 삼십 년간… 참으로 힘들었을 것이다.

그리고… 지금 침상에 누워 있는 이 사람. 어쩌면 스승의 짐을 덜어내 줄 수 있을지도 모른다. 어떤 식으로 덜어줄지는 모르지만… 아니, 덜어주게 될지 영원히 벗지 못하게 만들지…….

촌장과 중년인 사이에 침묵이 흐르고 있다. 문밖에서 귀 기울이던 자들도 어느샌가 문가에서 멀어져 있다. 촌장에 대한 불경이라 생각했을지도.

어느 순간, 정적을 일순간 무너뜨리며 사람들의 시선이 한곳으로 모아졌다.

"으… 으으음."

침상에 누워 있던 사람의 입에서 미약한 신음 소리가 흘러나왔고, 신호라도 된 듯 촌장과 중년인은 침상으로 가까이 다가왔다.

"이… 곳이… 어딥니까……."

기운이 다 빠져 버린 목소리였지만 한 올의 무언가가 담긴 목소리였다.

"여기는… 섬서(陝西) 소화산(小華山) 근처의 청수곡(淸水曲)이란 곳일세."

"…청수곡."

그의 말에 귀 기울이던 촌장과 중년인은 그의 뒤이은 말을 듣고 촌장은 안도하였고, 중년인은 가슴이 답답해짐을 느꼈다.

"…돌아 …왔군요 …삼십 년 ……만에."

                *   *   *

"애, 소소야, 너 그 얘기 들었니?"

"응? 무슨 얘기?"

"어머, 너 어제 마을 어귀에서 얼어 죽을 뻔한 사람 얘기 몰라?"

"아, 그 얘기……."

작은 초가 안. 처자라고 불리기에는 손색이 있는 열예닐곱의 소녀 둘이 마주 앉아 사이좋게 짚새기를 꼬고 있었다.

소소라고 불린 소녀는 마주 앉아 있던 소녀의 말에 피식 웃곤, 이내 자기와는 상관없다는 듯 잠시 멈추었던 손을 비비기 시작했다.

"그래, 그 마을 어귀 눈 속에서 죽을 뻔했다던 그 사람 말이야. 근데, 좀 전에 객잔 점소이 장팔이 그러는데, 알고 보니 그 사람이 옛날에 우리 마을에서 군역으로 전쟁터에 갔던 사람이었대."

"정말? 언제?"

군역이란 말이 나오기가 무섭게 손이 멈추며 친구에게 되묻는 소녀. 소녀의 눈에는 어떤 목마름이 담겨 있었다.

"글쎄, 장팔이도 문밖에서 들은 얘기라 잘은 모르겠다지만, 어쨌든 촌장님하고 장 의원님하고 얘기하는 걸 봐서는 옛날에 군역으로 마을을 떠났던 사람이 확실한가 봐."

아주 잠시 무언가를 생각하던 소소, 갑자기 화들짝 놀라 고개를 쳐들더니 반쯤 꼬아놓았던 짚새기를 팽개치고는 옷에 묻은 짚들을 털 생각도 안 하고 집 밖으로 뛰쳐나갔다.

"애! 소소야! 어디 가?!"

홍앵의 외침을 뒤로하고, 한달음에 홍앵의 집을 뛰쳐나와 어머니가 누워 있는 집을 향해 달려가는 소녀. 소소는 자신이 들은 이야기를 한시라도 빨리 병상의 어머니께 전해야 한다고 생각했다. 자신의 어머니를 십 년째 거동조차 못하게 만든, 얼굴도 모르는 오라비의 소식을 알고 있을지도 모르는 사람의 존재를 알리기 위해……

걸음이 불편할 정도로 많은 눈이 내린 마을이라고는 믿기지 않을 정도로, 마을 이곳저곳에서 사람들의 움직임이 눈에 띌 정도로 부산해졌다. 소소처럼, 혹은 소소와는 조금 다른 이유에서였겠지만… 어쨌든 새하얀 눈 속에 파묻혀 있던 산중 마을이 한 남자의 등장에 바짝 긴장하기 시작했다.

소문이란 참으로 무서운 것임에 틀림없다. 동트기 직전, 마을 앞에서 동사 직전에 발견된 한 이방인에 대한 이야기가 마을 사람 전부에게 알려지기까지 거의 두 시진은 걸렸으련만, 그 사람이 이 마을에서 전쟁터로 군역을 떠났던 사람이라는 소문을 마을 사람 전부가 알게 되기까지는 한 식경도 채 걸리지 않았다.

한 사람, 그 사람이 마치 자신들의 마음속에 있던 모든 짐을 덜어내어 줄 구세주라도 되는 양 마을 사람들은 마을의 객잔으로 하나 둘 모이기 시작했고, 눈보라 속을 헤치고 나타난 한 사람으로 인해 마을 사람들이 마음 한쪽 구석에 접어놓았던 그리움이라는 돌림병이 일 년 전 오늘처럼 마을을 휘감아 돌고 있었다.

전쟁이 끝났다는 소식이 들린 지 정확히 열 달 스무엿새째가 되던 날……

*　　　　*　　　　*

촌장과 중년인, 마을 사람들에게는 황보 선생과 장 의원이라고 불리는 두 사람이 제법 향이 좋은 백차가 올려진 다탁을 사이에 두고 앉아 침상을 바라보고 있었다.

"삼십 년… 저 사람은 분명 삼십 년 만이라고 했다……."

"예… 삼십 년이라고 했지요."

"삼십 년 전 군역 이외의 일로 마을을 떠난 이는 내 기억엔 없네."

"제 기억에도 없는 것 같습니다."

"그렇다면 군역을 받아 삼십 년을 전장에 있었다는 소리인데… 국법에 군역은 일반적으로 오 년이 기한이네. 물론 전장 상황에 따라 몇 년 더 하는 일이 비일비재하긴 하지만… 삼십 년간의 군역이라니……."

"몇 해 전에 국법이 바뀌어 지금은 칠 년입니다."

장 의원의 말에 잠시 헛기침을 한 황보 선생의 이마에 잠시 힘줄이 솟았다가 사라졌다.

"그래… 전시에 군역으로 칠 년을 가고, 몇몇 이들은 아예 군부에 투신해서 녹봉을 받는 자들도 있다고 들었네."

"생각보다 많은 자들이지요. 우리 마을 같은 벽촌에서 살아온 자들은 고향으로 돌아가 흙만 파고 산만 보며 사느니, 쥐꼬리만한 녹봉으로라도 한밑천 모아오겠다는 생각으로 군부에 몸을 맡기는 자들도 적지 않습니다. 그리고 꼭 삼십 년 동안 전장에 있었다고만 생각할 수도 없습니다. 칠 년 군역을 마치고 타지에서 다른 일을 도모하다 돌아온 것일지도……."

"……."

황보 선생과 장 의원이 이런 저런 얘기를 나누는 동안에도 침상 위의 사내는 깨어날 줄을 모르고 있었다.

사내는 자신이 삼십 년 만에 고향으로 돌아온 것이라는 말만을 남기고 다시금 깊은 잠에 빠져들었다. 지난밤의 고생이 이만저만이 아니었나 보다. 아니, 장 의원의 말로는 이곳으로 돌아오는 여정 중에 이미 기운이 많이 쇠약해져 있었다고 하니 저리도 오랫동안 잠을 이루는 것이 십분 이해가 간다. 황보 선생도 그것을 알기에 목구멍까지 차 오르고 있는 자식의 소식에 대한 희망을 속으로 삭이고 있는 것이다.

"그나저나 저 사람은 누구일까?"

"뭐가 말입니까?"

"삼십 년 전, 이 마을에서 군역을 받은 자는 모두 합해 쉰여섯 명이었네."

"그렇죠. 현령이 보낸 조정의 징집 명령에 각 호에서 장남과 독자, 열일곱이 안 된 아이들을 제외하고는 모두 끌려갔으니……."

"그랬었지… 그때 이 마을에 남자라고는 구경도 할 수가 없을 지경이었지."

"뭐… 저희 마을뿐이었습니까. 현성 안에도 사정은 마찬가지였으니……."

"그래. 그런데… 지금 저 사람의 나이를 보아하니 그 당시 나이로는 많이 잡아봐야 약관 안쪽일 것 같은데."

"그렇죠. 많이 보아줘야 마흔 중반. 제아무리 동안이라 해도 오십은 안 돼 보이고……."

두 사람의 시선이 모아지고 있는 침상.

침상에 누워 있는 사내의 외모를 평하자면 특이할 게 없는 인상이다.

고생이 심하였는지 볼이 홀쭉하게 들어가 있기는 했지만 뚜렷한 선을 지닌, 제법 굳세 보이는 인상이다. 짙은 눈썹이 인상적이긴 하나 조금 큰 성시라면 어렵지 않게 마주칠 수 있을 외모이다.

크고 작은 상처 수십 개가 새겨진 몸이 사십대라 말하기 무색할 정도로 다부진 것이 특징이라면 특징일까.

사내가 지니고 있던 것이라곤 의복 한 벌과 구리문 여섯 개가 전부였고, 호패나 노인(路引) 같은 것조차 없어 이름 석 자도 알 수가 없으니 답답할 노릇이다.

"그 당시 우리 마을에서 군역으로 떠난 자 중에 약관이 안 되었던 자들은 그리 많지 않지."

"흠… 그게… 솔직히 저도 기억이 가물거립니다. 하도 오래된 일이기도 하고, 면면이 다 기억나는 것도 아니고… 한 열두엇 정도 되었을 듯한데……."

"정확히 열셋일세, 열셋."

"거참, 스승님은 어찌 그리 기억력이 좋으십니까? 저는 삼 년 전 일도 가물거리는데."

"…그때 군역자 인명부를 작성한 것이 나 아닌가. 그리고… 연아가 개중 가장 어렸었지. 살아 있다면… 저 사람 정도의 나이겠구먼……."

"……."

황보 선생의 마지막 말에 다시금 방 안에 정적이 찾아들려 할 때, 창 밖으로 들리는 사람들의 웅성거림에 황보 선생과 장 의원은 창가 쪽으로 시선을 옮겼다.

황보 노인과 장 의원이 모습을 드러낸 창가 아래에는 벌써 열대여섯 명의 사람들이 서성이고 있었다. 단지 모여 서성이고 있을 뿐 이러지도 저러지도 못하고 있는 꼴들이 마음만 앞섰지 뭐를 어찌해야 할지 모르겠다는 표정들 뿐이었다.

"휴. 아무리 좁은 마을이라지만 빨리들 모이는군."

"전쟁에 얽힌 사연이 한 가지씩은 있는 사람들이 태반이니까요."

"그렇지……."

사람들이 모여드는 곳은 마을에 하나밖에 없는 주루이고 다관이며 객잔인 청수관이다.

이 층으로 지어진 청수관은 마을에서 가장 큰 건축물이지만 어디까지나 청수곡에 한해서이고, 작은 성시만 나가도 '다른 곳을 찾아보자' 라는 생각이 들 정도로 흔하게 볼 수 있는 평범한 객잔의 모습이다.

사람들의 웅성거림에도 아랑곳하지 않고 하늘은 제 일 아니라는 듯 서녘으로 태양을 몰아내고 있었고, 창틈으로 비치는 붉은 하늘빛이 검게 물드는데까지 그리 오랜 시간이 걸리진 않았다.

"허어, 시간이 벌써 이리되었나?"

"그러게 말입니다. 내려가 요기를 하시지요. 장 숙수에게 얘기 전해 놓겠습니다."

"그러지……."

황보 선생과 장 의원이 나가고 침상 위의 사내 홀로 남은 객점 이층의 작은 방.

침상 하나와 다탁, 의자 두 개가 전부인 평범한 객점 침실의 모양이다. 침상 머리 어림에 켜놓은 작은 유등이 방을 밝히고는 있었지만, 침상 위 사내의 얼굴은 유등 빛 그림자에 가려 흐릿한 얼굴의 윤곽만을 내비칠 뿐이었다.

등하불명(燈下不明). 하지만 아무런 움직임도 없는 방에 조용히 울리는 사내의 목소리가 흘러나오는 곳은 등잔 밑 어둠 속에서였다.

"장… 철웅……."

진정된 목소리. 처음 정신을 차렸을 때의 힘없고 갈라진 목소리가 아닌, 안정되고 차분한 목소리였다.

"나는 장철웅이다… 군역을 받을 때 내 나이 열여덟이었고, 아버지는 여섯 살 때 돌아가셨으며, 환갑을 바라보는 노모가 계셨다. 위로 병치레를 하는 형이 하나 있었다. 이름은 장철호……"

자기 자신의 신세를 기억해 내려는 것인가. 사내, 장철웅의 독백은 계속 되고 있었다.

"…떠나올 당시 마을의 촌장은 황보지석. 마을의 서당을 하고 있다가 원 촌장이 죽으며 촌장의 자리를 황보 선생에게 부탁하였다. 워낙 마을에서의 신임과 인망이 두터운 황보 선생이었던지라 별다른 이견 없이 촌장이 되었다. 장씨 성이 아닌 사람이 장가촌, 청수곡의 촌장이 된 것은 마을의 역사 속에서 두 번째 있는 일이었다. 떠나올 때 마을에는 마흔다섯 호가 있었고, 내가 살던 곳은 마을에서 가장 외떨어진 개울 뒤 움막… 나의 형은 나병자(癩病者)로 마을에서 떨어진 곳에서 살 수밖에 없었고, 나와… 내 가족과 친분을 가지고 지낸 이도 없었다……. 이제부터… 나는 장철웅이다……."

작은 객점의 객방. 침상 위의 장철웅. 그리고 그곳에는 아무도 없었다.

*   *   *

청수관에는 명물이 하나 있다. 흔히 고관탁(高官卓)이라 부르는 큰 탁자인데, 장정 여덟이 어깨의 비좁음을 느끼지 못하며 식사를 할 수 있을 만큼 큰 탁자이다. 고관탁은 객잔의 주인이자 숙수인 장계가 손수 만든 탁자로, 장숙수는 이 탁자를 사흘간 비지땀을 흘려가며 만들어 놓고 스스로 만족하여, 처음에는 손님들이 함부로 앉지도 못하게 하였다. 사람들이 그 꼴을 보고 그 탁자를 고관탁(高官卓)이라 부르게 되었고, 한동안 객잔에 들어서자마자 탁자를 보고 절하는 시늉의 농 짓거리를 하기도 했다. 결국 한 달쯤 지나자 장 숙수도 손님들도 시큰둥해 버려, 지금은 누가 앉아도 아무도 뭐랄 사람 없이 고관탁이란 애칭만으로 기억되고 있다.

하지만 사람이란 것이 묘해서 텅 빈 객잔에 하나의 큰 탁자와 그 주위에 여러 작은 탁자가 있다면, 십중팔구는 작은 탁자에 먼저 자리를 잡게 마련이다. 간혹 큰 탁자에 자리하는 사람이 있다면, 그는 허장성세에 능한 사람이거나 평소 어딜 가나 그만한 대우를 받아오던 사람뿐일 것이다.

지금 청수관의 고관탁에는 단 두 사람이 앉아 있지만 촌장이나 장의원 모두 허장성세나 즐겨하는 위인이 아니니 마을에서 그들의 위치를 짐작할 수 있다.

고관탁 위에 차려진 것이라곤 고관탁이란 이름이 무색할 정도로 종류도 몇 안 되는 간소한 식사와 작은 술병 하나. 식사는 모두 끝이 난건지 식기는 가지런히 놓여 있고 비어버린 그릇 대신 박색 술이 반쯤 찬 술잔이 촌장과 장 의원 앞에 놓여 있다.

"객잔 밖에 사람들이 꽤 모여 있습니다."

"……."

"날도 저물었고, 바람이 꽤나 매섭습니다."

"……"

"촌장님……"

"엉? 아, 자네 지금 뭐라고 했는가?"

"험… 밖에 모인 사람들 말입니다. 들이던지 보내던지 해야 할 것 같다고 말씀드렸습니다."

"아, 그래. 사람들이 있었지……"

"……"

"음, 날이 꽤나 춥지? 일단 사람들을 들이도록 하세나."

"…예."

장 의원의 말마따나 해가 지고 나면 문밖은 손도 못 내밀 정도로 춥다. 그 밖에서 몇 시진을 서 있었으니 들어오라는 장 의원의 말이 떨어지기 무섭게 우루루 사람들이 몰러드는 것은 당연지사.

잠깐의 소란이 있었지만 이내 잠잠해졌다. 대략 스무 명 정도의 사람들. 노인도 있고 중년의 여인과 남정네도 있다. 각양각색의 사람들이었지만 그들이 왜 모였는지 그들도 알고 촌장과 장 의원도 안다.

"저……"

머뭇거리던 일행 중 턱수염이 덥수룩하게 난 사십대 장한 하나가 말문을 열었다.

"저… 저기… 어제 마을 어귀에서 구한 사내가 우리 마을 사람이었다는 게 맞습니까?"

꽤나 어렵게 말문을 열었지만 일단 말문이 열리자 궁금해하던 것들이 여기저기서 쏟아졌다.

"정말 군역으로 끌려갔던 사람인가요?"

"다른 사람 소식도 알고 있던 가요?"

"어디로……."

"…왜 인제서야……."

소나기 쏟아지듯 퍼부어대는 사람들의 질문에 장 의원은 잠시 어리둥절했다. 하지만,

"…잠시 내 말 좀 듣게들."

촌장이 내민 점잖은 한마디에 좌중은 다시금 꿀 먹은 벙어리처럼 입을 다물었다. 잠잠해진 사람들을 한 번 쓸어본 후 촌장은 입을 열었다.

"음… 일단 저 위에 있는 사내는 이 마을 사람이 맞네. 그리고 마을을 떠난 지…… 삼십 년이 지난 것도 맞네."

사람들은 삼십 년이란 말에 흥분하기 시작했다. 눈에 어리는 열기는 갈망이었고, 그 갈망을 풀어줄 촌장의 다음 한마디에 귀를 모았다.

"하지만… 그가 군역으로 마을을 떠났던 자인지는 아직……."

촌장이 조심스레 말을 이어가던 찰라, 계단으로부터 들려오는 조용한 목소리에 좌중은 물론 촌장과 장 의원마저 목소리의 진원지로 시선을 돌렸다.

"…맞습니다. 군역을 마치고… 삼십 년 만에 고향으로 돌아왔습니다……."

계단의 난간을 붙잡고 힘겹게 내려오는 한 사람이 있었다. 스스로를 장철웅이라 부르던 사나이. 아직은 몸이 성치 않은 듯 걸음이 불안하고 이마에는 땀이 흐르고 있었지만, 그는 천천히 계단을 내려오고 있었다. 금방이라도 쓰러질 듯 비틀거리며 내려오고 있었건만 아무도 그를

노병귀환(老兵歸還) 29

부축하거나 도와주지 않았다. 아니, 좌중 그 누구도 그 자리에서 몸을 움직이지 못했다.

그가 한 걸음씩 내딛을 때마다 사람들의 마음속에도 자신을 향해 걸어오는 그리움 저편 누군가의 발걸음이 울리는 듯했기에. 장 의원의 부축을 받아 힘겹게 자리에 앉고 나서도 한동안 아무도 입을 열지 않았다.

"자네 이름이 장철웅이라고?"

"예."

자신의 등을 떠미는 듯한 주변의 침묵에, 작은 숨을 내쉬어 보이곤 황보 선생이 쉬이 떨어지지 않던 입을 열었다.

"음, 장철웅, 장철웅… 기억이 흐릿하구먼."

"……."

"어디 살던 누구의 자손인고?"

"…선친은 제 나이 여섯 살 되던 해 돌아가셨고, 자친께서는 연 아무개로 제가 군역을 받을 당시 이미 이순을 넘기셨습니다. 저희는 개울 너머에 움막을 짓고 살았었고……."

"개울 뒤 움막? 개울 뒤 움막이라면 십오 년 전에 죽은 문둥이 장가네 아닌가? 그럼 자네가 철호의 아우 철웅?"

장철웅이 개울 뒤 움막을 얘기하자 그를 알아보는 사람이 외마디 소리를 질렀다. 나병자(癩病者) 장가(張哥)의 동생. 사람들은 무의식적으로 한걸음씩 뒤로 물렀다.

나병(癩病)은 천형(天刑)이다. 제아무리 날고 기는 의원이라도 나병에는 도리가 없다. 죽을 때까지 사람들과 격리시키고, 죽으면 불로 태우고, 재는 땅 깊숙이 묻는다.

좀 과한 마을은 산 자를 그대로 묻기도 한다지만, 장가촌은 그렇게까지 인심이 박한 곳은 아니었다. 그 덕에 형은 십오 년을 더 살다 죽었다.

"결국… 죽었군요……."

덤덤한 목소리. 제아무리 엄동설한이라곤 하나, 덤덤한 한마디 말속의 짙은 애잔함을 느끼지 못할 만큼 사람들의 마음을 얼려 버릴 만큼은 아닌가 보다. 사람들은 철웅을 애처롭다는 듯이 바라보기도 하고, 어느새 물러서 버린 자신의 한쪽 발을 보며 자책하는 듯하기도 했다.

"그럼… 어머님 역시……."

"음… 희수(喜壽, 77세. '喜'의 초서체(草書體)는 七七이라 읽을 수 있음)는 누리셨네."

"흑… 어머님……."

철웅은 고관탁에서 일어서더니 무너지는 무릎을 지탱치 못한 듯 털썩 꿇어 엎드려 오열하기 시작했다.

"흑흑… 못난 자식 철웅이 이제야 돌아왔습니다……. 못난 자식이… 이 못난 자식이… 어머님 임종도 못 지켜 드린 이 못난 자식이… 어머님… 엉엉……."

철웅의 오열은 대성통곡(大聲痛哭)으로 이어졌다. 자신이 원하진 않았지만, 국법을 따랐을 뿐이지만 부모의 임종을 지키지 못하였으니 이유야 어찌 되었든 죽을 때까지 씻지 못할 불효를 한 셈이다.

아무도 그를 탓하지 않았다. 누가 있어 그를 탓할 수 있을까. 그의 통곡이 그 한 사람의 통곡이 아닌, 삼십 년 전 마을을 떠났던 쉰다섯 마을 사내들의 못 다한 통한인 것을.

"…어머니 …흑, 흑."

오열이 흐느낌으로 잦아들고, 사람들 모두 눈가를 소매로 찍어내고 있을 때 촌장은 철웅을 다독이며 자리에 앉혔다.

"그래그래, 다 이해하네. 부모의 임종을 지키지 못한 것이 자네 탓이 아님을 여기 있는 모두가 아네. 그러니 이제 그만 진정하게."

"죄송합니다… 촌장님……."

"아닐세. 뭐가 죄송한 일인가. 오히려 내가 면목이 없지. 자네가 이토록 비통해하는 것을 보니, 오히려 자네 집안에 너무나 무심했던 내가 더 미안하이."

"아닙니다. 언감생심(焉敢生心) 어찌 보살핌을 바라거나 살가움을 바라겠습니까. 집안의 천형이 어떤 것인지 천하가 다 아는 것을…… 마을 여러분의 은혜는 제가 죽을 때까지 잊지 못할 것입니다……."

"그리 보아주니 다른 할 말은 없네만……."

말끝을 흐리는 촌장의 말에 장철웅은 촌장의 다음 말을 기다렸다. 철웅이 아무 말이 없자 촌장은 잠시 헛기침을 하더니 이곳에 모인 사람들과 촌장 자신이 그토록 궁금해하던 말을 꺼내었다.

"자네… 혹시 이 마을을 함께 떠났던 다른 사람들의 소식을 모르는가?"

정적이 흘렀다. 이 순간 이 정적을 깨는 사람이 있다면 그는 수십의 사람에게 치도곤을 당할 각오를 해야 할 것이다.

한 사람, 장철웅이란 한 사람의 대답을 기다림에 남녀노소의 구분은 없었다. 단지 혈육에의 그리움에 목말라 하는 가련한 중생들이 있을

뿐. 그리고,

"모두… 모두 죽었습니다……."

하늘은 무너졌다.

*　　　　*　　　　*

일진광풍(一陣狂風)이 휩쓸고 지나간 듯했다.

이리저리 나뒹구는 의자며 어지럽게 사방으로 흩어진 접시와 알 수 없는 음식물 잔해들…… 다행이 부숴진 의자나 깨어진 접시는 없지만, 장내의 상황을 보니 적잖이 실랑이가 있었던 모양이었다.

장철웅의 한마디. 청천벽력(青天霹靂) 같은 한마디에 사람들은 한순간 이성의 끈을 놓아버린 듯했다.

'모두… 모두 죽었습니다…….'

믿을 수 없는 이야기.

희망은 깨어졌고, 30년의 기다림과 간절했던 염원은 부질없는 짓이 되어버렸다.

가슴에 자식을 묻어야 하는 노인들은 말없이 하늘을 바라보았고, 이제나 저제나 임만을 그리던 여인들은 하염없이 눈물을 흘리며 장철웅의 멱살을 잡고 거짓이었다 말하길 종용했고, 형제를 떠나보내야 하는 사내들은 혼절한 여인들과 처져 버린 자신의 어깨를 추스르며 집으로 돌아갔다. 연유를 물어보는 이도 없었고, 어디서 어떻게 죽었는지를 묻는 이도 없었다.

그들도 알고 있었다.

하지만 막연히 느끼고 있었던 의심을, 절대 변하지 않을 현실로 받아들이는데 들인 대가는 참으로 비쌌다. 삼십 년의 세월이면 제아무리 혈육의 정일지라도, 마음 한편에 담담히 묻을 수 있을 것 같았건만…

흐르는 눈물은 쉬이 멎을 줄을 몰랐고, 알 수 없는 분노가 오장육부를 뒤흔드는 것만 같았다. 하지만 사람들은 곧 깨달았다.

불가항력(不可抗力).

사람의 생(生)과 사(死)다. 인간이 어찌할 수 없는 일이다. 사람들은 이내 현실에 순응하였고, 스스로의 할 일을 찾아 발길을 돌렸다. 지금 그들이 할 일은 망자가 되어버린, 아니, 언제인지는 모르지만 이미 오래전에 망자가 되었을 부모 형제의 늦은 제상이나마 준비하는 것이다. 그러기 위해… 예전에는 망자의 체취가 묻어 있었을… 이제는 한 줌 온기조차 느낄 수 없는 그들의 집으로 돌아가는 것이다.

모두 돌아가고 장철웅과 촌장, 장 의원만이 남았다. 객잔 주인 장 숙수 역시 모든 의욕을 잃은 듯 객점 안을 치울 생각도 안 하고 방으로 들어가 버렸다.

"휴… 올라가세나."

촌장은 장철웅의 어깨를 가볍게 다독이며 일어날 것을 권했다. 다독이는 손의 떨림을 느낀 철웅이지만, 아무 말도 하지 못한 채 객방으로 걸음을 옮기기 시작했다.

위층으로 올라가는 철웅과 촌장. 두 사람의 맥없이 처진 등을 바라보던 장 의원은 작은 한숨을 내쉬고는 이내 위층으로 오르는 계단을 올랐다.

방문을 열고 촌장은 유등에 불을 붙였다. 가늘게 떨리는 유등의 불빛 때문인지 방으로 들어온 철웅과 촌장, 장 의원의 그림자마저 가늘게 떨고 있는 것 같았다.

"죄송합니다……."

철웅은 목이 멘 음성으로 낮게 말했다.

"…아닐세 …아니야. 자네가 잘못한 것이 없는데……."

비록 비보(悲報)였지만, 어쨌든 철웅이 아니었다면 언제까지 기다림만을 계속 이어갈지도 모르는 마을이었다. 차라리 모르고 있었던 채로 기다리다 죽는 것이 나을지도 모른다 생각한 촌장이었지만, 이내 그런 생각은 지워 버렸다. 이미 너무 오래 죽은 자의 제를 미뤄왔던 셈이다. 이제라도 알았으니 앞으로 정성껏 혼령을 위로할 수 있게 된 것만 해도 감사할 노릇이다.

제례(祭禮)라는 것이 가지는 의미는 매우 크다.

죽은 조상의 원혼을 달래지 못하고, 극락왕생(極樂往生)할 수 있도록 천지신명께 고하지 못한 것은 자손으로서의 책무를 저버리는 것이다. 도리가 아닌 것이다. 도리를 다하지 않고 어찌 사람이라 할 수 있으며, 어찌 배움을 하는 선비라 할 수 있겠는가. 잠시 마음속으로나마 철웅을 원망했던 자신을 꾸짖으며 촌장은 철웅에게 마음속 깊이 감사했다. 자신이 짊어져야 할 마음의 짐은 잠시 잊은 채로…….

"오늘은 이만 쉬도록 하게나… 내일도 하루가 길 것 같으니……."

촌장은 방문을 나서며 낮게 읊조렸다. 오늘만큼은 아니겠지만, 어느 정도 정신을 차리고 현실을 직시하게 된 사람들은 망자가 언제 어디서 어떻게 죽었는지에 대해 물어올 것이다. 어찌 되었든 혈육의 마지막이다. 그들은 알 권리가 있다. 철웅은 말없이 고개를 떨구었다.

장 의원은 촌장을 따라 나가지 않았다. 그 역시 철웅에게 할 말이 있는 것일까. 한동안 말없이 창밖만 응시하던 장 의원이 말문을 열었다.

"…늦었지만 내 소개를 하지. 나는 장인수라고 하네. 이 마을에서는 장 의원으로 통하지."

"알고 있습니다."

"…나를 아는가?"

"들어 알고 있습니다. 의술을 배우기 위해 일찍 넓은 세상에 나가셨다는……."

"…그래 …그랬지 …삼십 년 전에 나는 이 마을에 없었지……."

잠시 옛 생각에 잠겼는지 엷은 미소까지 띤 채 천장을 바라보던 장 의원이 철웅을 보며 다시 말을 이었다.

"그럼 자네 나이가 올해로……."

"마흔여덟입니다."

"그렇군. 내가 올해 쉰셋이니… 괜찮다면 나를 형이라 부르게."

"……?"

"뭐, 어렵게 생각할 것 없네. 듣자 하니 마을에서 자네와 친교가 있었던 사람도 없는 듯하고, 일가친척도 없고… 뭐, 우리 나이에 먹고살 걱정이야 할까만, 그래도 명색이 불혹을 넘긴 사람들이 하다못해 말동무 하나 정도는 있어야 하지 않겠는가?"

장 의원은 예의 넉살 좋은 미소를 지으며 철웅을 바라보았다.

"저는 천형을 받았던 집안의 후손입니다. 가까이 하시어 득 될 것이 없으십니다."

"허허… 내가 이리 볼품없어 보여도 명색이 의원일세. 자네가 적어도 십 년 안에는 나병에 걸리지 않을 거란 걸 내가 보증하지. 그리고 나나 자네나 뭐 아쉬울 것도 없는 나이인데 그깟 병이 뭐 대수겠는가."

"……."

"당장 뭘 어쩌라는 것은 아니고, 그저 편히 대하라는 것이니 너무 부담 갖지는 말게."

"마음 써주셔서… 감사합니다……."

장 의원의 마음 씀씀이에 제법 감동을 받았는지 철웅의 목소리가 조금 잠긴 듯했다.

"오늘은 시간도 늦었고, 모진 일도 겪었으니 이만 쉬게. 그리고 내일은 내가 자네에게 약이라도 한 첩 지어줄 테니 빨리 기운을 좀 차리도록 하게. 어디 타지로 다시 떠날 생각이 아니라면 당장 살 집부터 찾아봐야 하지 않겠나? 이리 허름해 보여도, 이곳 청수장은 제법 방 값이 비싸다네. 하하."

기분 좋은 웃음을 지어 보이고는 장 의원 역시 방문을 나섰다. 모두가 떠나고 철웅 홀로 남았다. 가늘게 떨고 있는 유등만이 장철웅의 외로움을 달래주고 있었고, 잠시 발끝을 응시하던 철웅은 이내 조심스럽게 침상 위로 몸을 뉘었다.

밤은 깊어만 가고, 창틈으로 스며든 바람에 유등이 잠시 진저리를 치는 사이, 잠을 이루지 못한 철웅이 홀로 속삭이고 있었다.

"쉰다섯… 그들을 죽인 것이 나인 것을… 바로… 나인 것을……."

밤은 깊어만 가고… 깊어만 가고……

*　　　　*　　　　*

신강(新疆)에서 전해져 왔다는 적자단목(赤紫檀木)으로 만든 서탁(書卓).

서탁에 어린 붉은 기운이 한눈에 보기에도 범상한 물건이 아니건만, 서탁이 놓여진 방을 꾸미고 있는 것들에 비하면, 은 닷 냥짜리 자단목 서탁은 그 값어치를 말하기 민망할 정도다. 벽에 걸린 족자 중 당대의 내로라하는 자의 것이 아닌 것이 없고, 서가를 장식하고 있는 자기들 하나하나가 기진이보라 불려도 손색이 없는 것들 뿐이다.

"음… 이것으로 마지막인가?"

"예, 대인. 그것이 남옥과 관련된 정사의 마지막 보고서입니다."

서탁에 앉아 말없이 보고서를 읽고 있던 오십대 중년인이 마주 시립해 있는 청색 관복의 삼십대 무관에게 말했다.

"마지막 회전에 관한 보고서군. 총 삼만(三萬)의 군세가 삼로(三路)로 출정하여 일로 일만 오천 중 이천 전사, 이로 일만 중 천오백 전사, 삼로 오천… 전멸?"

"삼로는 군역으로 충당된 보충 병력으로 적을 유인하기 위한 전략상……"

"미끼라 이건가?"

"……"

"오천이면 작은 미끼는 아니었지만 적의 군세 오만을 격파하였고, 도주한 자는 이천에 불과하였다… 대승이군."

"그렇습니다. 그 당시 전투를 지휘하였던 것은 지금 병부상서이신 옥영진 대장군으로, 장군의 뛰어난 지략으로 일궈낸……."

충심인지 습관적인 것인지 알 수는 없지만, 자신이 몸담고 있는 병부 최고 수반의 전공에 대한 이야기가 나오자 자연스럽게 입이 열리는 무관이었지만, 자리에 앉아 있던 중년인은 그런 시답지 않은 이야기까지 들을 여유가 없었나 보다.

"전멸당한 오천은 양민으로 구성된 지방군들… 지휘자가… 이세민?"

조금은 의외라는 듯한 반응을 보이는 중년인.

중년인의 반응에 서둘러 부연 설명을 하려던 관복의 사내. 그러나 그보다 중년인의 독백이 빨랐다.

"이세민… 기억에 있는 자로군. 이자의 아비가 혹 이정인이 아니던가?"

"불경한 이름입니다만… 그렇습니다."

"어차피 누명이란 것이 알려진 이상 불경할 것도 없는 이름이지. 그렇군……. 옥영진은 이세민이란 아이를 죽이려고 작정하였던 거군."

"……."

"목 아래 가시 같았을 거야. 그런 자를 없애는데 고작 군역으로 징집된 병사 오천이라면, 고민하고말고 할 일도 아니었겠군."

"……."

관복의 사내는 꿀 먹은 벙어리가 되었다. 눈앞의 중년 사내. 이자는 자신이 몸담고 있는 병부 최고 영반인 옥영진 대장군의 이름 석 자를 지나가는 강아지 부르듯 부르고 있는 자다. 하지만 천하의 누가 있어 이자를 단죄할 수 있겠는가.

"그래, 개국공신이고 병부 최고의 명장이었던 북평대장군 이정인. 하지만 전대 좌승상 호유용과 결탁하여 역모를 꾀하다 참수. 그 일족은 물론 근 일만 오천에 달하는 자가 그 일에 연루되어 참수되었었지. 하지만 그리 오래지 않아 이정인은 호유용 등과는 무관하였다는 것이 밝혀졌다. 물론 그때는 이정인은 물론 그 일족 모두 죽고 난 후였지만. 그 참화의 와중에서 살아남은 유일한 이씨 가문의 혈통, 이정인의 서자 이세민. 아마 몇몇 가신들과 도주 중 붙잡혔다가 참수 직전에 아비의 누명이 벗겨져 구사일생으로 목숨을 부지할 수 있었다지?"

마치 눈앞에 보이지 않는 서책이라도 있는 듯 한 번의 머뭇거림도 없이 과거의 정사를 읊조리는 장년인.

"뭐, 세간에는 그저 누명이었다라고 공표되긴 했지만, 이정인이 역모와 관련되었다는 투서를 올린 것이 옥영진이라는 것은 조정에서 알 만한 자는 다 아는 공공연한 비밀. 어찌 되었든 이세민이란 아이는 다시금 복권되어 평소 이정인을 흠모하던 하남 도지휘사(都指揮使:정이품의 벼슬) 강덕술의 밑에서 천호(千戶)로 생활하다가 강덕술과 친분이 있던 남옥(藍玉)의 눈에 띄어 그의 휘하에서 장수 생활을 시작했다…….
내 이야기 중 틀린 부분이 있는가?"

"예? 아, 아닙니다. 틀린 부분은… 없습니다."

아무 생각 없이 그의 이야기를 듣고 있던 청의무관은 갑자기 되물어 오는 중년인의 질문에 화들짝 놀라 급히 대답했다.

"그래. 그리고 그 이세민이란 아이는 제법 큰 성과를 올리며 그 공로를 인정받아 마지막 회전이었던 호광 만족과의 마지막 전투 때의 지위가 지휘사(指揮使:정삼품)였지. 하지만 악연이야. 남옥은 나름대로 생각이 있었겠지만, 어쩌자고 옥영진이 이끄는 부대에 그를 넣었을꼬. 결국 옥영진이 기회를 모르는 바보는 아니니… 아쉬운 인재를 잃었어."

"저… 대인."

"허허. 어쨌든 더 이상 털어서 나올 자들은 없는 것 같군. 남옥의 목은 저잣거리에 내걸렸고, 그와 연관된 자들 역시 하나도 남김없이 목을 베였으니… 더 이상 병부를 들춰볼 일은 없을 것이라고 병부상서께 전해주게."

"…예. 그리 전하겠습니다, 좌도어사(左都御史) 대인."

청의무관이 조용히 뒷걸음질쳐 나가고, 넓은 집무실에 홀로 남은 중년인.

대명황실 황제 직속의 감찰 조직 도찰원의 최고 수뇌 중 한 명인 좌도어사라는 무시무시한 직함을 가진 중년인은 청의무관이 나간 문 쪽은 바라보지도 않은 채 홀로 생각에 잠겼다.

"…결국 남옥의 역모 사건과 관련된 조사는 이쯤에서 끝내야겠군. 어차피 더 털어봐야 병부(兵部)는 물론 다른 오부(五部)에서도 반발이 거세질 것이 뻔하고… 이세민이라. 어쩌면 남옥이 그에게 역모의 동참을 요구했다 거절당해서 옥영진에게 던져 준 것일지도 모르겠구나. 이리 생각하나 저리 생각하나 아까운 인재만 잃었어. 정말로 남옥이 회유하려 한 인물이었다면 쓸 만한 인재였던 것이 틀림없거늘······."

역모 사건 같은 큰일이 벌어지면 수많은 사람이 다친다. 그 와중에 정쟁의 희생양으로 꼽히는 자들은 하나같이 우수한 자들뿐. 권력을 손에 쥐고 있는 무능한 자들이 스스로를 지키기 위한 결과로 이 나라의 아까운 인재들이 채 피어보지도 못하고 사라져 간다. 안타까운 일이지만 역사의 수레바퀴 속에서 언제나 일어나는 일이다.

도찰원 좌도어사 마양수(馬洋囚).

도찰원 최고 수뇌라는 감투보다도 당금 황제의 본처인 마태후의 사촌동생이란 배경만으로도 천하에 그를 업신 여길 자가 없는 무소불위의 권력자였지만, 젊은 영재들이 정쟁의 희생양으로 사라지는 것을 안타까워하는 모습은, 나라의 안위를 걱정하는 유림의 그 어느 유생보다도 더욱 가슴 아파 보였다.

*　　　　*　　　　*

따악~! 따악~!

며칠째 눈은 오진 않고 있지만, 아직 산을 오르기에는 무리가 있는 정오의 야산. 산 주위의 날짐승들은 산을 울리는 도끼질 소리에 놀라 십 리 밖으로 줄행랑을 친 상태였다.

아직 바람이 매서울 터인데 입고 왔던 두꺼운 갖옷은 어디다 벗어놓았는지 위에는 얇은 베옷 하나만 걸친 채로 굵은 나무 둥치를 찍고 있는 사람은 다름 아닌 장철웅이었다.

청수곡에 처음 발을 들인 지 정확히 닷새 만에 그는 자리를 털고 일어났다. 장 의원은 몸을 제대로 추스르려면 최소 열흘은 더 쉬어야 한다며 극구 만류하였으나, 전장에서 잔뼈가 굵은 장철웅은 '침상 위에서 쉬는 것은 독보다도 못하다'라고 말하곤 객점을 나서더니 금세 길을 찾아 마을에서 철기를 구할 수 있는 유일한 곳인 장 노대의 철기점에서 도끼 등의 연장을 구해 곧바로 개울 너머 야산으로 향했다.

연장 값을 지불하려던 장철웅의 손을 가만히 밀어내며 미소 짓던 장 노대에게 공손히 인사하며 뒤돌아서는 장철웅의 모습에, 게까지 따라온 장 의원은 고개를 저으며 한숨을 쉴 뿐이었다.

그렇게 객잔을 나온 후 장철웅은 옛날 자신이 살던 움막 터를 찾아나섰다.

물론 움막 터 따위는 남아 있지 않았다. 십오 년의 세월은 움막이 있었을 법한 자리에 바싹 메말라 버린 잡초만을 흩어놓았다. 장철웅은 잠시 그 자리에서 무엇인가를 생각하더니 이내 산을 올라 나무를 하기 시작했다.

한겨울에 나무를 해서 집을 짓는 일은 일견 무모해 보이는 일이다. 쓸 만한 나무를 구하기도 어려울 뿐더러, 나무를 재단하는 일도 여간 힘든 것이 아니다. 하지만 장철웅은 익숙한 솜씨로 나무를 찾아내고 어지간한 나무꾼은 저리 가라 할 정도의 익숙한 솜씨로 나무를 베어내고 있다.

나무 베는 소리는 야산으로만 울린 것이 아니었나 보다. 동네에서 뒹굴며 놀던 아이들이 하나 둘 개울가 쪽으로 모여들기 시작했다. 한쪽에서 언 손을 부비며 빨래를 하던 아낙들도 슬금슬금 시선이 야산 쪽으로 향했다.

부스럭~ 스으윽. 부스럭~ 스으윽.

야산 잡목 숲에서부터 무언가 내려오는 소리가 들리더니 나무 사이로 사내의 모습이 보이기 시작했다. 나무의 한쪽 끝에 끈을 묶고 그 끈을 어깨에 메고 나무를 끌고 내려오는 것이, 정말 어디서 벌목 일을 하다 온 것이 아닌가 의심될 정도로 능숙한 몸놀림이었다.

터엉~

끌고 온 나무를 한쪽에 던져 놓고는 다시 산으로 오르는 장철웅. 끌고 온 나무는 적당히 재단을 해온 것인지 길이는 일 장이 조금 안 되는 듯하고, 둘레는 장정 한 팔은 될법한 것이 웬만한 사람은 평지에서 끌기도 버거워 보이는 걸 나무 사이로 잘도 끌어 내리고 있었다. 아침나절부터 해온 나무가 벌써 다섯 그루는 넘어 보이는 게, 이런 식으로만 나무를 해온다면 닷새도 걸리지 않아 집 한 채 분의 나무는 할 수 있을 듯하다.

멀찍이 나무를 던져 놓고 다시 산에 오르려는 철웅의 뒤에서 그를 부르는 소리가 들렸다.

"이보게, 철웅~! 밥이나 먹고 하게~!"

가던 걸음을 멈추고 뒤를 돌아보니 장 의원이 예의 넉살 좋은 웃음을 지으며 한 손에 든 보따리를 흔들어 보이고 있었다. 철웅 역시 마주 미소하며 오르던 발길을 돌려 장 의원 쪽으로 내려갔다.

"거참, 요즘 군영에선 나무 하는 법도 가르치나? 솜씨가 예사롭지 않아."

장 의원의 넉살에 철웅은 가만히 미소 지을 뿐이다. 두 사람은 개울 가에 있던 널찍한 바위 위에 보따리를 풀었다. 철웅의 눈에 들어오는 것이라 봐야 잘 익은 오리 고기 두 마리와 술 한 병이 전부인, 볼 것 없는 단촐한 식단이지만 그럼에도 입 안 가득 침이 고이는 것이 나무를 하는데 제법 힘이 들긴 들었나 보다.

사이좋게 다리 하나씩 뜯고 있던 두 사람. 문득 입으로 오리 다리를 가져가던 철웅이 장 의원의 뒤를 보며 피식 웃음을 지어 보였다. 장 의원이 무슨 일인가 싶어 고개를 돌려보니 동네 꼬마 녀석들이 눈치를 살피며 주춤주춤 다가오고 있었다.

"저 어린 녀석들이 무슨 볼일일꼬."

장 의원이 코웃음을 치며 꼬마들을 바라보자 개중 맏형인 듯한 녀석이 한발 앞으로 나오며 철웅에게 물었다.

"저… 아저씨."

"……."

말없이 웃어 보이며 꼬마의 다음 말을 기다리는 철웅.

"저, 진짜 전쟁터에 있다 오는 거예요?"

"……?"

"우리 할아버지도 전쟁터에 갔는데."

"……."

말없이 손에 들고 있던 오리 다리를 내려놓으며 철웅이 꼬마의 앞으로 성큼 다가섰다.

"너희 할아버님 존함이 어찌 되시냐?"

"에, 장 자 대 자 쓰시는데요……?"

"그래… 장 형님의 손자였구나."

"어? 우리 할아버지를 아세요?"

잠시 회한이 스친 철웅의 눈가. 철웅은 억지라는 것이 훤히 들여다보이는 웃음을 지으며 꼬마에게 말했다.

"그럼… 알고말고."

"그럼 우리 할아버지는 언제쯤 오세요? 아부지도 아무 말 안 해주고, 어머니도 아무 말 안 해주고, 우리 할아버지는 언제쯤 오세요?"

"……."

잠시 난감한 기색으로 생각에 잠겼던 철웅이 무엇인가 말해 주려 하였으나 장 의원이 한발 빨랐다.

"예끼 이놈들, 니 할아비 오는 걸 니 아비한테 물어야지, 어찌 여기 와서 찾누~! 얼른 집에 가서 너희 아부지 붙잡고 물어보지 못하겠느냐!"

별안간 들린 호통에 아이들은 '와~!' 하며 줄행랑을 쳤다. 씁쓸히 입맛을 다시던 철웅은 다시 자리에 앉더니 술병을 가져다 한입 털어넣었다.

"아직 술은 해로워. 적당히 하게."

"……."

"……."

씁쓸해진 마음을 털어 버리려는 듯 다시금 도끼를 챙겨 개울을 건너는 철웅의 등 뒤를 보던 장 의원은 철웅이 한입 베어 물었던 오리 다리를 바라보다 한숨을 내쉬었다.

"그래… 힘들겠지만 어쩌겠나……. 이젠… 세상이라는 전장에 적응해야지."

타박타박, 야산으로 걸음을 옮기는 철웅. 한 며칠 잘 잊었다 싶었다.

손에 쥔 도끼 자루에 힘이 들어가고, 걸음걸이도 조금씩 느려져 갔다. 그리고… 아까부터 베어내려 점찍어 두었던 나무 앞에 걸음을 멈추고 들고 있던 도끼 자루에 남은 손을 말아 쥐며 나지막이 속삭였다.

"굳이 잊으려 했던 것은 아니었지만… 굳이 생각해 내려 했던 것도 아니었건만……."

따악~! 따악~!

산중으로 울려 퍼지는 도끼질 소리를 들으며 장 의원은 마을로 내려가고 있었다.

*　　　　　*　　　　　*

머리에 한짐씩 빨래거리를 이고 오는 아낙들의 모습을 보니, 요 며칠 게으름을 피웠던 모양이다. 개울 빨래터로 가는 길목은 알이 굵은 자갈밭인데다가 아침에 내린 찬 서리가 볕에 채 마르지도 않아 걸음 떼기가 수월치 않을 터인데, 뒤뚱거리는 오리들마냥 휘청거리면서도 잘도 걷는다.

앞서거니 뒤서거니 하며 빨래터로 모인 네 아낙은 서로 제자리 찾아 앉고서는 손을 불어가며 빨래를 하기 시작했다. 원래 이렇게 모인 곳에서는 누군가 말문만 트기 시작하면 시간 가는 줄 모르는 수다에 손 시린 줄도 모르겠건만… 아나나 다를까, 왼쪽 가장자리에 앉아 야무지게 빨래를 비벼 빨던 사십대 아낙 하나가 말문을 열었다.

"참내, 용하기도 하지. 이 엄동설한에 저리 빨리 집을 지을 줄 누가 알았을꼬? 한 달포 고생하겠거니 하고 생각하고 있었는데.”

“왜? 한 달포 고생하는 동안 뒷방이라도 비워주려고 했소?”

“에이, 남세스럽게 무슨…….”

제법 끈적한 농을 주고받으면서도 아주 맘에 없었던 것은 아니었는지 힐끔 개울 건너를 바라보는 아낙이었고, 아낙의 시선에 잡힌 것은 제법 튼실해 보이는 통나무로 된 한 채의 모옥이었다.

이 마을에서는 나무로 지은 집을 보기 어려웠다. 대부분의 집들이 토벽을 쌓든가 회를 겹으로 발라 집을 짓는데, 개울 건너 모옥은 통나무를 엮어 만든, 처음 보는 모양이었다. 보기에도 제법 튼실해 보이는 것이 나무 틈새에 진흙까지 꼼꼼히 발라 넣었으니, 한겨울 동장군도 쉬이 들이지 않을 듯싶지만 아낙들의 눈에 그것까지 보일 리는 없었고, 그저 얼핏 보니 ‘모양이 제법 예쁘네’ 하는 정도였다.

하지만 정작 마을 아낙들 관심의 대상은 그 모옥의 주인이었다.

마을에 처음 왔을 때는 상거지가 따로 없더니만, 한 며칠 지나지 않아 집도 짓고 나무도 하는 모양이 여간 내기가 아니다.

하지만 마을에 온 지 한 달이 지나도록 아직 그와 이렇다 하게 말 몇 마디 주고받은 사람이 없었으니, 마을에서 철웅이란 존재는 개울 하나를 건너는 것보다는 조금 더 멀리 떨어져 있는 듯하였다.

간혹 움막 밖으로 철웅이 나오기라도 할라 치면 아낙들의 빨래 타작 소리가 잦아드는 것이, 떠돌이 때를 벗겨놓고 보니 인물 또한 호상이라 그를 마주치는 동네 아낙들이 남몰래 얼굴 붉히는 일도 다반사였다. 물론 서방이 알면 경을 칠 일이긴 하였지만.

요새는 마을 글 선생 노릇도 하는 장 의원에게 책도 몇 권 얻어갔다고 한다. 들리는 소문에는 읽는 것뿐 아니라 쓸 줄도 안다 하니 그 이유만으로도 마을에서 그를 쉬이 볼 사람은 없을 것이다. 마을에서 글을 읽을 수 있는 사람은 제법 되지만, 글 좀 쓸 줄 안다고 자신있게 말할 수 있는 사람은 촌장과 장 의원을 빼면 눈 씻고 찾아봐도 보기 어려웠다.

이는 비단 청수곡뿐 아니라 인근 현의 상황도 별반 다르지 않았으니, 오죽하면 글을 읽고 쓸 줄만 알면 한 달에 은 반 냥 받던 점소이가 곱절인 은 한 냥을 받으며 계산대를 지키겠는가.

이러한 사내가 마을에 나타났으니, 초야를 치룰 때까지는 얼굴조차 모르던 서방에게 시집와서 평생 흙만 바라보던 아낙들의 마음에 요상한 요동이 치는 것이 그리 이상치만도 않은 일일지 모른다. 간혹 마을로 내려와 물건이라도 좀 얻어가 주면 좋으련만.

어찌 되었든 빨래를 비비는 아낙들의 마음이야 콩밭을 가든 동산을 넘든 모옥 안의 철옹은 나올 줄을 모르고 있었다.

그 사내 목덜미가 굵은 것이 뭣도 굵을 것이라는 둥 전쟁터에서는 뭔 짓을 해도 아무도 모르니 제법 어찌했을 것이라는 둥 서로 시시덕대며 걸쭉한 수다를 떨던 아낙들은, 어느새 바로 뒤까지 걸어온 장 의원의 자갈 차는 소리에 화들짝 놀라 애꿎은 빨래만 힘차게 비벼대고 있다.

아낙들의 농 하는 소리가 어지간히 컸는지, 장 의원은 아낙들을 지나치며 두어 번 혀를 차주는 것을 잊지 않았다.

*　　　　*　　　　*

철웅은 자신의 모옥 밖으로 나서는 걸음을 쉬이 떼지 못하고 있었다.

그가 누운 침상은 마을로 들어와 움막을 지은 후 제일 처음 만든 것이니 만들어진 지 달포도 채 되지 않은 새것이었지만, 철웅이 흘리는 식은땀에 베갯머리 주위가 눈에 뜨일 정도로 누리끼리하게 변해 버렸다.

악몽, 그리고 기억…….

철웅은 매일 밤 전장을 누비고, 매일 밤 칼을 휘두르며, 매일 밤 수백의 목을 쳐 내리고 있었다. 그리고 악몽의 끝은 언제나 온몸에 피를 흠뻑 뒤집어쓴 채 수백 구의 시신 위에 서 있던 자신을 비웃기라도 하는 듯 갑주를 뚫고 날카롭게 복부를 찢고 들어오는 한 자루 장창을 바라보는 자신의 모습이었고, 매일 한 말은 될 듯한 식은땀을 털어내고 깨어나는 새벽. 근 한 달이 지난 지금도 악몽의 마지막은 변함이 없었다.

'잊어야… 하는데… 이젠… 잊어야만 하는데…….'

철웅은 알고 있었다.

이제 더 이상 자신이 돌아갈 전장은 없다. 이제 피에 젖은 칼 대신 한 자루 쟁기를 들어야 한다. 혈향 가득한 군영을 벗어나 보통 사람들의 틈바구니에서 살아야 한다. 살아남으려면 그렇게 해야 한다…….

'언젠가는… 나도…….'

철웅은 자신의 악몽이 언젠가는 끝나리라 생각하고 있었다. 아직은 적응을 시작한 지 얼마 되지 않았기에 그런 것이리라 생각하고 있었다.

시간이 흐르면… 얼마가 될지는 모르지만, 이대로 시간이 흐르는 대로 놓아둔다면 자신도 밭을 갈고, 열매를 따고, 운이 좋으면 가정도 꾸리고 사람처럼 살 수 있으리라 생각했다. 그리 믿고 있었다.

그리고 그런 그의 믿음은 채 하루를 이어가지도 못하고… 서글프리만치 산산이 부서져 버리고 말았다.

"이보게 아우, 안에 있는가?"

"예. 들어오십시오."

개울을 건너 철웅의 모옥 앞에 당도한 장 의원은 헛기침을 하며 철웅을 불렀고, 홀로 침상에 앉아 상념에 젖어 있던 철웅이 그를 맞았다.

"오늘은 어쩐 일이십니까?"

"허, 내 못 올 곳에 왔는가? 그냥 오가던 차에 들린 것이지."

"형님도 참……."

며칠 전부터 장 의원과 철웅은 호형호제하기로 하였다. 장 의원의 마음 씀씀이가 어찌나 지극한지 하루에 한 번은 반드시 철웅을 찾아왔고, 어찌 알았는지 철웅이 필요할 만한 것들을 용케 알아서 챙겨주는 세심함까지 보이니 철웅이 감복하지 않으려야 않을 수가 없었다.

"오늘은 의서일세. 뭐, 내가 가진 책이라 봐야 대부분이 의서이고, 그나마 있던 잡서들도 이미 자네가 다 읽어버렸으니 어쩌겠나."

"번번이 고맙습니다, 형님."

"고맙기는 뭐, 자네가 용하지. 전장에서 배운 글이라고는 믿기지 않을 정도의 학식이니 내가 놀라울 따름이야."

"……."

장 의원의 인사치레에 그저 미소로 답하는 철웅. 장 의원은 모옥 안을 훑어보고는 무엇을 발견했는지 자리에서 일어나 한쪽 벽으로 다가 갔다.

"요 며칠 자네가 만들던 것이 이것인가?"

"예. 그나마 가진 재주라곤 그런 것뿐인지라."

장 의원이 조심스레 들어 올린 것은 하나의 활과 여러 개의 살들이 었다. 들어보니 제법 무게가 느껴지는 것이 일반 사냥꾼들이 사용하는 것보다 무게가 훨씬 더 나가는 것 같았다.

"허, 재료를 구하는 것이 쉽지 않았을 텐데 잘도 이런 걸 만들었군."

"운이 좋았습니다."

"이 활의 재질이 무엇인가?"

"음… 활대 자체는 참나무이고, 참나무로 만든 활대에 송진을 바른 풀줄기를 감아 묶어 강도를 더한 것입니다."

"자네 정말 여러모로 재주가 많구면."

"그저 소일로 사냥을 좀 해볼까 해서 만들어본 것입니다. 그리 생색 낼 만한 물건이 아닙니다."

"아니야. 내가 비록 병기에 관한 지식이 짧다 해도 이 정도의 물건 은 아무 데서나 쉬이 볼 수 있는 물건이 아니란 것쯤은 알 수 있네. 어 떤가? 한 번 보여주지 않겠나? 얼마나 기막힌 물건인지?"

"뭐, 그리 어려운 일은 아닙니다만……."

철웅은 그다지 내키지는 않았지만, 자신과 가장 친하다면 친한 장 의원의 부탁이기에 차마 거절하지 못하고 활과 살 두어 대를 손에 쥐 고는 문을 나섰다.

모옥 앞의 마당. 그리 만든 이유가 있을 듯 잡풀들을 모두 쳐내고 돌로 다져 놓아 바닥을 단단하고 평평하게 만든 작지도 크지도 않은 마당이었다. 철웅은 마당의 한쪽에 서서 왼손에 활을 쥐고 오른손에 살 한 대를 잡고는 무엇을 맞출 것인가 하는 생각으로 주위를 살피고 있었다.

　"이보게, 저건 어떤가?"

　"……?"

　장 의원이 호기심 가득한 눈을 하며 가리킨 곳은 모옥에서 삼십여 장은 떨어져 있을 법한 개울 건너편의 고목 둥치였다.

　"과거 성내에서 학업을 닦을 무렵, 새로운 지부대인의 임관을 위한 잔치가 벌어졌던 적이 있네. 꽤 오래되긴 했네만, 그때 위지휘사사(衛指揮使司) 휘하 천호(千戶) 중 활에 능한 자가 잔치의 여흥을 돋우기 위해 신기를 보인 적이 있는데, 삼십 장 밖에 있던 깃대를 맞추어 기를 쓰러뜨리는 것이었네. 참으로 놀라운 신기였지. 물론 자네에게 그런 신기를 바라는 것은 아니지만… 저 정도 거리의 고목이라면 자네의 실력을 감히 내가 가늠해 볼 수 있을 것 같아서……."

　말끝을 흐리며 철웅의 눈치를 살피는 장 의원의 눈에 어린 표정은 분명 장난기였다. 철웅은 차마 입 밖으로 표현하진 않았지만, 속으로 웃을 수밖에 없었다. 뻔히 속이 들여다보이는 격장지계. 하지만 철웅은 악의가 있어 그런 것이 아님을 알기에 개울 건너 멀리 있는 고목 둥치를 바라보았다. 장정 양팔 한아름보다 조금 더 굵어 보이는 나무 둥치. 철웅은 활에 살을 걸고 시위를 당겨 고목을 겨냥했다. 바람도 미풍이고, 장애물도 없고, 움직이지도 않는 목표물.

피잉~!

"꺄~악~!!"

활을 떠난 살은, 그러나 고목과는 최소한 삼 장(三丈)은 떨어져 있던 나무 수풀 속으로 날아가 버렸다. 그 모습에 적이 실망한 장 의원이 입맛을 다시려는 찰라 느닷없이 수풀 속에서 외마디 비명 소리가 나는 것이 아닌가?

놀란 장 의원이 허겁지겁 개울을 건너 수풀 쪽으로 달려갔고, 철웅도 그 뒤를 따랐다.

수풀에 당도한 장 의원의 눈앞에 있던 건, 사시나무 떨듯 오들오들 떨고 있는 열대여섯 정도의 소녀였다.

"아니, 너는 소소가 아니냐? 어디 다친 곳은 없느냐?"

장 의원과 소녀는 알고 지내던 사이인 듯 주저없이 소녀의 주위를 살펴보는 장 의원에게 소녀는 작게 도리질 치며 말했다.

"아니에요. 그냥 놀랐을 뿐입니다. 갑자기 귓전으로 무엇인가가 쏜 살같이 날아들어 그만……."

철웅의 살이 사람 잡을 뻔했다. 장 의원은 속으로 혀를 차고서는 소소를 일으켜 세우며 말했다.

"허, 어디 다친 곳이 없으니 천만다행이구나. 네 귓전을 스친 것은 여기 있는 이 친구가 쏜 살이다. 새로 만든 활을 시험하고 있었는데 그만……."

그제야 놀란 가슴을 진정시킨 소소가 장 의원 뒤의 사내를 보았다.

장철웅, 그녀도 익히 알고 있는 사람이다. 군역에서 돌아온 유일한 생존자. 자신의 오라비의 전사 역시 확인시켜 주었던 사람. 덕분에 시름시름 앓던 어머니의 병세는 더욱 악화되어 하루에 두어 번씩 혼절하기까지 한다. 눈초리가 사나와졌다.

"이 정도의 활 솜씨로 사냥을 할 바엔 차라리 그 활로 땅을 파 이랑을 내고, 그 살로 땅을 솎고 파종이나 하는 것이 나을 것 같네요."

그럴 맘이었던 것은 아니었지만 철웅을 보자 그와 동시에 떠오른 어머니의 모습에, 불현듯 울화가 치민 나머지 화난 마음 그대로 철웅에게 쏘아붙이고는 바람이 일 만큼 휑하니 몸을 돌려 자리를 뜨는 소소였다.

멀어져 가는 소소를 바라보던 장 의원과 철웅. 장 의원은 어깨를 한 번 으쓱하고는,

"뭐, 조금 더 연습하면 되지 않겠나? 하하, 어쨌든 다음에 또 옴세. 저 녀석이 저런 녀석이 아닌데, 자네 단단히 밉상이 되어버린 것 같구먼. 내가 가서 좀 달래주어야겠어. 그럼 먼저 가네."

작별 인사를 하곤 유유히 마을로 내려가 버렸다.

멀어져 가는 소소와 장 의원을 바라보던 철웅 역시 얼굴에 쓴웃음을 지어보고는 살이 날아간 방향으로 걸음을 옮겼다.

철웅은 수풀 속, 나무 깊숙이 박혀 버린 살을 찾아 비틀어 빼고는 자신의 모옥으로 발걸음을 돌렸다.

그가 쏜 살에 머리가 꿰뚫려 살과 함께 나무에 박힌 채 허연 독아 사이로 진득한 독을 떨어뜨리고 있던, 미처 동면에 들지 못한 붉은 머리 독사를 숲 속 멀리 털어낸 후에……

第二章
노병출전(老兵出戰)

노병출전

돌아올 수는 있겠지만
돌아갈 수는 없을 것이다

"사형, 얼마나 더 가야 합니까?"

"음… 소화산을 벗어난 지 반나절 정도 되었으니까, 대략 사흘 정도 더 가면 화산의 문턱을 밟을 수 있을 걸세. 자네는 화산이 처음이지?"

"예."

"좋은 경험이 될 걸세. 혹시나 인연이 닿는다면 화산파(華山派)의 진산무공을 견식할 수 있을지도 모르고."

"저희 같은 속가무문의 제자들에게 쉬이 진산절기를 보여주겠습니까."

"후후. 그렇다는 말이지. 하지만 너무 맘 상해하지 말게나. 아무리 속가문파라 하여도 우리 태진문(太振門)의 영화검법(永華劍法) 역시 본산의 이십사수매화검법(二十四手梅花劍法)에 뒤지지 않는 절기이니."

"…명심하겠습니다."

관도를 걷고 있는 두 청년, 섬서(陝西) 일대에 산재한 화산파의 속가 무문 중 하나인 태진문의 대제자인 이철성과 삼제자인 막고위였다. 소화산 북쪽 낙천(落川)이라는 작은 고을에서 개파한 태진문은 화산파의 진산절기를 변형한 영화검법이라는 독문절기를 바탕으로 일어선 문파였다. 섬서 북쪽에서는 제법 알아주는 군소 방파로서 아직 백여 년의 짧은 역사지만 휘하 문도만 이백여 명에 이를 정도로 그 성세를 구가 중인, 화산이라는 뿌리에서 뻗어 나간 제법 굵은 가지로서 그 역할을 톡톡히 해내는 문파였다.

태진문의 대제자 이철성은 삼십대 초반의 인물로 섬서 일대에서는 낙화검이란 별호로 불리며 제법 명망을 날리고 있는 후기지수 중의 한 사람이었고, 그 옆에 나란히 걷고 있는 삼제자 막고위는 태진문의 문주가 말년에 사사한 갓 약관을 넘긴 청년이었다.

"오늘은 어디서 묵어가실 작정이십니까?"

"글쎄, 포성현까지 가자니 발길을 재촉한다 해도 삼경은 넘어야 도착할 수 있을 것 같고, 그전에 있는 마을이라곤… 그렇지, 그곳에 하루 몸을 의탁하면 되겠군."

"아시는 곳이라도 있으십니까?"

"소화산과 포성현의 중간에 청수곡이란 마을이 하나 있네. 그럭저럭 눈 붙일 만한 객잔도 있고, 또 만나봐야 할 분도 있고."

"지인(知人)이 있으신 마을이군요?"

"그냥 연을 맺고 있는 분이 계시네."

"그곳까지는 얼마나 가야 합니까?"

"음… 대략 두어 시진만 걸으면 되겠군."

"두어 시진이면 해가 질 무렵이나 되어야 하겠군요. 경공으로 길을 재촉하면……."

"어허, 보는 이가 없다고 경거망동해선 안 되네. 공부란 나 하나의 편함을 위하자고 하는 것이 아니라는 걸 벌써 잊었나?"

"죄송합니다, 사형."

"크게 야단할 일은 아니지만, 자고로 무인은 스스로의 영달을 위해 가진 재주를 사용하는 것이 아니라 대의를 위해 그 배움을 펼쳐야 하는 것일세. 어디서 어떠한 일이 닥칠지 모르는 것이니 항상 준비된 마음 자세를 가져야 할 것이야."

"명심하겠습니다, 사형."

호된 질책은 아니었지만, 오히려 이런 훈계가 사람을 담금질하는데 더욱 효과적이라는 것을 이철성은 경험으로 알고 있었다. 자신의 사부가 자신에게 가르치던 방법이니 효과는 충분히 증명된 것이다. 어쨌든 해 지기 전 청수곡에 닿으려면 발걸음을 재촉해야 한다는 것은 변하지 않는 사실이었고, 두 사람은 간간히 불어오는 삭풍을 등지고 걸음을 빨리하기 시작했다.

*　　　*　　　*

"두목, 꼭 이렇게까지 해야겠소?"

"뭐가?"

"아무리 배운 것 없는 산도적이지만, 그래도 이건 좀 아닌 것 같수."

"그럼 이 겨울을 어찌 날 건지, 니놈이 얘기해 봐라."

"…그리 물어보면 뭐, 뾰족한 수가 있는 건 아니지만, 그래도 청수곡은……."

"나도 다 안다. 니가 청수곡 장 의원에게 제법 큰 빚을 지고 있다는 거."

"제법 큰 정도가 아니고 내 생명의 은인이오. 세상천지에 나 같은 산도적을 치료해 줄 의원이 어디 있소. 하지만 그 사람은 내가 산도적인 줄 알면서도 가타부타 아무 말 없이 치료를 해준 사람이오."

"나도 안다니까. 하지만 어쩌냐, 벌써 보름째 산을 오르는 놈도 없고, 이번에 부임한 안찰사가 섬서녹림의 삭초제근(削艸制根)을 명했으니 산을 내려가는 건 엄두도 못 낸다. 막말로 진짜 녹림도들이야 원래 관부 놈들과 짜고 사는 놈들이니 그냥 잠잠해질 때까지 납작 엎드리면 된다 치자. 우리같이 녹림도 흉내나 내는 작은 산도적 무리는 엄동설한에 얼어 죽든 굶어 죽든 둘 중 하나란 말이다."

"그래도……."

"그래도는 얼어 죽을……. 그나마 산 두 개 거리에 있는 청수곡은 사람도 몇 안 되고, 인근 고을하고도 외떨어진 곳이라 가서 집어 먹으면 그만인 곳인데."

소화산 동쪽의 어느 이름 없는 산. 산의 팔부 능선에 세워진 작은 산채. 소화산과 이어진 산길 하나가 이 산으로 연결되어 있고, 하룻밤 거리를 좁히기 위해 종종 사람들이 지나다니는 길목이다. 그다지 다니는 이가 많지도 않고 돈 될 만한 자들이 지나다니는 것도 아니기에 녹림십팔채(綠林十八寨) 같은 곳에서는 거들떠도 안 보는 그런 곳에, 이런 저런 이유로 모여든 자들이 산채를 세우고 산적질을 한 지 어언 십 년.

인근 사람들이 호리채(狐狸寨)라 부르기는 하지만 기실 그저 그런 산적 무리들일 뿐이다.

하지만 그럭저럭 머리를 모으면 오십은 되고, 채주로 있는 왕일과 부채주 주귀양이 제법 무공을 배운 자들이라 쉽사리 오합지졸이라 부르기도 쉽지 않은 그런 산채였다.

어찌 되었든 오십이나 되는 입에 풀칠을 하려면 만만치 않은 식량이 필요한데, 밤낮으로 산을 헤매 잡은 토끼 열댓 마리로는 턱없이 부족하고, 관부의 기찰이 심해 산 아래로는 내려갈 엄두도 못 내는 실정이니 산속에서 굶어 죽지 않으려면 산도적질이 아니라 더한 짓이라도 해야만 하는 상황이었다. 그런 그들의 구미를 당기는 청수곡은 한겨울을 무사히 날 수 있는 먹음직스런 먹잇감이었고.

"그럼 나는 빼주쇼."

"야, 부채주가 빠지면 나 혼자 저 많은 애들 데리고 다녀오란 말이냐?"

"도저히… 장 의원을 볼 낯이 없어 그러우……."

옥신각신하고 있는 두 사람, 채주 왕일과 부채주 주귀양. 민대머리에 계인이 박혀 있는 것을 보니, 어느 절에서 고기라도 집어 먹고 파계한 땡중인 듯한 모습의 채주 왕일. 팔 척(八尺)에 달하는 키에 곰과 같이 거대한 덩치를 하곤 의형 왕일에게 생떼를 쓰는 자가 부채주 주귀양이었다.

"걱정 마라. 내가 먼저 들어가 장 의원 모가지부터 따줄 테니."

"형님~!!"

"시끄러, 임마! 농담이야, 농담. 사람들은 모두 붙잡아만 놓고 식량만 가져온다. 관아에 신고하지 못하게 계집하고 어린아이 열만 인질로 잡아오고, 그럼 됐냐?"

"…됐수."

채주 왕일과 부채주 주귀양이 옥신각신하더니, 결국 채주이자 의형인 왕일이 한발 물러섰다. 의제의 생명의 은인이라는데, 그도 속으로는 마을 사람들을 해칠 마음이 없었다. 단지 의제를 골려먹는 재미에 말을 끌어본 것일 뿐.

"으이구, 명색이 산적이란 놈이……."

"형님은 구명지은이란 말도 모르쇼? 딴것도 아니고 의제 생명의 은인을."

"아, 알았다니깐~! 그러니까 이렇게 내가 한발 빼잖아~!!"

"헤, 고맙수."

사람들은 그들을 피도 눈물도 없는 산대왕이라 불렀지만, 그들도 결국 피와 살로 이루어진 인간들이었다. 인간이니 서로 부딪치고, 부딪치니 정이 생기고… 왕일과 주귀양은 그런 형제였다. 피가 아니라 정으로 엮인…….

"집어치워라. 쇠뿔도 단김에 빼랬다고, 오늘 밤에 다녀오자."

"오늘 밤?"

"그래, 오늘 밤!"

"알았수."

"애들 준비시켜 놔라. 뭐, 피 보기 싫으면 니가 애들 교육 잘 시켜놓고."

"걱정 마슈."

"이제 그만 나가라. 몸이나 좀 풀어둬야겠다."

"지겹지도 않수? 허구한 날……."

"임마, 너도 내 나이 돼봐라. 하루를 쉬면 사흘은 뒤처지는 느낌이다."

"알았수, 알았수. 그럼 땀 많이 흘리슈."

문을 닫고 나가는 주귀양의 모습에 피식 웃어 버리던 왕일은 자리를 털고 일어나 방의 중앙으로 걸음을 옮겼다.

"나는 강하다. 나는 강하다. 나는 강하다……."

마치 주문을 외우듯 두 눈을 감고 자신에게 말하는 왕일의 모습에 변화가 생긴 것은 그때였다.

"강해지기 위해 모든 것을 버렸으니… 나는… 강해져야 한다!"

온몸에 조금씩 불거지는 혈관들과 촘촘히 당겨지듯 팽팽해지는 근육들. 아지랑이처럼 조금씩 피어나던 기류가 왕일의 전신을 감싸고 있었고, 옅은 금빛을 발하는 듯한 모습이 예사롭지 않았다. 천천히 몸을 움직이기 시작하던 왕일의 모습을 누군가가 보았다면, 사찰에서나 볼 수 있을 나한의 그것 같다 생각했을지도 모를 그런 모습이었다.

채주의 무공 수련이 어제오늘의 일이 아니었던 듯 산채의 누구도 채주가 있는 곳으로는 눈길조차 주지 않고 있었고, 산채의 중앙에 산적들을 모아놓고 일장 연설을 하고 있는 주귀양의 모습을 뒤로한 채 호리채의 하루는 그렇게 지고 있었다.

*　　　*　　　*

"음……."

소소와의 일이 있은 후 모옥으로 들어온 철웅. 그는 탁자 위에 놓여진 물건들을 하나하나 손질하고 있었다. 손수 만든 활과 살 이십여 개, 철기점 장 노대가 건네준 철부(鐵斧), 그리고……

'나의 과거를 기억하고 있는 단 하나……'

하나하나 손질하던 철웅의 손길이 사모창(蛇矛槍)으로 향하자 철웅의 눈가에는 깊은 회한이 서리기 시작했다. 그리고 그의 눈길 끝에는 아비규환의 지옥도가 펼쳐지고 있었고, 시산혈해의 지옥도 중앙에서 무아지경으로 전장을 누비는 맹장의 모습이 있었다. 사방으로 혈광(血光)을 뿌리며 주위의 적들을 도륙하는 긴 사모창을 꼬나 쥔, 마치 장판교의 장비가 현신한 듯한 장수의 모습이……

고개를 저으며 상념에서 깨어난 철웅. 하지만 눈 속에 어리던 회한이 채 가시기도 전 고개를 갸웃거리며 무언가를 중얼거렸다.

"이상하구나. 나는 이미 전장을 떠났건만, 어째서 아직도 혈향(血香)의 떨림이 전해지는 것이냐."

불길했다. 전장을 누빌 때나 느낄 수 있었던 폭풍 전의 고요와 같은 울림이, 세상과 차단된 듯 고요하기만한 청수곡에 자리하고 있음에도 아랑곳하지 않고 전해져 오고 있었다.

"어처구니없구나. 지금 내가 있는 곳은 혈향과는 절대 어울리지 않는 곳인 것을……"

애써 불길한 생각을 접으려 다른 것들을 손질하는 철웅이었지만, 모든 도구의 손질이 끝난 후 철웅은 사모창의 창대를 구하기 위해 밖으로 향했다.

하지만 이 빌어먹을 예감.

전장에서 몇 번이나 그를 위험에서 구해주었던 이 불길한 혈향의 떨림은 이번에도 틀리질 않았다.

*　　　　*　　　　*

"어머니."

방문이 열리고 소소가 작은 상을 들고 들어왔다. 작은 방 구석에는 두꺼운 이부자리가 깔려 있었고, 이부자리 속에는 도롱이처럼 얼굴만 빼꼼이 내민 소소의 늙은 노모가 아무런 감정도 찾을 수 없는 눈으로 천장을 바라보고 있었다.

"어머니, 이것 좀 드세요."

소소가 내려놓은 상 위. 무엇을 넣었는지 푸르스름한 건더기가 간간히 보이는 미음과 간장 종지였다. 철웅이 돌아온 날부터, 정확히 말하면 철웅의 입에서 아들의 죽음을 전해 들은 뒤로 미음과 물만을 겨우 목구멍으로 넘기며 연명하고 있는 소소의 노모. 요 며칠 전부터는 자리에서 일어날 줄도 모르고 몇 시진씩 깊은 잠에 들곤 했다. 얼마나 잠이 깊게 들던지 하루에도 몇 번씩 그 모습에 깜짝 놀라 노모의 코에 귀를 대고 숨을 쉬는지 확인을 해봐야 할 정도였다.

소소의 부름을 듣지 못했는지 노모는 미동도 하지 않았고, 소소는 노모를 부축하며 미음 한 숟가락을 노모의 입으로 가져갔다.

"···상이는 아직 안 왔니?"

노모의 입을 힘들게 비집고 나온 한마디. 소소는 들었던 숟가락을 멈춘 채 눈을 감았다.

노모가 부른 이름, 상. 죽은 작은오빠의 이름이다.

얼굴도 모르는 오빠. 군역을 받지 않았다면 소소 자신과 함께 오순 도순 노모를 공양했을지도 모르는, 기억 속 '상'이란 이름으로만 기억되는 오빠의 이름을 노모는 부르고 있었다. 아니, 찾고 있었다.

"어머니··· 오빠는··· 죽었어요·······."

"상이는··· 몸이 약해서 찬바람을 오래 쐬면 안 되는데·······."

"어머니··· 오빠는······."

"상이가··· 해가 떨어지기 전에 들어와야 할 텐데·······."

"어머니··· 흑."

노모의 눈에 초점이 없었다. 소소는 들었던 숟가락을 내려놓고 노모를 반듯이 눕혔다. 한동안 아무 말이 없는 두 모녀. 방 안의 정적이 견딜 수 없을 만큼 소소의 어깨를 짓눌렀다.

그리웠다. 아버지와 큰오빠가 함께했던 십 년 전이.

그때는 네 가족, 무엇 하나 아쉬울 것 없이 행복했었다. 아버지와 큰오빠는 땀 흘려 밭을 일구었고, 소소의 어미는 그런 지아비와 아들을 위해 밥을 지었다.

많은 재산도 없었고, 대궐 같은 집도 없었고, 작은 오빠가 없었어도 그때는 행복했다.

십 년 전 아버지와 큰오빠는 죽었다. 산에서 나무를 하던 아버지가 뱀에 물렸다. 아무것도 몰랐던 큰오빠는 아버지를 살리기 위해 아버지의 발목을 입으로 빨아댔다. 그리고 두 사람 모두 얼굴이 까맣게 변한 시체로 산 중턱 수풀 속에서 발견되었다. 나중에 안 일이지만 장례 후 장 의원님이 말씀하시길, 아버지의 발목을 문 것은 칠보단장사(七步斷腸蛇)라 불리는 극독을 가진 뱀이었단다. 이 뱀의 독이 얼마나 무서운지, 물리는 것뿐 아니라 입으로 빨아도 중독이 되는 무서운 것이라고 했다. 아무것도 몰랐던 오빠는 죽어가는 아버지를 살리려다 아버지와 함께 노모와 일곱 살난 어린 동생을 남겨둔 채 세상을 떠났다.

노모의 몸이 좋지 않아진 것은 그때부터였다. 시름시름 앓더니 자리를 보전하는 것마저 버거워할 정도로 힘겨워했다. 어린 소소는 그런 어머니를 돌보며 열일곱이 될 때까지 마을 사람들의 도움으로 자라왔다. 바느질도 했고, 남에 집 집안일도 거들며 그렇게 자라왔다.

어머니가 있었기에, 자신을 사랑해 주는 자신이 사랑하는 어머니가 있었기에 어린 소소는 이를 악물고 버텼다. 몸도 제대로 가누지 못하는 어머니였지만, 노모는 소소에게 일어났던 하루하루를 들으며 즐거워했고, 미안해했으며, 사랑해 주었다.

아버지와 오빠가 죽고 없었어도… 작은 오빠가 없었어도… 그때는 행복했었다.

힘겹게 방문을 열고 나오는 소소의 앞에 장 의원이 싸리문을 밀고 들어오며 아는 체를 했다.

"소소야, 많이 놀랐지? 그게 처음 만든 활이라 철웅 그 친구가 조금…….”

"흑… 아저씨…….”

들고 나오던 상을 바닥에 소리나게 떨어뜨려 버리고, 버선발로 달려

나와 장 의원의 품에 안겨 울음을 터뜨리는 소소. 깜짝 놀란 장 의원은 순간 당황하였으나 무슨 사정이 있겠거니 생각하고 소소의 어깨를 다독거렸다.

"소소야, 너 정말 크게 놀란 듯싶구나. 아저씨가 진맥을……."

"흑흑… 아저씨… 어머니가… 어머니가……."

"……?!"

장 의원은 소소의 말에 무엇인가를 느끼고는 소소를 다독이며 방으로 들어갔다. 잠시 노모를 바라보던 장 의원이 노모의 팔목을 잡고 진맥을 하기 시작했다. 장 의원 옆에 앉은 소소는 그때까지도 흐느끼며 늙은 노모를 걱정스러운 눈빛으로 바라보고 있었다.

한참을 진맥하던 장 의원이 잡았던 손목을 내려놓으며 노모에게 말을 건네었다.

"부인, 저를 알아보시겠습니까?"

"……."

"부인, 저 장 의원입니다."

"…상이는 냉이를 좋아해. 빨리 겨울이 가야 냉이가 나올 텐데. 겨울은 너무 추워. 상이도 추울 거야."

"……."

작은 한숨을 내쉰 장 의원은 흐트러진 이불을 소소 노모의 목 어림까지 끌어 올려주곤 밖으로 나갔다. 장 의원이 말없이 나가자 소소도 노모를 일별하고는 장 의원의 뒤를 따라나왔다.

"어머니가……."

"…생각보다 충격이 크셨던 모양이다."

"흑……."

"내 뭐라 말하긴 어렵지만… 음… 약 몇 첩 지어 줄 터이니 달여서 드리도록 하거라."

"…흑흑."

어깨를 들썩이며 흐느끼는 소소의 어깨를 몇 번 다독여 주고는 싸리문을 밀고 나오는 장 의원. 어깨가 무겁게 보이는 것이 장 의원도 마음이 여간 상한 것이 아닌가 보다.

'소소, 저 어린 것에게 왜 이다지 많은 시련이 닥칠꼬. 어린 나이에 아비와 오라비를 잃고, 기다리던 작은오라비마저 전쟁터에서 죽고, 그나마 기대 의지하던 어미마저 실성을 하였으니……. 철웅, 자네가 돌아와 기쁘긴 하네만 너무나 큰 짐을 마을에 풀어놓았으이. 이 마을에 이런 집이 어찌 소소네뿐일까. 아무래도 내일은 촌장님, 사부님 댁에도 문안을 가봐야겠구나. 그분 역시 마음 고생이 심하실 터인데 무심했어…….'

장 의원의 발걸음이 멀어져 가고, 소소는 장 의원의 모습이 보이지 않자 힘들게 발걸음을 떼어 부엌으로 들어갔다.

그리고 아무도 듣지 못할 만큼 나직하게, 그러나 누가 들어도 가슴 한구석이 아려올 만큼 서러운 흐느낌이 굳게 닫힌 부엌문 너머에서 흘러나오고 있었다.

*　　　*　　　*

한동안 잠잠했던 삭풍이 다시금 귓가를 때리고 있는 관도. 관도가 이어진 언덕 너머에 두 개의 그림자가 넘어오기 시작했다.

"사형, 아직 멀었습니까?"

"거의 다 왔네. 이 고개만 넘으면 청수곡이 보일 것도 같은데."

"예? 산속에 있었던 것이 아닙니까? 이곳은 평야인데."

"아, 청수곡이란 이름 때문에 그러는 것이군. 청수곡이 위치한 곳이 산속은 산속이지. 하지만 산세가 그리 높지 않고, 산의 끝 자락에 있기 때문에 이 정도 언덕에서도 마을이 보이지. 아! 저기 보이는군."

이철성이 가리킨 손가락을 따라가자 그다지 높지 않은 산이 하나 보였고, 그 산의 끝 자락쯤에 보일 듯 말 듯한 연기가 피어오르고 있었다.

"저곳이군요? 거의 다 온 것이 맞군요."

"그래. 조금만 더 가면 되니 힘내게. 벌써 해가 산중턱에 걸렸군. 서두르지 않으면 마을에 닿기 전에 해가 지겠는걸?"

두 사람이 발길을 재촉하며 마을로 향하는 동안 산 반대편, 청수곡이 내려다보이는 산의 중턱에는 오십여 명의 사람이 병기를 말아 쥔 채 모여 있었다.

"채주님, 시작할까요?"

뱁새눈을 한 사내가 바위에 걸터앉아 있는 민대머리 중년인에게 말했다.

"아직. 해가 지거든 내려가자."

등 뒤로 긴 철봉을 걸쳐 맨 대머리 장년인이 말하자 뱁새눈의 사내가 히죽 웃으며 말을 이었다.

"채주님도 참, 저런 손바닥만한 마을 하나 갈아엎는데 뭐 하러 해 떨어지길 기다립니까. 저랑 애들이랑 내려가서 적당히 다져 놓을 테니

채주님이랑 부채주님은 천천히 내려오십시오."

히죽이며 말하는 꼴이 영 정이 안 가는 면상만큼이나 마음에 안 든다. 뱁새눈의 사내가 자리를 털며 일어나자 채주라 불린 대머리 중년인 옆에 앉아 있던 사내가 몸을 일으켰다. 몸을 일으키는 것만으로 사내의 주변이 꽉 차 답답해 보일 만큼 거구의 사내였다.

"시끄럽다, 오가(敖哥) 놈아! 너 아까 내가 한 말은 귓등으로 들어 처먹었냐?"

거구의 사내가 호통을 치자 자라목처럼 목을 움츠린 뱁새눈의 사내가 미적미적 자리에 도로 앉으며 투덜거렸다.

"부채주님도 참, 아니 뭐, 미리 내려가서 조용히 사람들 끌어 모아놓겠다고 말한 건데, 그리 화를 내슈."

"오가 이 새끼, 그래도 뚫린 입이라고 잘도 주절대는구나. 니가 제법 성안에서 놀다 들어온 놈이라고 내가 바지저고리로 보이는 모양인데, 한 번만 더 그 입 주절대면 모가지를 비틀어 버릴 테니 입 다물고 얌전히 있어! 알았어?!"

"아… 예……."

한바탕 무안을 당한 뱁새눈의 사내. 철탑 같은 거구의 사내, 부채주 주귀양의 기세에 질려 겉으론 아무 말도 못하고 있었지만, 그의 마음속에서는 한 가닥 앙심이 품어지고 있었다.

'곰 같은 새끼. 니가 감히 나 탈명도(奪命刀) 오조(敖彫)님을 그리 뭉갰겠다. 어디 두고 보자. 언젠가 네놈 목 줄기에 반드시 이 몸의 탈명도를 박아 넣어줄 테니.'

탈명도 오조. 탈명도란 거창한 이름에 걸맞지 않는 그저 그런 비도

술(飛刀術)이었지만, 파락호들 사이에서는 제법 이름이 알려진 자였다. 재수없게도 성내에서 칼부림을 잘못하여 사람을 죽이고 이리저리 도망치다 호리채까지 흘러들어 몸을 의탁하게 된 자였다.

"다시 한 번 말하지만 절대 청수곡 사람들을 다치게 하면 안 된다. 알았나?"

"예……."

그다지 탐탁지 않은 대답들이었지만, 어쩌랴. 저 곰 같은 부채주의 명을 어긴다면 팔다리 하나쯤은 부러질 각오를 해야 하니 그저 시키는 대로 하는 수밖에.

호리채의 산적들이 이러쿵저러쿵 하고 있을 무렵, 호리채 무리들이 머무르고 있는 산의 맞은편 야산에서는 장철웅이 긴 나무를 다듬고 있었다.

"거의 다 되었구나. 여덟 재(尺)라… 조금 짧은 듯도 하지만 어차피 마상(馬上)에서 쓸 일도 없을 것이니 더 길어 무엇 하리."

곧게 뻗은 나무. 수백 번의 손질을 한 것이 틀림없는 것이, 손으로 깎은 솜씨치고는 제법 매끄러운 동선을 가지고 있었다. 다 깎은 듯 눈앞으로 창대를 올려 곧게 뻗었는지 한 번 보고 걸터앉아 있던 바위에 걸쳐 놓고는 두 손으로 힘껏 눌러보기도 하고, 파공성을 내며 좌우로 휘둘러 보기도 하는 철웅이었다.

"그럭저럭 좋구나."

바위 위에 놓아두었던 사모창날을 들어 나무 끝에 끼우고는 돌 위에 사모창의 반대편을 힘차게 수직으로 몇 번 내려쳤다. 그리고 미리 준비한 것인지 길게 잘라진 천 조각으로 창날을 두르기 시작했다. 천천히, 그러나 있는 힘을 다해 천 조각으로 창대와 창날을 고정시켰다.

창날만 한 재[尺]나 되는 아홉 재[尺]길이의 사모창(蛇矛槍)을 꼬나 쥐고 일어서는 철웅의 얼굴이, 나무 사이로 비치는 붉은 빛살들로 붉게 물들어갔다.

"나도 늙었나 보구나. 이상한 기분 따위에 호들갑을 떠는 꼴이라니……."

자신의 손에 쥐어진 장창을 바라보며 피식 웃어버리는 철웅. 그는 가져왔던 것들을 주섬주섬 챙기고는 마을로 내려가기 시작했다.

서산으로 지는 태양이 뿌린 붉은빛으로 인해, 핏빛으로 물들고 있는 청수곡으로…….

청수곡에는 마흔일곱 호, 백마흔세 명의 사람이 살고 있다. 마을 북쪽, 철웅의 모옥을 제외하면 마을의 거의 모든 가옥이 원심을 그리며 옹기종기 모여 있기에 남쪽 끝 마을 초입의 장씨네 집에서 마을 북쪽 개울가 철웅의 집까지 설설 걸어가도 반 각이면 충분했다.

워낙 작은 마을인지라 시장 따위는 설 틈이 없고, 대부분 먹고사는 일은 자급자족하거나 물물교환을 하여 살아간다.

마을 유일의 객잔인 청수장이나 장 노대의 철기점이 그나마 상점 구실을 한다랄까. 그나마도 청수장은 어쩌다 생기는 혼사 같은 경사나 간간이 청수곡을 들르는 외인들이나 받아 꾸리는 정도이고, 철기점 장노대 역시 끼니거리나 받고 괭이나 낫 따위를 만들어주는 것이 보통이었다.

그래도 마을 촌장인 황보 선생이 작은 서당을 하여 아이들을 봐주고, 솜씨 좋은 장 의원이 아픈 곳을 봐주니 마을 사람들은 그저 농사나 열심히 짓고 집안 잡일만 걱정하면 되는, 여타 다른 마을보다는 훨씬 살기가 수월한 그런 곳이다.

그러니 이런 마을에 부자가 있을 리 없고, 가난한 이가 있을 리 없었다. 악한이 발붙일 이유가 없고, 흉액(凶厄)이 찾아올 이유도 없었다.

사람들 모두 그리 알고 있었고, 지난 수십 년간 그리 살아왔지만, 세상만사가 어디 사람들 생각대로 돌아간 적이 있었던가……

해가 서산으로 넘어가고 사위가 어둑해질 무렵. 청수곡으로 불어오던 겨울 삭풍이 유난히도 매서웠지만, 아직은 아무도 모르고 있었다.

겨울밤은 이르게 찾아오고 더디게 물러간다. 아직 술시(戌時:오후 7~9)로 접어든지 얼마 지나지도 않았건만, 사위는 이미 어둑해져 등불이 없으면 앞을 가늠하기 쉽지 않을 정도이다.

마을 뒤 개울을 중심으로 갈라지는 산의 끝 자락에 위치한 청수곡이었기에 문밖을 나서서 몇 걸음 만 떼어도 산으로 오를 수가 있었다. 물론 마을 사람 대부분 농사를 짓고 살기에 산을 오르는 일이 자주 있는 것은 아니었지만, 그래도 간혹 땔나무를 하러 산을 오르는 일이 있기에 집에서 산으로 오르는 오솔길이 두세 집 건너 하나쯤은 산으로 나 있었다. 청수곡을 노리는 호리채 산적들이 마을로 진입하던 길은 마을의 중앙 선상에 있던 그런 오솔길 중 하나였다.

　시끄럽게 소란을 피우며 마을을 흔들어놓는 것이 정상적인 산적의 행동거지였겠지만, 부채주 주귀양이 엄명하였기에 산적들은 마을로 조용히 진입한 후, 마을 촌장 황보 노인을 붙잡아 담판을 짓기로 한 것이다.

　하나 둘 산비탈 오솔길을 통해 마을로 들어오는 무리가 보이기 시작했다. 선두에 탈명도 오조를 앞세운 호리채 산적들의 모습이 마을로 들어서며 삼삼오오 짝을 지어 마을의 이곳저곳으로 산개하고 있었고, 아까의 치욕을 잊지 않은 것인지 사라지는 산적들과 달리 홀로 발걸음을 옮기지 않고 있던 오조의 눈빛은 사나워져 있었다. 모든 산적 패거리가 마을로 스며들자 그제야 발걸음을 떼어놓기 시작한 오조였고, 오조가 향하는 발길의 끝, 마을 오솔길과 만나는 첫 번째 집.

　그곳에는 울다 지쳐 잠든 소소와 실성한 그녀의 노모가 곤히 잠들어 있는 '그 집'이 있었다.

＊　　　　＊　　　　＊

　"정말 이게 얼마만인가～! 문주님은 안녕 하시고?"

　"예, 의원님. 의원님 덕분에 사모께서는 이제 아무런 병세도 보이지 않으시고, 건강하게 잘 지내고 계십니다."

　"그래, 자네 사모의 병은 그리 쉽지 않은 병이었으나 자네 사부가 일찍 병을 발견하여 어렵지 않게 고칠 수 있었지."

"사부님께서는 아직도 그 은혜를 잊지 않으시고 계십니다."

"허허. 은혜는 무슨, 벌써 십 년이 다 된 일을……."

청수장이 오랜만에 활기를 띠고 있었다. 한겨울 삭풍을 뚫고 외인이 찾아온 것이다. 천지가 활발히 움직이는 시절이라면 한 달에 너댓 번 정도는 외인을 맞기도 하지만, 이 엄동설한에 외인이 청수곡을 찾는 일은 손에 꼽을 정도로 드문 일이었다.

이철성과 막고위가 청수곡을 찾은 것은 유시(酉時:오후 5시~7시) 초. 두 사람은 도착하자마자 청수장에서 여장을 풀고 있었는데, 어찌 알았는지 장 의원이 두 사람을 찾아왔다. 이철성이 말한 청수곡의 지인은 바로 장 의원이었던 것이다. 장 의원과 이철성이 반갑게 서로를 반기었고, 막고위와 장 의원도 간단한 인사치레를 하고 곧바로 요기를 겸한 술자리를 마련했다.

"그나저나, 장 의원님. 장 의원님은 이곳 청수곡에 아주 뿌리를 내리신 겁니까?"

"허허, 사람도… 언제 내가 다른 곳에 뿌리내린 적이라도 있는가?"

"하하, 말이 그렇게 되나요? 제 말은 장 의원님같이 의술에 조예가 깊으신 분이 어찌하여 넓은 곳에서 그 훌륭한 조예를 펼치지 않으시는지 궁금해서 그럽니다."

"허허, 천하가 넓은데 나 같은 자가 어디 한둘이겠는가. 사람을 원하는 곳에는 그곳에 어울리는 사람이 찾아가는 것이고, 이곳에서도 내가 할 일이 적지 않으니 내가 청수곡에 뿌리 내린들 하등 이상할 것이 없지 않은가."

"음, 제가 드린 말씀은 다른 뜻이 있는 것이 아니라 장 의원님 같은 분이 꼭 필요해서 드리는 말씀입니다."

"내가 필요하다라… 무슨 일이라도 생겼는가?"

"쉬이 발설치 못함을 용서하십시오. 단지 실력있는 의원이 조만간 많이 등용될 일이 있기에 드리는 말씀입니다."

"허허, 어디서 큰 싸움이라도 나는 모양이군. 그런 일이라면 일없네."

가만히 앉아 잔을 들며 사형과 장 의원이란 사람의 얘기를 듣고 있던 막고위는, 지금 자신의 사형이 사문은 물론 섬서무림(陝西武林)에 관한 비밀스런 이야기를 하고 있다는 것을 눈치 챘다. 물론 막고위는 자신의 사형을 믿고 있었지만, 장 의원이란 자에게 너무 많은 것을 흘려주는 것이 아닌지 걱정하고 있었다.

지금 자신과 사형이 화산 본산으로 가는 이유도 그와 관련된 임무 때문이기에 그런 조바심이 생기는 것일지도 모르지만…….

"사형……."

"엉? 왜 그러나 사제?"

"…장 의원님께 말씀드리기에는 조금……."

"아! 자네, 지금 내가 너무 가볍게 말한다고 생각하는 것이로군?"

"아, 아니, 저는 그런 것이 아니라……."

"하하. 장 의원님은 내가 아니라 우리의 사부님이 보증하시는 분이네. 그런 걱정은 결단코 할 이유가 없네. 하하."

"…예."

막고위는 얼굴이 붉어졌다. 그리 크게 말하지 않아도 되는 것을.

"허허, 자네도 너무 그러지 말게나. 내가 무슨 인물이라고 자네 사부와 같은 사람에게 보증을 받을 수 있겠나."

"의원님을 보증하지 않으면, 아마 섬서에서 저희 사부님의 보증을 받을 수 있는 사람은 하나도 없을 것입니다."

"예끼, 이 사람, 사람 얼굴에 금칠을 해도 유분수지. 하하하!"

"하하하!"

장 의원과 이철성, 두 사람 모두 적당히 취기가 올랐는지 얼굴에 옅은 홍조까지 띠어가며 박장대소했다. 두 사람의 친분이 상상 이상인지라 도리어 머쓱해진 막고위였다.

사실 막고위는 모르고 있었지만, 과거 십여 년 전 태진문의 현 문주인 일매화(一梅花) 악철영의 본처가 원인 모를 병으로 시름시름 앓았던 적이 있다. 보통 사람 같으면 그저 몸이 허약해서 그렇겠거니 하고 넘어갔을 법도 한데, 본처에 대한 애정이 지극했던 악 문주는 당장에 의원을 불러 진맥케 했다. 한데 의원 다섯 사람이 진맥을 하였음에도 병명을 알아내는 자가 없었다. 다행이 여섯 번째 진맥을 한 자가 그 병명을 알아냈는데, 악 문주의 처가 앓고 있던 병은 다름 아닌 번위(飜胃:위암)였다. 하나 번위라 하면 세간에서도 그 치료의 성과가 있었다는 예를 들어본 적이 없는 불치병으로 치부되었으니 선뜻 치료에 나서는 의원이 없는 것은 당연지사.

어느 간 큰 의원이 장담할 수 없는 불치병을 가진 무림문파의 귀한 몸을 치료하려 하겠는가. 상황이 이러니 악 문주의 낙담이 이만저만이 아니었다. 그렇게 얼마의 시간이 흐른 후 우연히 지인으로부터 청수곡에 용한 의원이 있다는 이야기를 듣고 급히 그 사람에게 전갈을 넣으니 선뜻 청을 거절치 않고 태진문으로 찾아왔다. 그가 바로 장 의원이 었는데, 이제 갓 사십을 넘긴 듯한 자가 의원이랍시고 찾아와 병을 고 쳐 보이겠다고 하니 태진문 내에서는 아무도 그것을 믿는 자가 없었다. 그때 장 의원을 도와 사모의 병을 치료하기 위해 나선 자가 이철성이 었고, 두 사람의 노력 덕분인지 태진문의 안주인은 건강을 되찾을 수 있었다. 장 의원이 태진 문주에게 은인 대접을 받게 된 것은 당연지사 였고, 이철성 역시 그 노고를 인정받아 확고한 차기 문주로서의 다짐을 받은 셈이니 이철성이 장 의원에게 가지는 마음이 오죽하랴.

이러한 비사를 모르는 막고위가 장 의원을 외인처럼 생각한 것도 무 리가 아니었다.

이런 저런 사담이 시간 가는 줄 모르고 오가고 있었고, 어느새 밤이 제법 깊었는지 주방으로 드는 문가에 앉아 있던 장 숙주도 그 모습이 보이질 않고 있었다.

"어찌 되었든 자네들이 사는 세상과는 인연이 없는 듯하이."

"하하, 그러하시겠지요. 그래도 제가 찾아오는 것까지 막지는 않으 시겠지요?"

"좋은 술이나 들고 찾아온다면야 굳이 막지는 않겠네."

"예? 하하하하."

"하하하."

화기애애한 술자리가 이어졌고, 슬슬 잠이 오기 시작한 막고위가 먼 저 자리를 일어서려고 사형에게 얘기하려던 찰나, 술잔을 입으로 가져 가던 이철성이 멈칫했다. 술잔을 멈춘 동작이 예사롭지 않아서인지 장 의원과 막고위도 이철성의 반응을 이상히 여겼다.

"무슨 일인가?"

"밖에서 무슨 소리가 들린 듯해서요."

"소리?"

장 의원도 고개를 돌려 객잔 밖을 보았지만, 간간히 하얀 눈발만이 날리며 바람 소리만 남기고 지나갈 뿐 다른 어떤 소리도 들리질 않았다.

"뭘 잘못 들은 것이 아닌가?"

하지만 장 의원의 이야기에 아랑곳하지 않고 술잔을 내려놓은 이철성은 살며시 자리에서 일어나며 왼손에 쥔 검을 굳게 잡았다.

"장 의원님, 객잔 밖으로 나오지 마십시오."

"아니, 자네?"

"사제, 검을 들고 따르게."

"예? 아… 예."

어리둥절한 사람들. 하지만 내공을 운기하며 주변을 살피던 이철성의 귀에 들린 것은 작지만 분명한 병장기 소리였다. 그리고 마을 곳곳에서 일어나고 있는 작은 움직임들은 이철성의 오감을 자극하는 어떤 것이 분명히 섞여 있었다.

말로는 형용하기 힘든, 검을 쥐어본 자만이 느낄 수 있는 어떤 것이.

침상에 누워 잠을 청하던 철웅이 한순간 감았던 눈을 떴다. 그리고 천천히 몸을 바로 누이고는 문 쪽을 바라보았다.

느낌.

그것은 어떤 느낌이었다. 눈으로 보고 귀로 들어야 아는 그런 것이 아닌, 그런 것들보다 더 분명하게 철웅의 육신을 자극하는 어떤 느낌이었다. 조심스레 몸을 일으킨 철웅은 침상 밑으로 손을 넣어 장창을 꺼내 들었다. 그리고 문을 향해 한 발 한 발 천천히 걸음을 떼었다.

철웅은 빌었다. 자신이 느낀 느낌이 그저 일상에 적응하다 느껴지는 과거의 잔재이기를, 자신의 착각이기를.

문이 열리자 철웅은 창을 잡은 손에 힘을 주었다. 그리고,

"빌어먹을~!!"

철웅은 땅을 박차고, 개울을 뛰어넘어 마을로 달리기 시작했다.

월광의 푸른빛을 반사시키며, 마을 이곳저곳을 헤집고 다니는 수십 개의 날 선 것들을 향해.

천지 사방에 꽃들이 만발하고, 아스라이 보이는 동산 위에는 만발한 꽃들보다 훨씬 어여쁜 처자들이 장삼에게 오라 하며 손짓하고 있었다. 한달음에 동산을 올라 처자들을 품에 안고 향긋한 꽃 내음 속에 빠져 있는데, 장삼의 무릎베게를 해주고 있던 눈이 고운 처자가 그의 뺨을 툭툭 치며, 앵두 같은 붉은 입술로 이렇게 속삭였다.

"이봐, 이제 그만 일어나지?"

입을 반쯤 벌린 채 단잠을 자던 장삼이 게슴츠레 눈을 뜨자, 그의 뺨을 칼로 툭툭 치던 호리채의 한 사내는 히죽 웃으며 장삼에게 말했다.

"이봐, 어디 가서 육떡이라도 주무르는 꿈을 꾸고 있었나 본데, 잠깐 일어나 줘야겠어."

아직도 반쯤 잠이 덜 깬 장삼은 무슨 소린가 싶어 주위를 둘러보았다. 그리고 자신을 보며 누런 이를 드러내 보이는 털보 장한과 그의 손에 들린 서슬 퍼런 장도(長刀)를 보고선 삽시간에 허옇게 얼굴이 질리며 비명을 질러보려 했지만, 목 언저리에 놓인 장도 때문인지 꺽꺽거리기만 할 뿐이었다.

오십여 명의 호리채 산적들은 그렇게 마을을 장악하기 시작했다. 마을 사람들 중에는 제법 반항하는 자들도 있었지만, 평생 흙만 일구고 살아온 사람들에게 명색이 산대왕이라 불리는 호리채 산적들을 당해낼 재간 따위가 있을 리 만무했다. 그저 몇 번 호되게 얻어맞고는 가족들의 부축을 받으며 마을의 중앙으로 끌려 나올 뿐.

마을 여기저기서 산적들이 사람들을 끌어내고 있을 때, 마을에서 가장 멀리 떨어진 두 곳에서 산적들을 향해 접근하는 자들이 있었다. 남쪽의 이철성, 막고위… 북쪽의 장철웅. 사방으로 조여들던 산적들도 아직은 두 곳의 조심스런 움직임을 알아채진 못하고 있었다.

마을 안에서 벌어지는 일이 심상치 않음을 느낀 이철성은 급히 무슨 연유인지 알아보려 했으나 일단의 병장기를 휴대한 자들에게 이끌려 나오는 양민들을 보고는 경거망동해서 될 일이 아니라 판단하고, 사제 막고위와 함께 잠시 몸을 숨겼다.

한 무리의 어떤 자들이 마을 사람들을 한곳으로 모으고 있었다. 마을 사람들이 모여드는 곳은 마을 중앙에 있는 제법 넓은 공터로, 청수곡의 서당이자 촌장의 거처가 있는 조금 큰 초가집 앞에 위치한 마을 공터였다. 어떤 사람들은 잠을 자다 곧바로 끌려 나왔는지 옷 몇 조각 걸치지도 못한 채 오들오들 떨고 있었고, 그나마 어떤 배려가 있었는지 아낙들과 아이들은 이불보라도 뒤집어쓰고 나왔건만 추위가 아닌 두려움으로 인해 바들바들 떨고 있었다.

"야, 장 의원이 누구야?"

"그게, 아직 찾질 못했습니다. 마을 사람이 말한 거처에도 없고."

"됐다. 없으면 하는 수 없지 뭐."

왕일이 수하와 말을 나누는 사이 마을 사람들이 모두 끌려 나왔고, 마지막으로 끌려 나온 사람이 요 근래 제대로 잠 한숨 이루지 못하던 마을 촌장 황보 선생이었다.

"…당신들은 누구요? 아닌 밤중에 홍두깨라고, 우리같이 힘없는 양민들에게 무슨 억하심정으로 이러는 것이오!"

호리채 산적들의 서슬 퍼런 칼들도 이 노인네에게는 아무런 약발이 듣지 않는 모양이다. 황보 선생은 호리채 산적 하나하나를 둘러보며 카랑카랑한 목소리로 따져 물었다.

"아, 댁이 이 마을 촌장인가 보군. 우리가 누군지가 중요한 게 아니라 우리가 왜 왔는지가 중요한 거라우."

별반 힘들이지 않고 마을을 접수한 왕일이 촌장을 보며 미소를 띤 채 말했다. 어쨌든 왕일에게 있어 청수곡 사람들은 잡아놓은 먹잇감 그 이상도 이하도 아니었으니까.

"뭐, 길게 얘기 안 하겠수다. 우리 아이들이 배고파서 양식 좀 얻으려고 예까지 어려운 걸음을 하게 됐소. 뭐, 보아하니 털어서 금붙이 하나 나올 거 없는 마을, 이런 마을에서 칼부림해 봐야 품삯도 안 나올 게 뻔하고, 시끄럽게 일일이 뒤집어보지 않을 테니 마을에 있는 양식 절반만 내놓으시오."

"…채주님, 이런 마을에 남아 있는 양식 절반이래야 쌀 몇 섬 되지도 않을 텐데."

양식의 절반이라는 말에 뭐가 아까운지, 대머리 채주 왕일에게 하소연하는 자가 있었다. 그러나,

"너, 지금 내 말에 토 다는 거냐?"

"에? 아, 아닙니다."

왕일의 매서운 눈짓 한 번에 말을 꺼냈던 사내는 금세 꼬리를 내렸다.

"자, 촌장 영감. 우리도 바쁜 사람들이고, 댁의 마을 사람들이 자던 잠이나 마저 자게 후딱 끝내고 헤어집시다."

황보 선생은 두 눈을 감았다. 어찌 이런 일이 벌어졌을꼬. 지난 수십 년간 이런 일이 없었기에 어찌할지 고민해 보는 황보 선생이었지만, 고민할 이유가 없었다. 그들은 칼을 쥐고 있었고, 자신들은 목을 내놓은 상황이었으니.

"다들 양식을 추려오게……."

어쨌든 사는 게 우선이었다. 객기를 부려 대항해 보겠다는 생각은 애시 당초 하지도 않았다. 이런 일에 크게 다친 사람이 없다는 것이 다행이라면 다행인 것이라 생각하는 것이 마음 편했다. 거기다 양식의 절반이라니, 황보 선생은 그나마 불행 중 다행이라 생각했다. 그렇게 생각하고 있었다.

마을의 중앙에 밀집한 사람들. 호리채 산적패와 마을 사람들 사이 어디에서도 보이지 않던 오조가 있던 곳은 오솔길을 내려와 처음 침입했던 바로 '그 집'이었다.

"흐흐… 이런 외진 마을에 너 같은 진주가 숨어 있었다니, 이 오조 나으리가 횡재를 하는구나… 흐흐."

가뜩이나 작은 뱁새눈이 반쯤은 더 가늘어진 채 오조는 비 맞은 참새마냥 바들바들 떨고 있는 소소를 향해 조금씩 다가가고 있었다. 소리를 지르려 했던 것일까, 소소의 눈동자가 화등잔만하게 커졌을 때 그자의 목소리가 들렸고, 소소는 그대로 굳어버렸다.

"한 발자국만 움직이고, 외마디만 질러도 네 뒤의 할망구 모가지를 딸 테다. 흐흐."

소소는 뱀 앞의 쥐마냥 손가락 하나 움직이지 못했다. 등 뒤로 가 바닥을 짚고 있던 손을 조금 움직여, 세상모르고 잠들어 있던 노모의 손을 움켜잡는 것도 소소에겐 너무나 벅찬 일이었다.

"자, 이리 오너라… 이 어르신이 극락으로 보내줄 테니. 흐흐."

저자가 어찌 왔는지, 무엇 때문에 왔는지는 알 수 없었지만, 자신에게 어떤 짓을 하려고 하는지는 묻지 않아도 듣지 않아도 알 수 있었다.

당장이라도 자리를 박차고 달아나고 싶었다, 등 뒤의 어미만 없었다면.

역겨운 눈빛으로 자신의 위아래를 훑어보며 다가오는 저자를 피해 마음은 십 리 밖을 달리고 있었으나 몸은 움직일 줄을 몰랐다.

뱀같이 차갑고 거친 손이 목덜미를 쓸어 내려도, 목과 어깨를 지나 윗저고리 고름을 풀어헤쳐도, 벌어진 저고리 속으로 차갑고도 역한 손이 헤집고 들어와 가슴을 주물러도… 소소의 몸에서 일어난 반응은 하염없이 흐르는 눈물이 고작이었다.

손등으로 떨어진 소녀의 눈물을 알고 있었을 터인데 두 눈 가득한 음욕의 기운은 식을 줄 몰랐고, 불끈 솟아오른 물건의 재촉에 서둘러 치마 고름으로 손을 옮기는 오조. 그리고 막 치마 고름을 풀어내리던 오조의 귀에 외마디 신음 같은 소리가 들려왔다.

"…상이 왔느냐?"

쉬어 갈라진 목소리. 굳이 고개를 들지 않아도 소녀의 뒤에 있던 늙은 할망구의 목소리가 분명했다. 할망구의 말씀은 무시하고 치마 고름을 풀어내려 하였으나 부스럭거리며 자리를 일어나는 소리에 오조는 짜증스럽게 소리쳤다.

"썅, 닥치고 이불 뒤집어쓰고 있으쇼. 한 번만 더 소리 내면……."

잔뜩 인상을 찌푸린 채 상소리를 지껄이던 오조. 그러나 그는 끝내 말을 맺지 못하였다.

허옇고 긴 머리를 산발하고, 피골이 상접한 흉한 몰골로 마주하고 선 노파가 초점없는 두 눈으로 자신을 바라보고 있다면, 어떤 담 큰 자라도 순간적으로 오금이 저리지 않을 수 없으리라. 소소의 등 뒤로 솟아오르는 소소의 노모는 불 꺼진 방의 적막과 어울려 괴기스러울 정도로 기이한 모습으로 오조를 향해 말을 걸어왔다.

"…이제 왔구나 …이제 왔구나."

"뭐, 뭐야~!!"

자신을 향해 천천히 다가오는 괴기스러운 노파의 모습에, 오조는 하얗게 질린 채 자신도 모르는 새 뒷걸음쳐 물러나고 있었다.

"사제, 아무래도 이자들은 양민을 약탈하러 내려온 산적들인 것 같네."

"산적이요?"

"그래. 저들의 복장도 그렇고, 무질서한 작태나 들고 있는 병기들도 그렇고, 아무래도 인근 산채의 녹림도들 같아."

"어찌하죠? 얼핏 보아도 그 수가 수십은 될 듯한데."

"음… 일단 부딪쳐 봐야 하겠지만, 아무래도 수가 너무 많아. 일단 기회를 보아야겠어."

"예."

이철성과 막고위는 산적들이 모여 있던 공터를 조심스레 훔쳐보다 일단 기회를 보아야겠다는 생각에 조금씩 자리를 물러 뒷걸음질쳤다.

중앙에서 조금 떨어진 마을의 동쪽 방향으로.

"…대략 마흔에서 오십. 모두 병기를 휴대하였고, 지휘하는 자는 중앙에 있는 대머리."

공터의 북동쪽에 있던 작은 초가의 지붕. 지붕 위에 납작 엎드린 채 공터를 바라보고 있는 자의 옆에는 아홉 자 길이의 사모창이 놓여져 있었다.

"산적인가? 마을 사람들이 양식을 모으는 것을 보니 겨울을 나기 위해 마을을 침입한 것 같긴 한데… 음. 형님과 소소가 보이질 않는군."

철웅의 시선은 장 의원이 머무는 마을 초입을 향했다가 소소의 집이 있는 방향을 바라보고 있었다. 마을의 동쪽 끝을……

"아가… 춥지? 어서… 이리 오련… 어서……."

"으… 으흭!"

금방이라도 자신의 몸에 닿을 듯 거죽만 씌워놓은 듯한 가늘고 긴 손을 내밀고 다가오는, 망령 같은 노파의 모습에 오조의 머리 속은 온통 뒤죽박죽으로 엉키고 있었다.

"어머니~! 안 돼요~! 어머니!!"

괴한에게 다가가는 어머니의 발목을 붙잡고 늘어지는 소소였지만, 어디서 그런 힘이 생겼는지 소소를 질질 끌며 천천히 오조에게 다가가는 모습에, 오조는 공포에 질려 품을 더듬거렸다.

"이, 이 …쌍, 저리 가, 저리 가라니까~!!"

소소의 노모는 금세라도 닿을 듯한 아들의 곁으로 다가가고 있었고, 오조는 무엇을 찾는지 다급하게 품속을 뒤지고 있었다.

젖 먹던 힘까지 짜내며 노모를 뒤로 당기던 소소의 손끝으로 불현듯 세찬 떨림이 전해졌고, 노모의 허리를 붙잡고 있던 소소의 손 위로 뜨끈한 무엇이 손등을 타고 흘러내리기 시작했다.

풀썩!

주었던 힘의 반동인지 갑작스레 힘이 빠진 소소의 노모와 함께 소소는 엉덩방아를 찧으며 바닥에 주저앉고 말았다. 그런 어머니의 어깨 너머로 보이던 사내의 손. 사내의 손에 쥐어진 그것에는 붉은 무엇이 가득 발라져 있었고, 사내는 씩씩거리는 숨을 고르고 있었다.

소소는 입술을 깨물며 어머니를 자신의 품으로 끌어당겼고, 힘없이 소소의 품으로 안겨진 어머니의 명치께에서 비릿한 내음의 피가 멈출 줄 모르고 뿜어지고 있었다.

"퉤! 젠장. 육시럴 할망구, 재수없게……."

독한 욕설을 퍼붓는 오조의 눈빛에 왕방울만하게 눈이 커진 소녀의 얼굴이 잡혔다. 오조는 속으로 또다시 욕설을 했다. 음심(淫心)은 달아난 지 오래다. 아쉽긴 했지만, 그래도 어미를 죽이고 자식을 겁간할 만큼은 아니었다.

"기왕지사 이렇게 된 거, 너도 니 어미 품으로 보내주마. 아쉽지만 뒤통수 가렵게 사는 건 체질이 아니라서."

얼마나 깊게 찔렀는지 팔목을 지나 팔꿈치 어림까지 피로 적셔진 오조의 오른손. 그 오른손에 들린 한 자루 비수는 소소의 피도 원하고 있었다.

"…어머니."

나직한 흐느낌.

"…어머니."

서러움에 복받친 소소의 흐느낌이 이어지고 있었고

"어머니~이!!"

가냘픈 흐느낌이 한순간 고막이 찢어질 만큼 처절한 절규가 되어 사방으로 뻗어 나갔다. 놀란 바람이 세차게 몸부림치자 굳게 닫혀 있던 방문마저 귀퉁이가 떨어져 나갈 듯이 벌컥 열려 버렸다.

"이런 개 같은 년~!!"

소소의 절규에 화들짝 놀란 오조. 여아의 외침에 놀랐음이 창피해서였을까, 오조는 손에 들고 있던 비수를 신경질적으로 소소에게 뿌리고 있었다.

고개 숙여 절규하고 있던, 부모 잃은 자식의 새하얀 목덜미 위로……

*　　　　　*　　　　　*

적막한 겨울 밤 공기를 찢어발기며 마을로 퍼진 여인의 처절한 절규~!!

왕일, 주귀양, 호리채의 산적들은 물론 마을 사람들의 고개가 한순간 그 소리의 진원지로 향했다.

왕일은 주귀양에게 눈짓했고, 주귀양은 산적 대여섯 명과 함께 소리가 난 방향으로 달려가기 시작했다.

왕일의 얼굴에 심각한 표정이 떠오르고, 황보 선생이 눈을 질끈 감아버린 것을 시작으로 마을 사람들과 남은 산적들의 얼굴도 그들을 따라 변하기 시작했다.

소소의 절규는 이철성과 막고위의 귓전에도 파고들었고, 두 사람은 반사적으로 소리의 진원지로 몸을 날렸다. 그리 멀지 않았음인가, 자신들이 몸을 숨기고 있던 초가를 돌자 젖혀진 방 안의 풍경이 한눈에 들어왔다.

이철성은 지체없이 검을 뽑아 비수를 높이 든 자를 향해 검을 날렸고, 검은 외마디 파공성을 내며 방 안의 사내를 향해 쏟아져 갔다.

귓전을 파고드는 여인의 소성이 소소의 것이라는 걸 알아차렸을 때, 이미 철웅의 발은 초가와 초가 사이의 지붕을 뛰어넘으며 소소의 집으로 향하고 있었다.

두 번째 초가의 지붕을 박차 오를 때, 모든 상황이 철웅의 눈으로 쏟아져 들어왔다. 열려진 문으로 보이는 피와 여인, 그리고 사내의 손에 들린 비수.

한순간의 망설임도 없었다. 철웅은 지붕을 박차고 날아오른 상태에서 손에 들린 구 척 장창을 세차게 뿌렸다.

대기를 가르고 빛살처럼 날아가는 장창. 날아가는 장창을 바라보는 철웅의 두 눈에 떠오른 감정은… '분노(忿怒)'였다.

오조는 파락호였다. 파락호 중에서 제법 이름이 나 있는 파락호였다. 무사라 부르기는 뭐하지만 비도(飛刀)를 던지는 솜씨가 제법이여서 스스로 탈명도라 부르고 다니기도 하였다. 물론 그를 아는 동료 하오잡배들은 오조의 거창한 외호에 코웃음 치곤 했지만, 섬서 하오문에서 잔뼈가 굵은 오조인지라 그의 앞에서 그의 외호를 비웃는 자는 없었다.

파락호 짓을 처음 시작한 것은 열세 살 무렵이었으니, 철들기 전부터 싸움판을 전전한 셈이다. 그 세월이 벌써 이십 년이 넘었으니, 나름대로 싸우는 법을 터득하고 있는 것이 이상한 것은 아니었다. 오조의 싸움법은 별다른 것은 아니었다. 지금처럼 상대를 죽이려고 칼을 들었을 때도 한 눈은 상대를 보고, 한 눈으로는 좌우를 살필 만큼 제 목숨을 챙긴다는 것이다. 그리고 그 점이 파락호로 서른셋이 될 때까지 뼈마디 한 번 제대로 부러져 본 적이 없을 만큼, 온전히 그의 목숨을 연명케 해준 가장 큰 이유이기도 하고.

눈앞에 있는 계집의 목 줄기를 긋는 것은 지나가는 아이 팔목 비트는 것만큼이나 쉬웠지만, 그 와중에도 버릇처럼 주위의 변화에 귀 기울인 덕에 밖에서부터 빠르게 날아오는 무언가가 있다는 것을 재빨리 눈치 챌 수 있었다. 날아오는 것이 무엇인지 확인 따위는 할 필요가 없다. 위험하다 생각되면 일단 피하고 보는 것이 상책이다. 오조는 내려치던 비도를 몸 쪽으로 당기며 재빨리 내려치던 무게 그대로 눈앞의 여아 쪽으로 몸을 낮추었다. 빠른 판단이었고 빠른 행동이었다. 그의 생각은 그러했다. 그러나 날아오던 무엇은 그의 생각보다도 훨씬 빨랐다.

몸을 움츠린다고 생각하는 순간, 이미 목줄로 그 무엇인가가 삐져나오고 있었고, 목을 가르고 무엇인가가 나온다고 느낀 순간에, 그것은 이미 목을 모두 뚫고 나와 눈앞 여아(女兒) 너머의 흙벽 속에 깊숙이 박혀 있었다.

퍽~!!

목에서 뿜어져 나오는 핏줄기를 보면서도, 보는 것보다 소리가 늦은 걸 보니 엄청 빠른 것이었구나 생각한 오조였다. 자신이 배운 비도의 궁극이 바로 그러한 소리보다도 빠른 극쾌(極快)였기에, 자신으로서는 그 그림자도 못 밟아본 경지였기에, 오조는 죽으면서도 그것을 부러워하며 죽어갔다.

목이 꿰뚫린 채 쓰러지는 오조의 등으로 한 자루 장검이 연이어 박혔지만, 장검이 박히던 순간에 오조의 혼백은 이미 몸을 떠나고 없었다.

오조란 인간이 추잡한 인간이 맞긴 맞았나 보다. 죽어가는 와중에도 어머니의 죽음에 너무도 서글피 흐느끼던 소소의 얼굴에 한 말은 될 듯한 피분수를 뿜어놓으며 죽는 것을 보니.

피를 뒤집어쓴 소소의 동공은 더할 나위 없을 만큼 크게 팽창하고 있었다. 그리고 한쪽으로 쓰러지는 괴한을 바라보며, 어머니의 죽음과는 또 다른 충격이 소소의 머리를 내리쳤다. 목에 구멍이 난 채 죽어 있는 사람. 말이 쉬워 구멍이지 무엇이 뚫고 나왔는지 톱으로 썰어버린 듯 너덜한 상처에, 목은 겨우겨우 머리와 몸통을 붙잡고 있는 것 같았다.

구역질이 넘어왔다.

누군지도 모르고 왜인지도 모르지만, 어찌 되었든 자신을 겁간하려한 악한인데, 통쾌하다거나 다행이라는 마음 따윈 생기질 않았다. 아니, 소소의 머리 속에는 아무런 생각도 떠오르지 않고 있었다. 소소는 결국 손으로 입을 가리고 고개를 돌려 토악질을 하고 말았다. 품에는 어미를 안고 있었지만, 뱃속부터 치밀어 오르는 역함은 참을 길이 없었다.

그리고 토악질을 멈추고 소소가 다시 고개를 들었을 때, 그가 문 앞에 서 있었다.

만월을 등진 채 누구도 방 안으로 들이지 않겠다는 듯한 굳은 표정으로, 철웅은 그렇게 소소의 앞에 나타나 있었다.

이철성은 보았다. 자신이 뿌린 검보다 배는 빠른 속도로 방 안의 그자의 목 줄기를 꿰뚫어 버린 그것을. 날아가는 그것이 무엇이었는지 정확히 알 길은 없었지만, 어쨌든 그것은 가공할 속도로 날아가 정확하게, 그리고 잔인하게 사내의 목을 투과해 버렸다.

정말 말 그대로 투과(透過)해 버린 것만 같았다.

잠시 후 그것의 주인이 땅으로 내려섰고, 성큼성큼 방으로 다가갔다. 그리고는 방문에 서서는 미동도 하지 않고 있다. 얼핏 보기에 그다지 큰 체구는 아니었던 것 같았건만, 그자가 방문을 가로막고 서니 어디에도 방 안으로 들어갈 틈 같은 건 없는 듯하다.

'가공할 만하구나… 한데 저자는 적인가 아군인가……'

쉽사리 결론 내리기 힘들었다. 산적들과 같은 패거리인가? 그렇다면 방 안의 음적을 주살한 일을 설명할 수 없다.

그렇다면 아군인가? 그것도 쉽사리 설명할 길이 없다. 방금 전 방문을 막고 서 있는 자가 보여준 무위는 가히 일류로서 손색이 없는 한 수였다. 이철성의 견식이 매우 뛰어나다곤 할 수 없었으나, 좀 전의 한 수는 칼을 한 번이라도 잡아본 자라면 절로 고개를 끄덕일 만큼 대단한 것이었다. 그러나 아군일 거라는 판단도 쉽사리 내릴 수 없다. 청수곡에 이런 고수가 있다는 이야기는 들은 적도 없을뿐더러, 설사 남몰래 은거한 기인이었다손 치더라도 아직은 쉽게 손을 내밀 처지도 아니었다.

상념이 길었던 탓인가. 마을 안쪽에서부터 사람들의 인기척이 들리기 시작했다.

'마을 사람들이 오는 것은 아닐 테지.'

이철성은 다가오고 있는 산적패와 맞설 것인가를 두고 고민했다. 수중에 검이 없다는 것이 가장 큰 고민이었지만, 이제 와 물러설 수도 없는 노릇이었다.

"사제, 검을 주게."

"예?"

"어서 검을 주게. 아직 이런 싸움은 사제에게 무리야."

사형의 단호한 명령에 막고위는 자신의 검을 사형에게 내주었다.

"사제는 절대 전면으로 나서지 말게."

대사형의 엄중한 말에 막고위는 감히 토를 달지 못하고 뒤로 물러섰다.

그러는 사이 한 손에 병장기를 휴대한 일단의 무리가 사방을 에워싸고 있었다.

"보아하니 마을 사람들은 아닌 듯하구나. 웬 놈들이냐?"

주변을 한 번 둘러본 부채주 주귀양은 이철성과 막고위를 보고는 일갈했다.

"적반하장도 유분수지, 너희가 누구인지 먼저 밝히는 것이 순서일 것 같은데……."

이철성은 몰려든 자들이 대여섯에 불과한 것에 내심 안도하며 그들의 심중을 떠보았다. 그러나,

"목구멍에서 기름이 잘잘 흐르는 것이 이 마을 놈은 아니구나. 하나 어쩌자고 오늘 같은 날 이곳을 찾았을꼬. 그냥 얌전히 그 쇠꼬챙이를 내려놓아라. 이 어르신은 이 마을에 볼일이 끝나면 조용히 떠날 터이니, 그때까지 저리 가서 얌전히 마을 사람들하고 수다나 떨고 있거라."

아직 방 안의 상황을 보지 못한 듯 이죽이며 웃는 것이 이철성으로선 다행이다 싶었다.

'아직 이자들의 성질을 건드려 좋을 것이 없다. 저리 방심하고 있을 때 선공을 취한다면 득을 볼 수도…….'

하지만 이철성의 생각은 생각만으로 그쳐야 했다. 이철성의 뒤, 혈향이 스멀스멀 흘러나오는 듯한 초가 안에서부터 무엇인가가 끌려 나오고 있었다. 한 손에는 긴 장창을 들고 다른 한 손으로는 목이 완전히 뒤로 꺾인 시체를 질질 끌고 나오던, 그 사내가 다가오고 있었기에.

털푸덕~

주귀양은 어안이 벙벙했다. 웬 사내가 질질 끌고 와 던져 놓은, 자신 앞에 널브러진 그 고깃덩어리는 분명 몇 시진 전 자신으로부터 면박을 받았던 오가 놈이 분명했다. 등 뒤에 붙어버린 오가 놈의 면상을 보고서도 한동안 '이게 뭔가?' 싶었다.

"…떠나라."

흠칫 놀라 고개를 드는 주귀양. 자신의 몇 걸음 앞에 서서 긴 창을 옆에 들고 자신과 마주 서 있는 한 사내가 보였다.

사내의 목소리에는 아무런 감정도 실리지 않은 듯했다. 대신 사내의 두 눈에서 흐르는 노기가 심상치 않았을 뿐. 하나 그런 것을 알아볼 만큼 주귀양의 상태가 온전치 못했다.

"…니 …니놈이 한 짓이냐?"

"……."

사내는 말이 없었다. 그저 주귀양을 마주 보는 눈빛 속에서 '떠나라' 라는 말을 하고 있을 뿐.

주귀양은 어이가 없었다. 상대가 누군지, 무엇하는 놈인지, 제법 한 수 한다던 오조가 왜 죽었는지 따위가 중요한 것이 아니었다. 단지 자신이 의형과 함께 꾸리는 산채의 식구가 처참하게 죽었다는 사실만이 그의 머리 속에 새겨지고 있었다.

이철성은 그제야 사내의 얼굴을 자세히 볼 수 있었다. 자신의 한쪽 옆에 나란히 서서 맞은편의 곰같이 생긴 덩치에게 '떠나라'고 명령하고 있는 사내. 굵은 선이 사내다워 보이긴 해도, 깊은 두 눈이 인상적이긴 해도, 그의 한 손에 들린 장창이 예사롭지 않다 해도, 그가 느낀 사내의 첫인상은 '평범한 중년 사내' 이외에 다른 것은 없었다. 과연 이 사람이 방금 전의 가공할 한 수를 보여준 사내와 동일인인가 싶은 착각이 일 정도로.

"이… 이… 이놈~!!"

멍한 정신을 추스른 주귀양의 선택은 당연한 것이었다.

그는 허리에 매어 있던 두 개의 철곤을 양손에 들고 철웅을 향해 몸을 날렸다. 두 자가 조금 넘을 듯하고, 전체가 묵색 철로 만들어진 철곤 두 개가 하나는 철웅의 머리로, 다른 하나는 철웅의 허리를 노리고 날아들었다.

거대한 덩치와는 달리 신속한 일격이었고, 갑작스런 공격이었기에 옆에 서 있던 이철성의 등 뒤로 식은땀이 흐를 정도였다.

하지만 금세라도 철웅의 머리와 허리를 바수어 버릴 듯 날아들던 철곤은 철웅의 사모창에 막혀 튕겨지고 말았다.

탕! 탁!

신속한 대응이었고 적절한 방어였다. 창을 세운 채 창날로는 강하게 마주쳐 튕겨내고, 창끝으로 땅을 찍어 철곤의 공세를 그대로 막아버렸다.

하지만 이미 예상했던 것인지, 자연스런 반응인지 주귀양의 공세는 연이어 계속되었다. 양손으로 휘두르는 철곤이었기에 공격의 연환이 빨랐고, 철곤 무게 자체가 예사 무게가 아니었기에 나무로 만든 창으로 막는데는 한계가 있었다. 눈이 따라가지 못할 정도로 휘둘리는 창대의 궤적에, 따라왔던 산적들은 물론 간격을 띄운 채 두 사람의 공방(攻防)을 바라보던 이철성마저도 눈으로 따라가기 바쁠 정도였다.

일개 산적의 무위라곤 믿기지 않을 정도로 주귀양이 펼치는 곤법은 격조가 있었고, 위압적인 공세 속에서는 일말의 웅혼함마저 느껴지는 듯했다.

'대단한 곤법이구나. 천생 신력이 아니면 제대로 가누기도 힘들 법한데, 저런 무거운 곤을 저리 능숙히 다루다니, 게다가 상당히 체계적인 공부를 한 듯한 연환이 아닌가?! 아, 내가 상대하였다 하더라도 쉽사리 승부를 점치기 어렵구나.'

이철성의 상념이 이어지는 동안에도 두 사람의 공방은 계속되고 있었다. 그리고 공방의 끝은 생각보다 어이없이 끝나고 말았다.

연환 공격을 들어오던 한 자루의 철곤을 몸으로 당기며 비스듬히 선 철웅, 몸 앞의 철곤을 막은 상태에서 창의 끝을 주귀양의 다리 안쪽으로 질러 넣더니 그대로 반대쪽 무릎 안쪽을 후려치는 것이 아닌가, 너무나 순식간에 벌어진 일격인지라 주귀양은 속절없이 무릎을 꿇었고, 한쪽 무릎이 반쯤 꿇려지자 재빨리 창대 끝으로 반대편 다리의 정강이 안쪽을 후려쳐 버리는 철웅이었다. 두 번의 연속적인 타격이 성공하자

오른쪽 다리는 무릎을 꿇고, 왼쪽 다리는 바깥쪽으로 길게 뻗은 채 주저앉은, 다소 우스꽝스러운 모습이 된 주귀양. 갑자기 주저앉아 버린 주귀양을 재빨리 등지고 돌아선 철웅. 무방비로 등을 보이는 주귀양의 뒷목을 창날로 지긋이 눌러 버렸다.

싸움은 끝났다. 산적들은 일순 어찌해야 할지 몰라 주춤거렸고, 목 뒤로 전해지는 서늘한 감촉에 주귀양은 두 손에 쥐고 있던 곤을 땅바닥에 내던져 버렸다.

"…죽여라."

"……."

모든 걸 포기한 듯한 주귀양의 음성에, 철웅은 아무런 대답도 하지 않았다. 시간을 끌어 어찌하겠다는 건진 모르지만, 철웅은 바닥에 무릎 꿇고 앉아 있는 주귀양의 뒷목에 창날을 얹어놓은 채로 미동도 하지 않았다.

그리고 사람들이 몰려들었다. 산적들… 어림잡아도 마흔 명 가까이 되어 보이는 호리채의 산적들이 철웅과 주귀양의 앞으로 달려왔다.

그리 멀지 않았음에도 불구하고 왕일은 뒤에서 들리는 병장기 소리에 별 신경을 쓰지 않았었다. 자신의 의제를 믿고 있었기 때문이다. 하지만 그 믿음이 배신당했다. 자신의 의제는 정체를 알 수 없는 어떤 사내 앞에 무릎 꿇려진 채 고개를 들지 못하고 있었다. 목에 서슬 퍼런 창날까지 올려놓은 채.

"…놈, 넌 누구냐?"

화를 삭이고 있다는 것이 쉽게 느껴질 정도의 가라앉은 음성으로 왕일이 철웅에게 물었다. 하지만 철웅의 대답은 한결같을 뿐······.

"···떠나라."

순간 왕일의 눈에선 불똥이 튀었지만 경거망동할 순 없었다. 저 시건방진 자의 손끝에 올려진 건 다른 사람도 아닌 자신의 의제의 목이었으니.

"지금 어줍지 않은 공갈을 해보겠다는 것이냐. 네놈이 잡고 있는 자는 한 명이고, 내 손가락 하나에 걸린 목숨은 일백이 넘는다. 네놈이야말로 그 창을 내려놓아야 할 것 같은데?"

왕일은 마음을 가다듬고 사태를 유리하게 이끌기 위해 철웅을 자극했다. 하지만 철웅의 대답은 매한가지였다.

"···떠나라 ···모두."

철웅이 말한 모두에 자신의 의제까지 포함된다는 걸 알고 있었지만, 쉽사리 잡은 먹이를 놓아주는 건 자존심 상하는 일이었다. 의제의 목이 걸린 일이었지만, 산채의 존망이 걸린 일이기도 했다.

하지만 그보다는 왕일의 가슴 저 밑바닥에서 꿈틀대고 있던 그것이 조금씩 고개를 쳐들고 있었다. 자신의 의제를 손쉽게 제압한 자다. 자신이라 할지라도 오십 초 안에 승부를 결정짓기 힘든 상대인 의제를 제압해 버렸다.

호승심. 자신의 냉정한 머리를 조금씩 두드리고 있던 것은 호승심이라는 마물이었다. 그리고 왕일은 그 조그만 두드림에 잠시 응답해 보기로 했다.

"호오~ 배짱인가? 좋아. 네놈의 배포가 어느 정도인지 한 번 시험하는 것도 재밌을 것 같구나. 야! 마을 사람 열 명만 데려와!"

왕일의 명령에 주춤하는 산적들이었지만, 이내 왕일의 명령에 따라 열 명 가량의 사람들이 줄줄이 끌려왔다. 열 명 중엔 여자도 있었고, 아이도 있었으며… 황보 선생도 있었다.

끌려나온 자들은 무엇이 어떻게 돌아가는지 어안이 벙벙한 눈치였지만, 황보 선생은 철웅의 손에 들린 장창을 보고 어렵지 않게 사태를 짐작했다. 그리고 이후에 벌어질 일도…….

"후후… 네놈이 겁도 없이 굴었기에 이들이 죽는 것이다. 몇 명이 죽어 나가야 네놈이 그 창을 내던지게 될지 어디 한번 보자구나."

왕일의 이죽거림에도, 끌려나온 마을 사람들의 사색이 된 모습에도 철웅은 아무런 변화가 없었다.

마을 사람들이 하나씩 무릎 꿇려졌고, 그들의 목 위로 겨울 삭풍이 매섭게 훑고 지나고 있었지만 철웅은 움직일 줄 몰랐다.

주귀양의 목 위에 얹어진 철웅의 사모장창 역시 움직일 줄 몰랐다.

왕일과 철웅은 서로를 바라보고 있었다.

거리는 삼 장(三丈). 반 호흡도 걸리지 않을 짧은 거리였지만, 한 발짝 떼는 시늉만 해도 의제 주귀양의 목은 떨어질 것이다.

하지만 자신이 원하는 것에 조금 충실해 보기로 한 왕일이었기에, 마른침이 삼켜지려는 걸 참고는 행여 목울대의 요동을 눈치 챌까 고인 침을 거칠게 바닥에 뱉고 철웅에게 말했다.

"자, 떨어지는 목들을 잘 세라고. 나 역시 궁금하니까. 자네가 들고 있는 그 창의 값어치가 얼마나 되는지. 흐흐."

왕일은 히죽이며 철웅을 바라보곤, 곧 옆에 있던 부하에게 명령했다.

"마음에 드는 놈으로 한 놈씩 쳐라."

왕일의 명령에 주춤거리면서도 무릎 꿇려진 사람들의 뒤로 돌아가는 부하들. 그들의 얼굴에도 찝찝하다는 표정이 역력했지만 어쩌랴, 호랑이 같은 채주의 명령인 것을.

마을 사람들 뒤에 서 있던 산적 중 하나인 여량은 손에 든 칼을 한 번 바라보곤, 재수없게 죽을 운명을 타고난 중년 여인의 명복을 빌었다. 자신에게 무슨 죄가 있으랴. 단지 두목이 시키니 하는 일이다라고 스스로를 타이르면서……

여량은 칼을 두 손으로 맞잡고 높이 쳐들었다. 그리고 머리 위로 높이 올렸던 칼을 바들바들 떨고 있는 아낙의 목덜미 위로 내려치려 하였으나 끝내 내려치지 못했다.

"으윽~!!"

그리 큰 소린 아니었지만, 모여 있던 사람들 모두의 귀에 똑똑히 들린 외마디 신음 소리.

똑, 똑.

왕일의 미간이 역팔 자로 휘어졌다.

자신의 눈앞. 의제 주귀양의 두꺼운 목덜미에서부터 흐르는 붉은 피가 바닥으로 천천히 떨어지고 있었다. 철웅이 지긋이 힘을 주자, 목덜미에 놓여 있던 철웅의 창날이 주귀양의 목덜미를 한 치(寸)가량 파고든 것이다.

아낙의 목을 치려 했던 여량은, 칼을 들었던 자세 그대로 어찌해야 할지 몰라 왕일의 굳게 닫힌 입만 바라보고 있었다.

철웅은 한 올의 감정도 느낄 수 없는 무심한 눈빛으로 왕일을 바라보고 있었다. 그러나 담담한 눈빛과는 달리 그의 머리 속은 분주히 회전하고 있었다.

'저자, 사람을 제법 죽여본 자이지만 그것을 즐기는 자는 아니다. 살인을 쉽게 아는 자였다면 이렇게 번거롭게 마을을 점령하는 짓 따윈 않았을 테니……. 초가 위에서 보았을 때 확신할 수는 없었으나 사로잡은 이자와의 관계도 예사롭지는 않았다. 자… 여기까지다……. 어찌 할 텐가… 싸울 것인가, 물러날 것인가.'

철웅은 왕일을 바라보고 있었다. 그의 다음 행동에 따라 이 상황의 결말이 어찌 될지 정해진다. 청수곡에 불어 닥친 흉포한 피바람이 마을을 비껴갈지 집어 삼킬지…….

철웅의 창 아래 목을 놓고 있던 주귀양 역시 마음이 착잡하기는 마찬가지였다.

'젠장, 재수 더럽게 없는 날이구만. 형님이 나 때문에 욕을 보는구나. 차라리 이놈 창에 그냥 모가지를 확 들이밀어 버려?'

자신 때문에 의형이 발목 잡히고 있다 생각하자 화가 치밀어 오르는 주귀양이었지만, 스스로 목숨을 끊기엔 너무 많은 시간이 흘러 버렸다. 스스로 철곤을 집어 던졌을 때가 그가 죽을 때였다. 지금은 이미 생에 대한 집착이 되살아나 버린 지 오래다…….

결국 그가 할 수 있는 것은 어떤 식으로든 이 상황이 마무리되기를 기다리는 것뿐이었다.

때를 놓친 것은 왕일도 마찬가지였다.

의제의 목에서 흐르는 피를 본 순간 왕일은 당황하고 말았다. 그리고 그 짧은 망설임이, 결국 승기를 건네준 셈이 되고 말았다. 그냥 내려치라고 외쳤어야 했건만, 철웅의 입꼬리에 걸린 작은 변화를 본 왕일이 내린 결론이었다.

'젠장.'

왕일은 자신의 욕구를 잠시 접어두기로 했다. 아직 끝난 것은 아니라고 자신을 타이르며……

"으음."

왕일의 입에서 새어 나온 것은 짧은 신음이었지만, 상황을 파악하기에는 더 이상 아무 말도 필요없을 만큼 확실한 대답이었다.

"카~악 퉤!! 좋다. 네놈이 이겼다. 이만 물러갈 테니 그자를 놓아다오."

"두목?!"

"채주님?"

왕일의 말에 어리둥절해진 것은 오히려 산적패들이었다. 다 잡은 먹이를 놓아주고 가자니… 아무리 채주의 의제라곤 하지만.

"시끄러! 잔말 말고 산채로 돌아가."

한 가닥 불만들이 서린 얼굴이었지만, 산적들은 구시렁대면서도 삼삼오오 산으로 사라져 갔다.

"이젠 놓아줘도 되지 않을까?"

산으로 사라져 간 산적들의 그림자가 거의 보이지 않게 되자, 철웅을 바라보며 왕일이 말했다. 왕일의 말에 철웅은 아무 말 없이 창대를 거두었다.

"휴우……"

마치 만근석이라도 어깨에 짊어지고 있었던 듯 긴 한숨을 내쉬는 주귀양.

"미안허우, 형님……."

어깨가 축 늘어진 의제가 자신의 곁으로 돌아오자 왕일은 다시 철웅을 바라보며 히죽거렸다.

"너무 쉽게 놓아준 것 아닌가? 내가 소리치면 우리 아이들이 되돌아오는데 몇 숨 걸리지도 않을 텐데… 그보다 내가 혼자라서 우습게 보인 건가?"

진심인지 농담인지 철웅을 향한 왕일의 말에 주위에 모여 서로 안부를 묻던 마을 사람들의 표정이 굳어져 갔다. 그러나,

"떠나라."

한 겹 한기가 서린 듯 차갑게 내뱉은 철웅의 축객령(逐客令)에 마을 사람들은 알 수 없는 안도감을 느꼈다. 그리고 뒤이은 철웅의 무심한 대답에 왕일은 입술을 깨물며 주귀양과 함께 등을 돌려 산으로 사라져 갔다.

"돌아올 수는 있겠지만 돌아갈 수는 없을 것이다……."

방문 밖에서 사람들의 웅성거림이 들리고 있다.

문득 방 안을 가득 메우고 있는 이 비릿한 혈향 속에서 도망치고 싶다는 생각이 들었다.

한 발짝만 나서면 되는데, 한 발 떼어놓으면 저 굳게 닫힌 문을 활짝 열고 나갈 수 있는데, 그럴 수가 없다.

나간다면, 그녀마저 달아나 버린다면 눈 감은 그녀의 어머니는 정말 혼자가 된다. 불쌍한 어머니는 정말 혼자가 되어 버린다.

아직, 못 다하였는데…….

아비와 오라비가 없었어도 행복하게 살기 위해, 늙은 어미가 행복해하는 모습을 보기 위해 그녀는 밝아야 했다. 그녀의 밝음으로 그녀의 어미도 행복해하였지만, 그리 보였지만… 진정 행복해지려면 아직도 해야 할 것이 너무나 많았다.

아직 못 다한 것이 너무나 많은데…….

모든 것이 끝났다. 그녀의 어미가 홀로 가야 할 길을 떠났듯 그녀도 홀로 남았다.

혼자가 되었다는 것에까지 생각이 미치자 잊었던 한기가 온몸을 휘감아 도는 것 같았다. 정신이 혼미해졌다. 방 안 가득했던 혈향이 혈무(血霧)가 되어 소소의 주변으로 휘몰아치는 것만 같았다. 느끼지 못하고 있었던 차디찬 어미의 시신이 한없이 무겁게만 느껴졌다.

'…추워 …추워.'

소소의 정신이 혼미해지고, 억지를 부리며 잡고 있던 의식의 끈을 놓치려 할 때, 언제까지 열리지 않을 듯 굳게 닫혀 있던 방문이 열렸다.

그리고 그가 돌아왔다.

소소의 입가에 보일 듯 말 듯 한 미소가 걸린 채 온몸의 기운이 모두 빠져나간 듯 힘없이 쓰러지고 있었다.

방 안 가득한 혈향을 헤치며 다가선 철웅의 품으로…….

황보 선생은 마을 사람들을 다독이며 공터에 쌓인 곡식을 다시 마을 사람들에게 나누어 주고 있었다. 몇 됫박 차이 나는지에 신경 쓰는 사람도 없었고, 소소의 집에서 누가 걸어나오는지 신경 쓸 겨를이 있는 사람도 없었다.

착잡한 심정으로 마을 사람들을 바라보던 황보 선생이 무심코 뒤를 돌아 보았고, 피를 뒤집어쓴 여인을 안고 나오는 철웅의 모습이 시야에 들어왔다.

"이 아이가 쉴 곳이 필요합니다."

황보 선생에게 다가온 철웅은 걱정스러운 눈으로 소소를 바라보곤 말을 건네었다.

"이 아이의 어머니가 산적들 손에 변을 당하셨습니다."

철웅의 얘기에 황보 선생은 두 눈을 감아버렸다.

이야기를 듣고 있었는지 주변의 아낙 몇이 다가오더니 소소를 받아 업고는 종종걸음으로 어디론가 사라져 갔고, 멀어지던 소소를 잠시 바라보다 이내 뒤돌아서 움막으로 향하던 철웅의 등 뒤로 황보 선생의 나지막한 목소리가 들렸다.

"…자네는 누구인가?"

잠시 걸음을 멈춘 철웅.

"철웅입니다……."

멈추었던 길을 다시 걸어가는 철웅의 등 뒤로 황보 선생의 노안이 이어지고 있었다.

"그래… 그렇지. 자네는… 장철웅이었지……."

잠시 철웅의 뒷모습을 바라보던 황보 선생은 노구를 이끌고 자신의 집으로 발길을 돌렸다.

긴 장창을 들고 사람들로부터 멀어지는 사내의 뒷모습만이 노안(老眼)에 남아 있었다.

$*$ $*$ $*$

"쉬어라……."

산채로 돌아온 왕일은 의제 주귀양을 침상에 눕히고 밖으로 나가려
했다.

"…형님 …미안허우."

왕일은 의제의 목소리에 잠시 고개를 돌려 일별하곤 말없이 밖으로
나갔다.

주귀양은 눈물이 날 뻔했다. 의형의 눈빛 속에 실망의 기운이 역력
했다. 다 된 밥에 재를 뿌린 것도 유분수였다. 도적질을 하러 가서 볼
모로 잡히다니, 사내로서 씻지 못할 치욕을 당한 셈이다. 이가 갈리고
몸이 떨려왔다.

치욕을 곱씹으려는 듯 홀로 덩그러니 남겨진 방. 부서져라 이를 악
다문 주귀양은 잠을 이루지 못하고 있었다.

방 안 가득 울리는 의제의 울분 삭이는 소리에 왕일의 눈은 차갑게
가라앉고 있었다.

"조용히…… 애들 다시 모아라……."

잠자리에 들기 전 잠시 소피 보러 나온 털보 여량에게 주귀양이 낮
게 속삭였고, 덩치에 어울리지 않게 눈치 빠른 여량은 눈을 빛내며 동
료들을 깨우기 위해 산채를 돌기 시작했다.

"…일개 산적 나부랭이가 일구이언 어쩌고 하는 것도 우스운 일이
지."

110 노병귀환

약조를 어겨 신의를 저버리는 것은, 아무리 무법천지의 녹림도라도 쉽게 하지 않는 일이었지만, 왕일의 귓가에 울리는 의제의 울분을 삭이는 소리와 아직까지 생생히 귓가를 울리는 목소리가 겹쳐 울리며, 왕일을 움직이지 않을 수 없게 만들고 있었다. 자신의 마음속 마물의 속삭임과 함께.

"돌아올 수는 있겠지만… 돌아갈 수는 없을 것이다……."

'그자와 겨루고 싶다…그자를 무릎 꿇리고 싶다……'
왕일은 아직 자신의 등 뒤에 매달려 있는 철봉을 매만졌다.
'건방진.'
그리고 어느샌가 모여들어 누런 이를 드러낸 채 음흉하게 웃고 있는 산채의 식구들을 바라보며 나지막한 목소리로 명령했다.
"…혈채를 받으러 간다."

*　　　　　*　　　　　*

마치 한바탕 경극을 보고난 것처럼 좀처럼 흥분이 가시지 않던 막고위가 앞서 가던 대사형에게 말을 붙였다.
"사형, 아까 그 사내 말입니다."
"응?"
"장창을 다루던 사내 말입니다."
"아, 장철웅이란 사내 말이군."

"그 사내의 이름이 장철웅입니까?"

"사람들이 하는 얘길 얼핏 들었네. 근데 그 사내는 왜?"

"아니, 그냥."

무엇 때문에 물어보냐고 되물으니 막상 자신이 무엇을 궁금해한 건지 딱히 떠오르지 않아 머뭇거리고 있는 막고위. 그런 막고위의 마음을 알아차린 듯 이철성은 엷게 미소 지으며 자신의 어린 사제에게 대답해 주었다.

"그자의 무공에 놀란 모양이군."

"예? 아니, 놀랐다기보다는……."

놀라웠다. 옆에 사형이 없었다면, 입을 떡하니 벌리고 멍하니 바라보고만 있었을지도 모를 만큼. 하지만 아직은 사문의 공부를 시작한 지 몇 해 되지 않은 막고위였기에, 연원도 모르는 자의 무공을 보고 놀랐다고 말하는 것을 자신의 사형이 어떻게 받아들일지에 대해 고민할 수밖에 없었다. 하지만 짧은 시간 고민할 틈마저 주지 않는 이철성의 뒷말에 막고위는 놀란 눈으로 자신의 사형을 보았다.

"대단한 자였네. 본신무공을 모두 파악하였다라고 말할 수는 없지만, 그자가 보여준 한 수는 정말 대단하더군."

사형의 대답에 막고위의 머리 속에서 자연스레 철웅의 모습이 떠올랐다. 지붕을 박차고 날아올라 허공에서 장창을 뿌리던 모습이 뇌리에 떠오르자 자신도 모르게 주먹이 불끈 쥐어지는 막고위였다. 은빛 궤적을 남기며 뇌전처럼 쏘아지던 한 자루 장창. 철곤을 다루는 산적과의 격투는 또 얼마나 대단하였던가. 막고위의 머리 속에서 철웅의 모습은 쉽사리 지워지지 않을 만큼 깊게 새겨지고 있었다. 하지만 뒤이은 사형의 말에, 자신이 본 철웅의 모습이 얼마나 얕은 부분이었나 깨닫게 되었다.

"하지만 정작 그가 대단한 자라 느낀 것은 산적을 포박한 후라네. 그 상황은 절대 철웅이란 사내에게 유리한 상황이 아니었네. 산적과 양민, 한 사람과 백 명이 넘는 사람. 누가 보아도 거래가 성사되지 않을 조건이었네. 하지만 그가 이겼지, 기세의 싸움에서. 인질로 잡은 산적이 무리 중 제법 지위가 있는 자였기에 그랬을 수도 있지만, 그보다는 아까 보았던 그 산적 두목이란 자와의 기세 싸움에서 철웅이란 사내가 이겼기 때문이라네."

막고위는 고개를 끄덕였다.

기세(氣勢). 기세란 실력과는 다른 것이다. 짐승도 그렇고 사람도 마찬가지, 어떤 식의 싸움이든 초반의 주도권이 가장 중요하다. 무인들의 대결에서 선기(先期)를 잡는 것이 승패에 큰 영향을 미치듯. 주도권 쟁탈에서 가장 중요한 것이 기세다. 한번 기세에서 눌리기 시작한다면 쉽사리 만회하기 힘들다.

"자신의 강함을 상대가 스스로 느끼게 하는 거지. 그런 면에서 철웅이란 자가 대단하다는 것이네. 이런 싸움에 익숙해 보이기도 하였고. 하지만 아직도 궁금한 것이 있어."

사형의 말에 자신도 의문을 느끼는 막고위. 사형은 무엇이 궁금한 것일까?

"만약 산적들이 마을 사람들의 목을 그냥 베었다면 어찌 되었을까?"

막고위는 조금은 잔인한 사형의 말에 상상하기도 싫은 섬뜩한 결말이 되었을 거라는 것을 느꼈지만, 그런 일이 일어나지 않아 천만 다행이라고 생각했다. 마을을 뒤덮었던 어둠은 아직 가시지 않고 있었건만……

객잔으로 향하는 두 사람은 아무것도 느끼지 못하고 있었다.

모옥으로 돌아온 철웅은 자리에 눕지도 않은 채 자신의 장창을 내려다보고 있었다.

'편한가?'

철웅은 자신의 장창에게 물었다.

'…그래.'

그리고 장창의 대답을 들었다. 철웅은 다시 물었다.

'…다시는 너를 쓸 일이 없길 바란다.'

그리고 장창을 침상 밑으로 내던지듯 던져 놓고는 침상 위에 누워버렸다. 창의 대답도 듣지 않은 채…….

'…글쎄.'

철웅은 자리에 누워 눈을 감았다. 아무 일 없었다는 듯, 아무 일 없기를 바란다는 듯… 조용히 속삭이는 창의 대답을 외면한 채…….

第三章
노병진노(老兵震怒)

노병진노

약속은 지킨다
아무도 돌아갈 수 없다, 아무도……

　야밤에 일어났던 난리에 놀랐는지, 방금 소피를 보고 왔는데도 또다시 방광이 무겁게만 느껴진다. 잠 안 자고 이불 펄럭인다며 버럭 소리 지르는 서방을 한 번 흘겨보고 서둘러 방문을 열고 나온 아낙은, 집 주위를 한 번 둘러보고는 초가의 뒤편으로 가 치마를 들어 올리고 허연 엉덩이를 드러내 보이며 바닥에 주저앉았다.

　시원한 물줄기 소리가 들려야 마음이 편하겠건만 영 개운치 못한 배설에 인상을 쓰며, 허리께에서 말아 쥐고 있던 치마를 내리며 일어서는 아낙의 귀에 굵직한 사내의 음성이 들렸다.

　"흐흐… 사내가 칼을 뽑았으면 썩은 무라도 베어야 한다 해서 다시 왔어."

　놀란 아낙을 바라보며 이죽이고 있는 털보 사내. 갑작스런 사내의

노병진노(老兵震怒) 117

출현에 너무 놀라 저도 모르게 뒷걸음질치던 아낙의 목덜미를, 여량의 대감도가 횡으로 갈랐다.

"아~"

소리를 지르려 했었겠지만 여인은 비명을 다하지 못했다. 비명이 나와야 할 입이 달린 머리가 대감도의 여력에 저만치 굴러 떨어져 데굴거리고 있었기 때문이다. 목이 날아간지도 모른 채 서 있던 아낙의 몸이 이내 고목처럼 쓰러지고 말았고, 쓰러진 아낙의 시신에서 흘러나온 피가 작은 내를 이루고 있었다. 피를 쏟고 있는 자신의 몸을 바라보는 아낙의 눈은, 자신의 몸을 타넘고 자신의 서방과 아이들이 있는 집으로 들어가는 털보 사내를 말없이 바라보고 있었다.

그것이 시작이었다.

청수곡에 때 아닌 연기가 피어오른 것은 그때였다.

이철성과 막고위가 객잔으로 돌아가 장 의원이 보이지 않음에 몸을 피했겠거니 생각하고 잠을 청할 무렵. 소소를 업고 돌아온 한 과부가 자신의 방에 소소를 눕히고는 그 옆에 자신도 몸을 누이고 얼마 지나지 않았을 무렵. 소소 어미의 유해를 대강이나마 정리하고 장례를 어찌 지내야 할지 고민하던 황보 선생이 이상한 소리에 방문을 열고 나올 무렵. 그리고 움막으로 돌아온 철웅이 자신의 사모창을 침상 밑에 넣고 오지 않는 잠을 억지로 청하고 있을 바로 그때였다.

"이… 이게 도대체 무슨 일인가…?"

황보 노인은 눈앞의 풍경에 아연실색했다.

마을이 불타고 있었다. 가장 거세게 타오르던 마을 동쪽의 불꽃은 불어오는 삭풍을 타고 금세 초가와 초가를 건너다니기 시작했다. 가옥들 사이로 사람들이 비명을 지르며 집에서 뛰쳐나오고 있었고, 마을은 이내 아수라장이 되어버렸다.

사방을 휘감는 삭풍 따위는 두렵지 않다는 듯 거세게 하늘로 치솟는 불길은 마을의 구석구석이 다 보일 정도의 밝은 화광을 뿌리며 거침없이 타오르고 있었다.

황보 노인은 마을 사람들을 진정시키고 불부터 끄는 것이 우선이라 생각하고는 급히 노구를 이끌고 싸리문 밖으로 나서려 하였다. 그러나 황보 노인의 앞을 가로막고 있던 것은 낮은 키의 싸리문이 아니었다.

"또 보는군, 촌장 영감."

입에 걸린 미소가 왠지 모르게 잔인해 보이는 왕일이 어깨 위에 검은색 철봉을 걸친 채 황보 선생을 반기고 있었다. 황보 선생은 자리에 주저앉고 싶은 것을 억지로 버티며 왕일에게 외쳤다.

"이, 이 버러지만도 못한 놈! 네놈이 네놈 입으로 한 약조를 벌써 잊었단 말이냐!!"

"아… 너무 역성 내지 말라고 영감. 이번엔 그 일로 온 것이 아니거든."

분기로 수염이 부들부들 떨리는 황보 선생을 바라보는 것이 재미있다는 듯 입가에 걸린 미소를 지우지 않은 채 황보 선생을 보며 말했다.

"아까는 곡식이 필요했지만, 이제는 필요없어졌어… 이 마을처럼."

황보 선생은 왕일을 바라보고 있었다. 미소가 아닌 눈동자를, 눈동자 깊숙이 자리한 왕일의 불타는 살의를 바라보고 있었다. 그리고 한 사람을 떠올렸다. 그가 어서 나타나 주기를 마음속으로 빌고 또 빌었다.

그런 왕일의 어깨 너머로 타오르던 화광 속에 그가 있었다. 긴 장창을 옆에 끼고 달려오는 그가……

산적들은 화광(火光) 속에서 미쳐 가고 있었다. 산적질을 하며 사람을 죽여보지 않았던 자는 없었지만 이렇게 한 마을을, 도망치는 양민들을 상대로 칼을 휘둘러 본 적은 없었다. 하지만 그들은 휘두르고 있었다. 모든 일이 처음이 어려울 뿐 그 다음은 그리 어렵지 않다. 여량 역시 처음 아낙의 목을 벨 때만 해도 마음 한구석의 찝찝함을 떨칠 수가 없더니, 아낙의 서방을 베고, 아낙의 자식을 베고 나니 더러운 기분에 조금 익숙해진 것도 같다. 그렇게 미쳐 가고 있었다.

사방으로 뛰어다니는 사냥감을 고르고 있을 때, 무엇인가가 달려오고 있다는 걸 알았다. 여량은 본능적으로 자신의 칼을 두 손으로 붙잡고 있는 힘을 다해 그것을 횡으로 베어버렸다. 그러나 여량의 대감도가 훑고 지나간 자리, 그것은 그곳에 없었다. 한순간 목표를 잃은 여량은 그것을 찾아 두리번거렸고, 머리 뒤에서 들리는 바람 소리에 급히 고개를 들었다. 고개 돌려 바라본 그곳에서 눈부시게 밝은 흰 빛살들이 여량을 향해 쏟아지고 있었고, 그 빛살들이 무엇이었는지는 목이 떨어진 여량에겐 그리 중요하지 않았다.

마을에 치솟은 화광은 철웅의 움막 역시 환히 비추었다. 그것은 철웅을 부르는 신호였고, 철웅은 지체없이 그 부름에 응했다.

바람처럼 달려오던 철웅은 눈앞에 서 있는 자가 어른 넙적다리만큼이나 큰 대감도를 들고 있는 것을 보았고, 마을에 일어난 불길이 누구의 짓인지도 알 수 있었다.

'…산적?!'

철웅은 느낄 수 있었다. 마을 전체를 감싸고 있는 것은, 붉은 화광의 열기가 아니라 짙은 살기란 것을.

가슴이 아팠다. 지금 그의 마음을 잡아 뜯고 있는 이 감정은 후회였다.

'더러운……'

일개 산적과의 약조를 믿어 이런 지경까지 오게 되었다는 것에 후회가 일었다. 차갑게 굳어진 이성은, 인간이란 존재를 고귀한 생명이 아닌 단지 죽여야 하는 적(敵)과 지켜야 할 아(我)만으로 구별해 버렸다. 그의 구 척 장창에도 살기가 어리기 시작했다. 그에게 적이란 말살해야 하는 존재일 뿐이었기에, 철웅의 앞에 있는 대감도를 든 자도 적일 뿐이었다.

그가 도를 휘둘러 오자 철웅은 휘두른 대감도 아래로 신속하게 몸을 낮추어 대감도를 피한 후 그대로 몸을 내빼어 그자의 뒤로 돌아가 장창으로 목을 올려 쳤다. 한 자(尺)나 되는 철웅의 사모장창은 황급히 고개를 돌리던 장한의 목을 너무나도 손쉽게 잘라내어 버렸다.

산적 하나를 황천으로 보낸 후, 서둘러 발길을 재촉하는 철웅이었으나 이미 늦었다는 것을 알 수 있었다. 마을의 동쪽에 있는 거의 모든 가옥들에 불길이 번진 상태였고, 마을 곳곳에서 비명과 칼부림 소리가 들리고 있었다. 철웅의 눈빛이 더욱 굳어졌다.

'그자를 찾아야 한다.'

산적들을 다시 끌고 온 자. 산채의 두목이라던 민대머리일 것이다. 그자를 찾아야 했다. 하지만 마을 안의 상황은 그의 생각보다 훨씬 처참했다.

마을 이곳저곳에 쓰러진 사람들. 그들의 머리 위로 휘둘리고 있는 칼들.

철웅은 이를 악물고 눈에 보이는 산적들을 무차별적으로 찔러갔다. 눈앞에서 사람이 곧 죽을 판인데 그냥 지나칠 수는 없었다. 쓰러져 있던 어린아이의 배에 칼을 꽂아 넣으려던 염소수염을 한 산적의 등판에 창을 쑤셔 박고 곧바로 몸을 틀어, 그 옆에서 아낙을 겁간하려던 자의 목을 잡아 비틀어 버렸다. 듣기 고약할 정도의 뼈 부러져 나가는 소리와 함께 면상이 등판 쪽으로 돌아가 버린 자를 바닥에 내팽개치곤, 창이 꽂힌 채 죽어 엎어져 있는 사내의 등에서 살을 찢어내며 거칠게 창을 뽑아 드는 철웅.

창을 맞고 죽어버린 사내에게 깔려 있던 예닐곱 살 정도의 사내아이는 철웅의 그런 모습에 입술이 퍼렇게 질린 채 부들부들 떨고 있었다. 두 눈 가득 공포를 담은 채.

산적들을 막아선 것이 철웅만은 아니었다. 마을을 불사르던 화광 덕에 객잔의 이층 역시 대낮처럼 밝아졌으니, 잠을 자던 이철성과 막고위가 마을에 일어난 변고를 모를 수가 없었다. 황급히 검을 챙겨 나온 두 사람은 눈앞의 아비규환에 치를 떨며 산적들을 향해 검을 휘두르기 시작했다.

과연 화산의 속가라는 것이 부끄럽지 않을 만한 무공이었다. 마을을 쑥대밭으로 만들고 있던 산적들은 이철성의 검 앞에 변변한 반항 몇 번 못해보고 목을 내놓아야 했다.

이철성이 산적들을 상대하고 있는 검법은 태진문의 독문절기인 영화검법으로, 화산파의 매화검법과 비슷한 검로를 가졌으나 그 동작이 매화검법처럼 섬세하고 화려하진 않았다. 강인한 초식과 실전적인 검세가 돋보이는 검의 놀림을 보고 있자면, 속가무문들의 특징인 본산무공을 바탕으로 좀 더 실전적이고 합리적인 무공으로의 변형이란 목표에 매우 충실하였음을 알 수 있었다.

검의 명문 대화산파에 뿌리를 둔 속가무문(俗家武門). 거기다 그 문파의 대제자가 휘두르는 검을 제대로 받는 산적이 있을 리 만무했다. 하지만 세상엔 언제나 예외란 것이 있는 법. 세 명의 산적을 베어내고 네 번째 산적을 향해 퍼부어지던 이철성의 매서운 공세는 어느새 나타난 한 자루 철봉에 의해 튕겨지고 말았다.

검이 튕겨진 여력에 두어 걸음을 물러서며 철봉의 주인을 바라본 이철성은 지긋이 미간 사이를 좁혔다. 이철성의 검을 막은 뒤 다시금 어깨 위로 철봉을 걸쳐 올린 왕일이 이철성을 바라보며 이죽이고 있었다.

"거참, 이 마을 어디에 내가 모르는 금광이라도 있는 건가? 이런 손바닥만한 마을에 웬 고수들이 이리 많은 건지 원… 쯧쯧."

입으로는 이철성을 고수라 칭하고 있었지만, 눈으로는 가소롭다 말하고 있는 왕일이었다.

"자, 그자가 오기 전에 몸이나 좀 풀어놓는 것도 괜찮겠지."

이철성은 대머리 산적이 말하는 그자가 누군지 직감적으로 알 수 있었다. 이자가 왜 다시 왔는지도 알 수 있었다.

마을을 집어 삼키고 있는 붉은 화광도 그를 부르기 위한 미끼였다는 것 역시…….

철웅은 잠시 창대의 이곳저곳에 나 있는 칼자국들을 바라보고 있었
다. 단단한 나무를 고르고 골라 만들었다곤 하나, 칼과 부딪친 창대가
온전할 리 없었다. 그나마 산적들이 휘두르는 칼과 직접적으로 맞붙을
만큼 일신의 재간이 볼품없지는 않았기에, 짧은 시간 열 명이 넘는 수
급을 베어내었어도 창대가 부러지지 않고 용케 버티어주고 있었던 것
이다.

잠시 숨을 고른 후, 서둘러 발길을 재촉하는 철웅. 담벼락 하나를 돌
자 기다렸다는 듯 철웅의 머리 위로 묵빛 철부(鐵斧)가 내리 꽂혔다.

쉬~엑!!

하지만 철부가 가른 것은 급히 뒤로 물러난 철웅이 아니라, 그의 재
빠른 동작을 미처 뒤따르지 못한 철웅의 그림자였다. 얼마나 세게 내
려쳤는지, '쿵~' 하는 굉음을 울리며 단단히 얼어 있던 땅을 깊게 파
고들어 사방으로 돌가루를 날리고도 무사했던 철부였으나, 철부를 내
려친 산적은 손아귀가 찢어지는 바람에 철부를 놓쳐 버리고 말았다.
적을 눈앞에 두고 병기를 놓쳤으니 죽어도 할 말이 없으련만, 장창에
꿰뚫린 목을 부여잡고 쓰러지던 산적은 할 말이 많이 남아 있다는 표
정을 남긴 채 바닥에 고개를 처박고 있었다.

몸을 돌린 철웅의 앞에는 언제 나타났는지 산적 셋이 품 자(品字)로
서서는 철웅을 노려보고 있었다. 늦은 감이 있지만, 철웅이 나타났다
는 사실과 나타난 철웅이 자신들과 절대 비등한 상대가 아니라는 걸
알았으니 세 사람이 합공이라도 하겠다는 표정이었다. 철웅의 눈길이

훑고 지나갈 때마다 철웅을 감싸고 서 있던 산적들의 등줄기로 식은땀이 흘러내리고 있었지만, 산적들 역시 눈앞의 이자를 살려두고는 결코 산채로 돌아갈 수 없다는 걸 알고 있었다.

산적들이 눈길을 주고받고, 한순간 철웅과의 거리를 좁히며 칼을 휘둘러 왔다. 검로도 일정하지 않고 기세 또한 제각각이었지만, 목표는 오직 하나. 그러나 품 자라곤 해도 등 뒤를 내어준 품 자는 아니었기에, 좌우(左右)와 중앙(中)의 세 방위로 날아드는 산적들의 칼들을 모두 바라볼 수 있었던 철웅은 가장 먼저 자신에게 도달한 좌측 사내의 칼을 창날로 맞이함과 동시에 그대로 창을 회전시켜 막았던 칼날의 넓은 면에 창날을 붙이곤, 막았던 칼을 횡으로 세차게 밀어 조금 늦게 휘돌린 다른 두 개의 칼을 동시에 밀쳐 막아내었다.

세 자루의 칼이 맞부딪치고도 밀려날 만큼 거센 힘에 일순 균형이 흐트러진 좌측의 사내가 등을 보였고, 철웅은 날아든 칼을 밀어낸 반동으로 몸을 반 바퀴 회전한 뒤, 회전하던 방향 그대로 장창을 휘둘러 휘청거리던 산적의 등을 꿰뚫어 버렸다. 산적의 등 뒤로 숨어버린 철웅을 보지 못한 다른 두 산적과 함께.

철웅의 공격에 인정 따윈 없었다.

일격필살(一擊必殺). 이미 적(敵)이란 존재로만 남은 산적들과 마주쳐 단 한 명의 산적도 살려두지 않았다. 창끝에 사정을 둘 수도 있었으련만, 지금 철웅의 마음을 지배하고 있는 것은 분노였다.

'신의(信義)를 저버린다는 것은 스스로 자신의 가치를 포기한 것이다……'

산적들은 너무나 큰 죄를 지었다. 스스로 한 약조를 단 하룻밤도 지켜내지 못했다. 오히려 지금 마을을 공격하고 있는 자들이 아까 마을에서 쫓겨갔던 산적들과는 다른 산적들이 아닐까 의심이 날 정도였다.

저자에서 구걸을 하는 거지라도 스스로 약조를 어기면 부끄러워하는 법이거늘, 이들은 비단 약조를 어겼을 뿐 아니라 자신의 마을을 처참하게 짓밟고 있었다.

철웅이 전쟁을 치루던 중에도 야밤에 민가를 습격하여 이유없이 양민을 살육하는 짓 따위는 흔치 않은 일이었다. 간혹 점령지의 손쉬운 복속을 얻어내기 위해 몇몇을 끌어내어 목을 친 적은 있었지만, 그래도 이 정도는 아니었다.

하다못해 민가를 털어 군량을 징발한다 하여도 마을 하나를 통째로 짓밟고, 양민을 학살하는 짓 따위는 하지 않는다.

전쟁에는 명분이 있다, 가치가 있든 없든 간에. 한데 명분은 차치하고라도 죽이지 않으면 죽게 되는 '생존'이라는 기본적인 명제 자체도 이곳에는 없었다. 그저 학살(虐殺) 그 이상도 이하도 아니었다.

비스듬히 누워 있던 산적의 등을 밟고 세 사람을 꿰뚫고 있던 장창을 거칠게 뽑아낸 철웅의 눈에서는, 수십 채의 가옥을 태우고 있는 눈앞의 화마(火魔)보다도 더욱 강렬한 분노가 타오르고 있었다.

'반드시 네놈에게 그 이유를 들으리라.'

철웅이 달려온 길에는, 이곳저곳에 산적들의 주검이 널브러져 있어 그의 혈로를 고스란히 말해 주고 있었고, 철웅이 나아가는 길의 끝에는 지옥의 겁화처럼 굵고 높게 치솟는 불기둥이 혀를 날름거리며 그를 맞이하고 있었다.

이철성의 이마에는 굵은 땀방울이 연신 흘러내리고 있었다. 이미 오십여 합을 넘기며 눈앞의 철봉과 대적하고 있었으나 변변한 공격 한 번 제대로 못한 채 시간만 흘려 보내고 있었다.

대머리 산적의 봉술은 정말 놀라웠다. 저런 자가 일개 산채의 채주라니, 왕일이 녹림십팔채(綠林十八寨)에 적을 두고 있지 않다는 것을 모르는 이철성은 과연 사파의 거대 문파를 꼽을 때 살막(殺幕), 만독곡(萬毒谷)과 함께 녹림채를 꼽는 것에 아무런 반박을 할 수 없겠다고 생각했다.

봉(棒)을 다루는 신기만 해도 놀라운데, 직접 부딪쳐 보니 철봉에 실린 육중한 거력은 분명한 내력(內力)이었다. 이철성 자신도 분명 사문의 비전 심법으로 내가공부를 하곤 있었지만, 이십 년 수련하여 쌓은 내력이라는 것이 그리 큰 힘을 발휘하지 못한다는 것을 알고 있다. 그러나 그것은 어디까지나 강호의 기준에서 말하는 것이지, 일개 산적 우두머리와 비교해서 그렇다는 것은 아니었다.

도대체 이자는 누구인가? 어찌 일개 산적이 내공심법을 익히고 있을 수 있는가? 명문대파의 문하는 아니더라도 대화산파의 속가로서 이십여 년간 수련한 자신을, 손쉽게는 아니지만 어렵지도 않게 몰아칠 수 있는 산적이 과연 존재할 수 있는 것인가 하는 의문이 드는 이철성이었다. 하지만 현실은 냉정했고, 이철성은 무겁게 내려치는 철봉을 막는 데 거의 전 공력을 소비하고 있다 해도 과언이 아니었다.

"이거, 벌써 그리 지쳐 하면 싸움을 건 내가 무안해지잖아. 힘 좀 내보라고. 흐흐."

왕일의 봉술은 그의 품위없는 말투에 어울리지 않게 격식을 갖춘 무공이었다. 만일 이철성이 조금만 더 상대를 보는 안목이 있었다면 지금 왕일이 펼치는 봉술이 소림의 그것과 많이 흡사하다고 느낄 수도 있었겠지만, 아직까지 소림의 무공을 견식할 수 있는 영광은 찾아오지 않았었다.

이철성은 내력이 달림을 느끼고 있었다. 자신의 일천한 내력을, 바닥을 긁어내다시피 뽑아 쓰면서 일각(一刻:15분)이 넘도록 싸우고 있으니 그 한계가 보이는 것은 당연한 것이었다.

어느 틈에 검로를 비집고 들어와 가슴을 노리고 쇄도해 들어오고 있는 철봉을 발견한 이철성은 이를 악물고 허리를 뒤로 꺾으며 몸을 뒤틀었다. 몸이 핑그르르 돌며 약간의 거리를 벌이는 데까지는 성공하였으나, 사방의 방위를 차단하며 공격의 기회를 주지 않는 철봉의 공격에서 허점을 발견하지 못하고 있던 이철성은 결국 선택을 해야 한다는 것을 자각했다.

계속 시간을 끌다가는 내력이 고갈되어 제 풀에 지쳐 쓰러지던지, 아니면······.

이철성의 눈빛이 굳어지며 뒷걸음질치던 발을 세우고, 땅을 박차 도약을 시도했다. 왕일의 눈빛이 더욱 음흉해지며, 허공을 날아 덮쳐오는 이철성의 가슴을 향해 철봉을 곧게 세워 힘껏 내질렀다. 바위도 부술 수 있을 만한 강한 내력을 실은 채.

이미 방향을 바꿀 수 있는 방법 따위는 없었지만, 이철성은 자신을 향해 다가오는 철봉을 바라보며 눈빛을 굳혔다. 이철성은 억지로 몸을 뒤집으며 가슴으로 날아오던 철봉을 어깨로 받아버렸다. 그리고 사력을 다해 오른손에 쥐어진 검을 왕일의 미간을 향해 찔러갔다. 살을 주고 뼈를 깎는 이철성의 한 수에 왕일은 아연실색하여 급히 철봉을 뒤로 빼며 고개를 틀었다. 하지만 이철성 역시 무가의 제자로서 이십여 년을 수련한 한 사람의 무인이었다. 비록 왕일의 미간을 꿰뚫는 데는 실패하였으나 그의 이마에 긴 혈선을 남기고, 땅을 굴러 거리를 둔 후 급히 몸을 바로 세웠다. 철봉을 받았던 어깨가 급격히 부어오르는 것이 부러진 것 같았지만, 상처를 돌볼 틈은 없었다.

왕일은 몇 걸음 뒤로 물러서서는 왼쪽 이마를 가로지른 상처를 한 손으로 붙잡고는 괴로운 신음 내뱉고 있었다.

"이… 이놈."

상처가 크진 않았지만 얕보았던 상대에게 상처를 입은 것이 분했는지, 이를 바드득 갈며 이철성을 노려보는 왕일. 그런 왕일의 눈빛이 어찌나 살벌하였던지 이철성은 자신도 모르게 검을 잡고 있던 오른손에 힘이 들어가고 있었다.

왕일의 뒤에 서 있던 대여섯 명의 산적이 왕일의 앞을 가로막으며 그의 상처를 돌보았다. 산적 중 하나가 자신의 옷을 찢어 왕일의 이마에 헝겊을 둘렀다. 상처가 크지는 않았는지 쉬이 지혈이 되었건만 왕일의 눈가에 떠오른 살기는 쉬이 지워지지 않고 있었다.

"후후, 이번 일격은 제법이었다. 하지만 장난은 여기까지다, 애송이. 각오는 되어 있겠지?"

이철성은 다시금 철봉을 들고 다가오는 왕일의 모습에 전과는 다른 분위기를 읽을 수 있었다.

'이제부터가 진짜다!'

이철성은 손에 땀이 배이는 것을 느꼈지만, 왕일에게서 눈을 떼는 멍청한 짓은 하지 않았다. 자신을 향해 다가오고 있는 저자는, 조금 전까지 자신이 상대하던 자와는 다른 자이다.

텅!!

"윽~!!"

이철성은 하마터면 검을 놓칠 뻔했다. 아무리 한 손을 쓸 수 없었다고는 하지만 그저 들고 있던 철봉을 사선으로 올려친 단순한 공격이었음에도 그 위력이 조금 전과는 천양지차였다. 왕일의 공격은 단순했다. 한 걸음씩 다가오며 좌우를 번갈아가며 철봉을 사선으로 올려 칠 뿐이었지만, 이철성은 막을 때마다 손아귀가 찢어지는 고통을 느끼며 연신 물러날 수밖에 없었다.

'고… 고수.'

이철성은 그제야 눈앞의 일개 산적이 자신이 상대할 수 없는 고수란 것을 깨달았다. 왜 이런 고수가 산적으로 살고 있으며, 청수곡이란 마을을 짓밟고 있는지는 중요하지 않았다. 중요한 것은 자신에겐 더 이상 이자를 상대할 만한 여력이 없다는 것뿐.

텅~

결국 이철성은 다섯 번의 공격을 버티지 못하고 굳게 쥐고 있던 칼을 놓치고 말았다. 손을 벗어난 칼은 저 멀리 날아가 버렸지만, 칼을 다시 들고 이자를 상대해야 한다는 마음 따윈 일지 않았다.

"흐흐. 내 이마에 상처를 남겼으니 그 실력을 인정해서 깨끗하게 목을 베어주어야 하겠지만 이를 어쩐다. 보시다시피 내가 들고 있는 건 검이 아니고 봉이니. 어차피 죽는 것은 매한가지인데 뭐면 어떨까. 목이 잘리든 머리통이 깨지든. 흐흐."

왕일이 이죽이며 이철성에게 다가오고 있었지만, 이철성은 아무런 행동도 취할 수 없었다. 일어나고 싶어도 다리가 풀렸는지 일어날 수조차 없었다. 그런 이철성을 일으킨 것은 다름 아닌 사제였다.

"이~얍~!!"

막고위는 사형의 결투에 사이를 비집고 들어갈 수 없었다. 자신의 미천한 실력으로는 사형에게 짐만 될 뿐이란 걸 자신도 잘 알고 있었으니까. 하지만 사형이 쓰러지고, 그런 사형을 향해 느긋한 걸음으로 다가가는 왕일을 보고도 가만히 있을 수는 없었다.

제법 기본기가 잘 잡힌 듯한 자세. 일도양단의 기세로 왕일을 향해 검을 내려치는 막고위였으나, 막고위에게 왕일은 너무나 거대한 벽이었다.

텡~!!

"윽~"

왕일의 단 일 수에 검은 날아가고 막고위는 손목이 탈골된 듯 손목을 부여잡고 무릎을 꿇었다.

"사제~!!"

이철성은 있는 힘을 쥐어짜내 몸을 일으켜 사제에게 다가갔다.

"사형… 죄송합니다."

왕일의 단 한 수를 막지 못하고 검을 놓친 창피함일까. 막고위는 숙인 고개를 들지 못하고 있었다.

"오호… 동문 사형제셨구먼. 사형제를 함께 저승으로 보내는 것이 복받을 짓인지 벌받을 짓인지는 모르겠지만, 저승길이 외롭진 않을 테니 날 원망하진 말라고들. 흐흐."

"이놈! 태진문이 네놈들을 절대 용서하지 않을 것이다!"

악에 받친 막고위의 고함에 왕일은 잠시 막고위를 바라보곤 이내 박장대소(拍掌大笑)했다.

"하하하! 오호, 이제 보니 섬서제일문인 태진문의 제자들이셨구려. 몰라봐서 미안하외다. 하하하."

섬서제일문이란 말에 이철성은 분개했고 막고위는 얼굴이 붉어졌다. 화산과 종남이라는 두 거대 문파가 자리한 섬서에서, 섬서제일문 어쩌고 하는 것은 명백한 조롱이었다. 이를 악무는 두 사람이었지만 더 이상의 대화는 두 사람을 더욱 비참하게 만드는 것이리라.

"오늘 이 왕모가 섬서제일문의 제자들을 만난 것도 인연이고 하니… 처음 마음먹었던 것보다는 조금 덜 아프게 저승으로 보내드리리다. 하하하."

이미 죽은 목숨이나 다름없는 두 사람의 노기가 무슨 의미가 있으랴, 사자무언(死者無言)은 고금의 진리인 것을.

왕일은 들고 있던 철봉에 공력을 주입했다. 철봉의 미약한 떨림이 일어나고 있었지만, 왕일은 철봉을 들어 이철성과 막고위를 내려치진 않았다. 대신 몸을 돌리며 이렇게 말했다.

"여어~ 조금 늦었구먼."

왕일의 반가운 인사에 답한 것은, 불꽃 속을 걸어나오고 있는 장철웅이었다.

철웅의 눈에 타오르던 분노는 사라져 있었고, 분노가 있던 자리엔 차가운 무언가가 자리하고 있었다.

"약속은 지킨다. 아무도 돌아갈 수 없다. 아무도……."

씹어뱉는 듯한 철웅의 한마디에, 왕일은 물론 죽음만을 기다리던 이철성과 막고위도 등줄기를 타고 오르는 섬뜩한 무엇인가를 느낄 수 있었다.

왕일과 철웅이 마주한 거리는 삼 장(三丈). 이젠 목숨을 담보 잡힌 의제가 없으니 한걸음에 달려나가 서로 어울려도 좋을 듯싶었지만, 왕일이나 철웅 모두 바닥에 뿌리라도 내린 듯 움직일 줄 몰랐다.

"자네를 다시 보니 너무나 반가워 눈물이 다 날것 같구만."

"…왜 그랬나."

"흐흐, 무엇을 말하고 싶은 거냐. 내가 왜 돌아왔는지 그것이 궁금한 거냐? 아니면 왜 마을에 불을 지르고 사람들을 베었는지가 궁금한 것이냐?"

"왜 약조를 어겼느냐."

"미친놈."

"……."

"여기서 너마저 죽여 없앤다면 약조를 지킬 상대가 없어지니 그걸로 된 거 아닌가?"

속을 뒤집어놓았을 법한 왕일의 궤변에도 철웅은 변함이 없다. 손에 꼭 쥐어진 장창도, 바닥을 딛고 서 있는 두 발도, 왕일을 바라보는 차가운 두 눈도 한 점 미동조차 없다.

"어차피 그렇게 살아온 삶이다. 세상에 산적에게 신의(信義)를 요구하는 미친놈은 너밖에 없을 듯싶구나."

"세상이란… 그런 것인가?"

"……?"

"세상에 나무를 옮기는 자는 존재치 않는 것인가?"

왕일은 어리둥절했다. 뜬금없는 나무 타령이 무슨 소리인지. 하지만 그들의 옆에서 몸을 추스르던 이철성은 두 눈을 빛내며 철웅을 보고 있었다.

'이목지신(移木之信)의 고사를 이야기하는 것이다!'

옛날 진나라 재상이었던 상앙이 백성들의 불신을 없애기 위해 낸 계책으로, 저자에 삼 장 높이의 아름드리 나무를 심고, 그 나무를 옮기는 자에게 후한 상을 내렸다는 이야기. 처음엔 아무도 상앙의 이야기를 믿지 않았으나 상의 금액을 올리니 그 나무를 옮기는 자가 나타났고, 실제로 상앙이 그자에게 후한 상을 내리니 사람들이 그것을 보고 신의를 깨닫게 되었다는 고사였다.

철웅이란 사내가 신의를 그리 중하게 여겼는지보다는, 사기(史記)의 상군열전(商君列傳) 편에 나오는 고사를 알고 있다는 것이 더 놀라운 이철성이었다. 무예에는 능한지 몰라도 그저 마을의 촌부로만 알고 있었건만.

"놈, 알아듣지도 못할 말은 그만 지껄이고 한번 어울려 보는 것이 어떠냐?"

왕일은 적잖이 흥분하고 있었다. 물론 왕일이 제법 한 수 하는 자이긴 하였지만, 상대를 보는 것만으로 무공 수위를 짐작할 정도의 수준은 아니었다. 하지만 철웅을 대한 후 느낀 감정은 한결같았다.

호승심, 한번 겨루어보고 싶다는 호승심이 전부였다. 자신의 자존심에 생채기를 내어놓은 자이기에 더한 것인지도 모르지만, 어떤 이유를 붙이든 간에 저자의 창과 겨루어보고 싶다는 것이 왕일의 본심이었다.

자신과 같은 장병기(長兵器)를 다루는 자이기 때문일 수도 있고, 자신도 제법 여러 합을 거루어야 제압할 수 있는 의제를 단숨에 제압한 것이 도화선이었을 수도 있었지만, 어찌 생각하든 결론은 한 가지였다.

겨루어보고 싶다. 꺾고 싶다. 저자를 무릎 꿇려 살려달라는 애원을 들어야 속이 시원할 것 같다. 왕일도 한 사람의 무인이었다.

"마을 사람들은 아무 죄가 없었다."

"후후. 네놈이 이 마을에 있었다는 것만으로 그들은 죄가 있다."

맞는 말일 수도 있다. 자신이 나서지 않았다면 저들은 그저 곡식이나 거두어 얌전히 돌아갔을지도 모른다. 그랬다면 지금과 같은 참변은 일어나지도 않았을 것이다. 하지만 그가 나서지 않았다면 그 아이가, 어미를 잃은 소소가 희생되었을 것이다.

인명의 중함을 어찌 셈으로 따질 수 있으랴. 어쨌든 어찌해야 좋았던 것인지를 따지는 것은 나중 문제였다. 지금 중요한 것은 눈앞의 적(敵)을 멸해야 한다는 것이다.

"…나는 약조를 지켜야 한다."

"그래? 무슨 약조를 어떻게 지킬 거지?"

"되돌아가지 못할 것이다……. 한 놈도……."

철웅의 목소리가 낮아지고, 눈빛 또한 더욱 차갑게 침잠되어 갔다. 왕일은 본능적으로 두 손의 철봉을 굳게 잡아갔다.

"좋을 대로……."

왕일의 신형이 솟구쳤다. 이철성과 겨룰 때는 보이지 않았던 적극적인 공세에 삼 장이란 거리는 단숨에 좁혀졌다. 왕일의 철봉 역시 팔 척에 달하는 것이었기에 단 한 숨의 도약만으로도 철웅은 왕일의 공격권 안으로 들어서게 되었다. 하지만 철웅의 병기 역시 구 척에 이르는 장병기. 왕일의 철봉이 철웅의 머리로 내려 꽂히려 할 때 몸을 낮게 하고 있던 철웅의 사모장창이 수직으로 솟구쳤다.

차창~!!

허공에서 맞부딪친 두 자루의 병기가 불꽃을 튀기며 공방을 벌이기 시작했다. 장병기 간의 대결이어서인지 두 사람의 간격은 거의 일 장에 달했으나 도, 검과 같은 단병기의 접전 못지않게 빠르게 공수(攻守)가 거듭되었다. 왕일과 철웅 모두 창과 봉의 끝에 중심을 잡고 빠르게 병기를 휘두르고 있었고, 수많은 궤적을 허공에 수놓으며 붙었다 떨어지는 접전을 반복하고 있었다.

대결을 지켜보는 이철성의 등 뒤로 식은땀이 흐르고 있었고, 사형의 뒤에서 등을 받쳐 주고 있는 막고위 역시 흥분으로 얼굴이 벌겋게 상기된 채 두 사람의 공방에서 눈을 떼지 못하고 있었다.

챠챠챠챵~!!

챙챙~챙~!!

주변의 모든 것을 다 태웠는지 점점 사그라지는 화광을 대신하여 병기들이 부딪칠 때마다 번쩍이는 섬광(閃光)이 주변을 가득 메우고 있었다. 순식간에 오십여 합이 지나갔지만, 어느 누구도 쉽게 승기를 잡지 못하고 있었다.

'과연 한순간이나마 나를 얼어붙게 만든 자답다.'

왕일은 접전을 더 할수록 깊은 쾌감을 느끼고 있었다. 얼마 만인지 기억도 나지 않을 만큼 오랜만에 겪는 통쾌한 대결이었고, 그러한 쾌감은 온몸의 오감을 자극하여 무아지경에 이를 정도로 대결에 몰입하게 만들었다. 몇 합을 더 겨루던 두 사람이 세차게 한 합씩 주고받으며 떨어졌다.

"하~하~ 아주 좋아. 아~주 좋아."

"……"

왕일은 무엇이 그리 좋은지 좋다라는 말을 연신 반복하고 있었고, 그런 왕일을 바라보는 철웅의 눈빛은 아직 변함이 없었다.

"…소림인가?"

"……!!"

느닷없이 튀어나온 철웅의 말에 왕일의 몸은 경직되고 말았다.

"무, 무슨 그런 터무니없는……"

"파계승인가?"

"……"

왕일은 마치 서리하다 들킨 어린아이마냥 얼굴을 붉히면서도 쉽사리 말을 꺼내지 못하고 있었다. 잠시 웃음기를 지웠던 얼굴에 다시금 미소가 돌고, 철봉을 풍차처럼 돌리며 철웅을 향해 쇄도하며 외쳤다.

"네놈이 나를 꺾는다면 알려주마!"

거센 파공음을 울리며 금방이라도 철웅의 머리를 산산조각 낼 듯 달려드는 왕일의 철봉에, 철웅은 장창을 곧추 잡으며 공세에 대비했다. 풍차처럼 돌던 철봉이 한순간 벼락처럼 내려쳐지고, 철웅은 감히 맞받아치지 못하고 창을 비스듬히 하여 철봉을 흘렸다. 왕일은 흐르던 창을 재빨리 고쳐 잡고 횡으로 철웅을 후려치려 하였으나, 이번엔 철웅이 한발 먼저 창을 휘돌려 왕일의 철봉을 쳐 올려 버렸다. 그리고 철봉을 쳐 올렸던 장창을 허리에 말듯 당겨 돌리고는 철웅의 등을 휘감던 장

창의 여세 그대로 왕일의 등판을 후려쳤다.

파악~!!

세차게 후려 맞은 왕일이 땅바닥을 구르며 이 장 가까이 나가 떨어졌다. 하지만 철웅의 공격은 끝이 아니었다. 땅을 구르며 달아나는 왕일의 머리 위로 철웅이 높이 도약하였다. 그리고 십여 번을 구른 왕일이 황급히 철봉을 챙겨 일어나는 순간, 왕일은 보고 말았다.

하늘에서 내려치는 한줄기 벼락같은 섬광을… 그걸로 끝이었다.

퍼억!!

탈명도 오조의 목을 꿰뚫어 버린 그 한 수. 이철성과 막고위의 뇌리에 각인되어 버린 이 한수가 다시금 재현되었다. 단지 오조가 꿰뚫린 곳이 목이었다면 왕일이 꿰뚫린 곳은 복부였다는 것이 다를 뿐.

철그렁~ 털석.

"어… 어헉……."

손에서 철봉을 놓아버린 왕일이 털썩, 무릎을 꿇고 자신의 복부를 두 손으로 잡고 있었다. 손가락 사이로 뿜어지는 핏물이 바닥을 적시고 있었고, 외마디 신음과 함께 뒤로 젖혀진 왕일의 입에서는 한줄기 피분수가 뿜어져 나와 허공을 붉게 물들이고 있었다.

"커헉~!!"

한순간 피분수를 뿜어낸 왕일은 흐릿해져 가는 눈으로 자신을 향해 다가오는 철웅을 바라보았다. 철웅은 빈손이었다. 왕일은 더듬더듬 자신의 철봉을 움켜쥐었으나 이내 다시 놓아버렸다.

"헉… 헉… 자네가… 이겼네……."

"…약조를 지켰을 뿐이다."

철웅의 차가운 말에 아직 자리에 남아 있던 대여섯 명의 산적이 찔끔 놀라곤 슬슬 뒷걸음질을 치더니 이내 줄행랑을 놓아버렸다. 하지만 철웅은 그들을 쫓지 않았다. 왕일의 배에 깊이 박힌 창을 뽑아내어 달아난 산적들을 쫓기는 것보단 죽음의 순간을 맞이하는 왕일의 마지막을 기다려 주는 것이 먼저였다.

"잠시 내… 얘기를… 들어주겠나?"

"……."

숨이 곧 넘어갈 듯한 왕일의 목소리에 철웅은 아무 말도 하지 않았다.

"헉… 헉. 자네 말이 맞아……. 나는 소림을 뛰쳐나온 자라네…….헉."

철웅은 이미 알고 있었다, 그가 사용하는 무공이 소림의 것이란 것을. 기억이 가물거릴 정도로 오래전 일이긴 하지만 분명 왕일이 펼친 무공에 대한 기억이 있었다.

"헉… 나는 소림의… 승려였네……. 헉. 물론… 무승이 아닌… 불승이었지. 헉헉……. 나는… 아주 어릴 적 소림에… 사미승으로… 들어가게 되었는데… 헉헉."

숨만 쉬기도 버거워 보이는 왕일은 꿋꿋이 자신의 이야기를 이어가고 있었고, 철웅 역시 그 자리에 선 채 말없이 듣고만 있었다.

"헉. 그런데… 나는… 무승이 되고 싶었어. 헉… 싹수가… 노랬던… 흐흐. 헉… 땡중의… 싹수가… 헉헉……."

"……."

"하지만… 헉… 결국… 무승이… 되기 위한… 헉헉. 시험을… 통과하지… 못했고… 헉헉. 너무나… 간절했던 나머지 헉… 한 권의… 무공서를… 훔쳐… 도망처 나오고 말았어. 헉… 헉."

왕일은 훔친 무공서는 소림의 나한들이 소나한진(小羅漢陣)을 구성
할 때 사용하고자 익히는 '나한권' 의 일부로 세간에도 제법 알려진 것
이었고, 내공심법이 아닌 외문진경뿐이었기에 제대로 된 수련은 불가
능하였다. 엎친데 덮친 격으로 사소한 시비 끝에 사람을 상하게 하여
도망까지 다니게 되었으니 그런 자들이 모일 만한 곳은 천하에 그리
많지 않았다. 어찌어찌하여 십 년 전 호리채에 들게 되었고, 가진 바
재주가 산적들과는 비교할 수가 없으니 몇 달 지나지 않아 산채를 장
악할 수 있게 되었다.

"헉… 헉… 마을 사람들에게… 미안하단… 말은… 헉헉… 하지 않
겠네. 나야… 원래… 그렇게 살아온… 헉… 놈이니까."

"……."

"그래도… 후회가… 헉… 헉… 남긴 하군. 헉… 그냥 불만 지르고…
말 것을……. 헉헉."

철웅은 말없이 왕일의 말을 듣고만 있었다. 어떤 말이든 해주어야겠
다는 생각은 없었다. 너는 너의 잘못 때문에 죽게 된 것이라는 이야기
따위도 하고 싶지 않았다. 사람들을 죽인 것은 큰 잘못이라는 이야기
따위도 마찬가지. 지금은 그저 죽어가는 자의 마지막 말을 들어줄 때
라 생각할 뿐.

"헉… 헉… 난… 헉… 헉. 강해지고 싶었네……. 헉."

소림승, 그것도 불법을 모시는 불승이었던 자가 강해지고 싶었다는
말은 누구도 믿지 못할 말이었지만, 철웅은 그의 말을 믿었다. 무엇인
가 강해지고픈 이유가 있었겠지. 그리고 그 이유는 왕일이 말해 주고

있었다.

"헉. 헉. 숭산의… 아침 일출은… 정말 장관이지만 그 일출을… 온 몸으로 받으며… 헉헉. 사방을… 뒤덮는… 기세가… 그런… 강함이… 너무나 아름다웠……."

왕일은 하던 말을 끝맺지 못하고 고개를 떨어뜨리고 말았다. 하지만 철웅은 왕일의 뒷말을 듣지 않고도 무슨 말을 하려했던 것인지 알 수 있을 것 같았다. 그는 강함을 보았을 것이고, 그 강함을 동경했을 것이며, 그 동경이 파계라는 죄업을 저지르면서까지 강함에 집착하게끔 만들었을 것이다. 자신이 그러했듯이…….

"강함이… 때론 저주하고 싶을 만큼 싫을 때도 있다네……."

철웅은 결국 이미 숨을 거둔 왕일에게 자신의 마음속 깊은 곳의 한 조각을 꺼내어 보이고 말았다. 어떤 이야기의 조각인지는 그 자신만이 알 터이지만.

주변의 불은 이미 거의 다 꺼져 가고 있었다. 누가 끈 것이 아닌, 더 이상 탈 것이 없기에 스스로 꺼져 버린 불꽃. 마치 지금의 자신과 같은 모습의 앙상한 뼈대만 남은 겁화의 잔재를 바라보며 작은 한숨을 내쉬어보는 철웅이었다.

주변의 소란이 잠잠해짐을 느낀 것일까. 열화지옥이 현세한 것 같았던 지난밤, 그 화마의 손길을 피해 이리저리 몸을 숨겼던 마을 사람들이 하나 둘 모습을 드러내고 있었다. 피곤에 지친 모습으로……. 악몽치곤 너무나도 끔찍하여 두 번 다시는 꾸고 싶지 않을 만큼 처절했던 악몽이 지나간 자리에 사람들이 모여들고 있었다. 많은 사람들이 죽었지만 많은 사람들이 살아남았다. 철웅을 바라보는 그들의 눈에는 원망과 고마움이라는 모순된 감정이 공존하고 있었고, 그런 그들의 시선을 피해 고개 돌린 철웅의 눈에 간밤의 악몽이 모두 끝났음을 알리는 듯 떠오르는 일출이 보이고 있었다.

온몸에 피로가 몰려왔다. 너무나 길었던 밤이었기에, 너무나 밝게 타올라 버린 밤이었기에.

왕일의 시신 너머로 창날이 보이지 않을 만큼 깊게 박혀 있던 장창을 뽑아 든 철웅이 걸음을 옮기자 사람들은 철웅의 발걸음을 따라 좌우로 갈라졌다. 그런 그를 바라보는 사람들의 눈동자에 복잡한 감정들이 떠올랐지만, 이내 하나 둘 자리를 뜨더니 마을을 정리하기 시작했다. 시신들을 모으고, 잔불을 꺼 나가고, 스스로 할 일을 찾아 지친 몸들을 움직이기 시작했다.

슬퍼만하고 있기에는 겨울 해가 너무도 짧았다. 화마와 혈풍이 모질게도 할퀴고 지나간 청수곡의 어느 밤은 그렇게 끝이 나고 있었다.

第四章
노병지애(老兵之哀)

노병지애

떠나겠습니다……

　"그럼 먼저 떠나겠습니다, 사형. 몸조리 잘하십시오."

　"그래. 내 걱정은 하지 말고 어서 가도록 하게. 나도 서둘러 자네의
뒤를 따를 터이니 걱정하지 말게. 행여 쓸데없는 시비에 휘말리지 않
도록 각별히 유의하고."

　"예. 그럼."

　멀어져 가는 막고위의 뒷모습을 바라보고 있던 이철성은, 결국 작은
한숨을 내쉬고 말았다. 이제 겨우 약관을 벗어난 자신의 막네 사제가
과연 화산까지 무사히 도착하여 사문의 전갈을 무탈하게 전할 수 있을
지 내심 불안하였다. 겨우 사흘 거리에 위치한 화산이었건만 사적인
일이 아닌, 사문의 임무를 수행하고자 출도한 것은 이번이 처음이었는
지라 사제가 가는 행보에 별다른 어려움도 없음에도 불구하고 쉬이 마

음이 놓이지 않고 있음을 감출 수가 없었다.

하지만 어쩌랴, 어젯밤 왕일과의 대결에서 왼쪽 어깨에 금이 가는 외상과 함께 쉽게 보지 못할 내상까지 입었으니 최소한 사나흘은 꼼짝도 못하게 되었다. 그나마 자신의 사제가 팔목이 조금 부은 정도의 작은 부상만을 입어 사문의 임무를 수행할 수 있었으니 다행이라면 다행이었다.

사제를 배웅하고 돌아오던 이철성은 마을 어귀에 들어서자 절로 찌푸려지는 인상을 펴기 위해 안간힘을 써야 했다. 폐허가 되어버린 마을의 모습은 눈을 감아버리면 된다지만, 곳곳에서 들리는 통곡 소리와 오장육부를 뒤흔들어 버릴 만큼 역한 부패한 시체들이 내뿜는 악취는 그의 능력으론 어찌할 수 없는 것들이었으니 말이다.

마을 사람들은 해가 중천에 걸린 지금까지도 분주히 움직이고 있었다. 불타 버린 가옥들이야 어쩔 수 없다 쳐도 불타 버린 가옥 안의 시체들까지 내버려 둘 수는 없으니 밤을 새워 찾아낸 시체만 해도 수십 구요, 장례 치를 사람도 없는 산적들의 시체 또한 수십 구였다. 이미 죽은 자들이라 하여도 그들의 손에 수많은 친지와 이웃을 잃었기에 한곳에 산처럼 쌓아놓은 산적들의 시체 앞을 지나가던 마을 사람들은 침을 뱉기도 하고, 돌을 던지기도 하여 억울하고 분한 마음을 조금이나마 달래고 있었다.

산적들의 시체 더미에 돌을 던지던 사람들이었지만 어느새 다가온 이철성과 마주치자 급히 돌을 버리고 고개를 숙여 고마움을 나타내었다. 이철성은 얼굴이 달아오름을 느꼈다. 물론 이들도 알고 있었다, 간밤에 찾아온 외지인이 마을을 습격한 산적들과 싸우다 크게 다쳐 잠시 마을에 머물고 있다는 것을. 그리고 산적들을 물리친 것이 사실은 눈앞의 청년이 아니라 바로 장철웅이라는 사실을. 하지만 마을 사람들은 철웅을 찾지 않았다. 마을을 구한 영웅은 그였건만 오히려 그를 피하는 눈치였다. 그 덕에 마을을 구한 은인 대접은 이철성 홀로 독차지하고 있었다. 본인이 그것에 대해 부담스러워하든 말든 간에……

'마을 사람들도 모두 보았다. 철웅이란 사내가 아니었다면 마을에 살아남은 사람은 아무도 없었을 것인데, 어찌 된 영문인지 사람들은 그를 찾지 않는다. 무슨 이유일까. 내가 모르는 어떤 사연이라도 있는 것일까?'

이철성은 마을 사람들과 장철웅에 대해 자신이 알지 못하는 무언가가 있다는 것까지는 어렵지 않게 알 수 있었지만, 그것이 무엇인지까지는 도저히 알아낼 재간이 없었다.

객잔에 당도한 이철성은 안으로 들어가 식탁에 앉았다. 이미 해가 중천에 떠 있어 요기를 느끼고 있었지만, 객잔의 점소이였던 장 아무개란 사람도 어제 변을 당해 이철성이 자리하고 있는 객잔 안에는 사람의 그림자도 없었다. 인기척을 느꼈는지 객잔의 주방 쪽에서 사람이 나왔다. 객잔의 주인이자 숙수이며, 이제는 점소이 노릇까지 해야 하는 장 숙수가 두 손에 무엇인가를 받쳐 들고 나오며 이철성에게 말했다.

"은인에게 식사를 대접하라고 촌장님이 보내셨수. 일단 이걸로 요기나 하시우."

장 숙수는 이철성이 앉아 있던 탁자 위에 가지고 나온 접시 두 개를 내려놓고서는 밖으로 나가며 말했다.

"드시고 나서 접시는 그냥 거기에 두슈. 나는 장팔이 놈 묻어주러 가야 하니……."

객잔 밖으로 나가며 눈가를 훔치는 장 숙수를 바라보며, 이곳 점소이의 이름이 장팔이었다는 것을 기억해 낸 이철성이었지만, 철성은 밖으로 나가는 장 숙수에게 아무런 말도 해줄 수 없었다. 그저 눈앞에 놓인 두 개의 접시 위에 일고 있는 옅은 파문만 바라볼 뿐.

"죽인가?"

이철성은 장 숙수가 놓고 간 죽을 말없이 먹고 있었다. 아무것도 넣지 않은 멀건 쌀죽이었지만, 설혹 눈앞에 황궁의 전채요리(前菜料理:주요리가 나오기 전 식욕을 돋우기 위해 나오는 요리)가 나온다 해도 그 맛은 눈앞의 쌀죽과 별 다르지 않을 것이라 생각하는 철성이었다.

입이 썼다. 마을 사람들의 감사에 우쭐해하고 싶어도 어젯밤의 대결만 생각하면 아직도 온몸에서 힘이 빠진다.

완패(完敗). 변명의 여지가 없는 완패였다. 태진문의 대제자라는 허명(虛名) 안에서 안주하고 있었던 자신이 이리 못나 보일 수 없었다. 말하기 좋아하는 자들이 붙여준 낙화검이니 섬서 후기지수 중의 제일이라느니 하는 말들에 자신도 모르게 장단을 맞추고 있었던 결과이니 누구를 탓할 수도, 원망할 수도 없는 결과였다.

못난 자신의 모습을 되돌아보고 있자니 자연스레 한 사내의 모습이 떠오르게 되었다. 그는 강했다. 자신을 무릎 꿇렸던 자와의 대결을 두 눈으로 똑똑히 본 이철성이었건만 폭풍처럼 장창을 휘두르던 그 사내의 진면목을 반이라도 보았다고 장담할 수 없을 만큼 그는 강했다.

그의 일신 내력이 궁금하여 마을 사람들에게 물어보려고도 하였으나 마을 사람들의 입에선 아무런 대답도 들을 수 없었다. 그저 고개를 휘이 내저으며 저마다의 일에 열중할 뿐.

이해할 수 없는 마을 사람들의 반응은 이철성의 호기심을 부채질하는 격이 되고 말았고, 자신이 원하는 대답을 해줄 수 있는 사람을 떠올리다가 문득 산적들이 찾아온 뒤부터 장 의원이 보이질 않고 있다는 것을 깨달았다.

'어디에 계시는 것인가? 혹 변이라도 당한 것은 아닐까?'

자신에게 있어 은인과 같은 장 의원의 일신에 변고가 생겼을지도 모른다는 생각에 이철성은 다급히 들고 있던 수저를 내려놓고는 객잔 밖으로 향했다. 그리고 이철성이 황급히 찾아나선 장 의원은 그 시각, 마을의 끝에 있는 작은 모옥에서 한 사내와 함께 있었다.

*   *   *

"아? 무사하셨군요."

"그냥 그대로 누워 있게."

해가 중천에 떠 있음에도 자리에 누워 있던 철웅이 움막으로 누군가가 들어오는 인기척을 느끼고는 자리에서 일어났고, 어젯밤 내내 모습을 보이지 않았던 장 의원을 보고는 밤 사이 안부를 물었다.

"걱정하였습니다. 간밤에 보이질 않으셔서."

"…그렇게 되었네."

철웅에게 답하는 장 의원의 안색이 편치 않았으나 철웅은 마을의 변고 때문이겠거니 생각하고는 더 이상 묻지 않았다. 그런 철웅을 말없이 바라보던 장 의원이 얕게 한숨을 내쉬고는 입을 열었다.

"…어젯밤 자네를 보았네."

"……?"

"나 역시 그곳에 있었네. 불길을 피해서… 산적들을 피해서 어느 집 토담 밑에 숨어 있었네. 벌벌 떨면서……."

심상치 않은 장 의원의 말이었지만 철웅은 재촉하지 않았다. 철웅의 무답이 재촉이라 생각한 듯 장 의원은 다시 한 번 한숨을 내쉬고는 말을 이었다.

"나는 겁이 났었네……. 산적들이, 그들이 들고 있던 피를 가득 머금은 칼이… 두려워서 숨어 있었네……. 마을 사람들이 죽어가든… 말든……."

"……."

철웅은 여전히 아무 말이 없었다. 그런 철웅을 바라보는 장 의원의 눈에 조금씩 열기가 어리기 시작했다.

"왜, 아무 말도 않는 겐가? 나는 겁쟁이란 말일세. 마을 사람들이 어찌 되든 내 목숨 하나가 아까워 개처럼 웅크리고 있었던 겁쟁이란 말일세!!"

처음에는 한탄으로 시작했던 음성이 점차 절규로 변했다. 하지만 철웅의 입에서는 아무런 대답도 들을 수 없었다.

"어서 날 욕하게! 나를 겁쟁이라고 비웃고 손가락질하게! 사람들 앞에 끌고 나가 내가 다른 사람들의 죽음을 모른 척했다고 사람들에게……."

"잘하신 겁니다."

"……?"

눈가에 눈물까지 그렁그렁한 채 철웅을 바라보며 소리를 지르던 장 의원의 귀에 들린 철웅의 한마디에 장 의원은 그대로 온몸이 굳어버린 듯했다.

"자네… 지금 뭐라고 했나?"

"잘하셨다고 했지요. 잘하신 겁니다."

"그래… 그렇게 날 비웃게. 난 그래도 싼……."

"그때 그 자리에 나타나셨다면 이 아우는 형님께 실망하였을 겁니다."

"……?"

이건 또 무슨 소리인가? 무엇을 잘했다는 것이며, 무엇에 실망하였을 것이라는 건가? 그 의미를 알 수 없는 철웅의 말에 장 의원은 분노보다도 의아함이 먼저 들었다.

"자네……."

"용기와 만용을 구분치 못하는 사람이라면 제 형님 될 자격이 없지요."

장 의원을 보며 미소까지 지어 보이는 철웅의 말에 장 의원은 어이가 없었다. 아니, 무엇인가 알듯도 하였지만 쉬이 이해되진 않았다.

"자네… 진심이구먼……."

"그들을 구해내지 못한 것이 형님의 책임일 수도 없을뿐더러 그들과 함께 죽지 못한 것이 잘못일 수는 더 더욱 없습니다."

"자네……."

장 의원의 눈가에 걸려 있던 눈물이 결국 뺨을 타고 흘러내렸다. 이런 것이 아니었는데, 이런 위로나 듣자고 마음을 모질게 먹고 이야기를 꺼낸 것이 아니었는데, 뺨을 맞고 길바닥으로 끌려 나가 손가락질 받아도 싸다고 생각했었는데……. 왜인지는 모르지만 자신의 스승인 황보 선생보다도 자신의 의제인 철웅에게 자신의 이야기를 해야 한다고 생각했다. 그가 산적들과 맞서 싸워 그들을 물리쳤기 때문일 수도 있겠지만 그와는 다른 어떤 이유가 있었다. 장 의원 자신도 설명치 못할 어떤 이유가.

"오히려 마을에 큰 죄를 지은 것은 저입니다. 손가락질을 받고 마을을 쫓겨나야 할 사람이 있다면 그건 형님이 아니라 저입니다."

"그게 무슨……."

잠시 천장을 바라보며 숨을 내쉰 철웅이 지긋이 눈을 감고 장 의원에게 말했다.

"제가 없었다면… 제가 돌아오지 않았다면 그저 얼마의 곡식이나 털리고 말았을 일을……."

장 의원은 철웅의 말이야말로 억지라고 생각했다. 세상의 일이란 것이 어찌 사람의 생각대로 움직인단 말인가. 산적들이 언제 마음을 바꾸어 마을 사람들을 해쳤을지 아무도 장담할 수 없는 노릇이고, 설령 철웅의 말이 맞다손 치더라도 그로서는 그렇게 할 수밖에 없었던 일이었다. 산적들과 담판을 지은 것도 그였고, 약조를 어기고 되돌아온 산적들을 다시금 몰아낸 것도 그인 것을…….

"자네의 그 말이야말로 말도 안 되는 억지일세."

"허허. 본시 재앙을 부른 것은 재물과 사람입니다. 그중 더 큰 재앙을 부르는 것은 재물보다는 사람이겠지요. 곡식이 산적들을 불러 모은 것이라면 제가 그들의 칼을 휘두르게 한 것입니다."

궤변이었으나 장 의원은 그의 말에 반박하지 않았다. 아니, 그의 말에 반박하지 않았다기보다는, 그의 말을 듣고 나서야 이곳으로 오는 도중 마주친 사람들의 반응을 이해하게 되었다고 해야 맞을 것이다. 지금 철웅이 한 말이야말로 철웅 자신의 생각임과 동시에 마을 사람들의 마음 깊숙이 자리한 본심이었다는 것을.

"우매한 사람들 같으니……."

이미 장 의원 자신의 부끄러운 행동은 문제가 아니었다. 정말 마을 사람들이 그렇게 생각하고 있다면 그거야말로 은혜를 원수로 여기는 꼴이 아닌가. 장 의원은 당장에 달려나가 마을 사람들에게 설명해야 한다고 생각했다. 하지만 뒤이어 들린 철웅의 말에 장 의원은 다시금 의자에 털썩 주저앉고 말았다.

"그러지 마십시오. 지금 마을 사람들에게 그런 것을 따져 묻는 것은 너무나 가혹한 일입니다. 저는 잃은 것이 없지만… 저 사람들은 너무나 많은 것을 잃었습니다. 그냥… 이대로가 나을 겁니다."

도대체 자신의 의제는 어떤 사람이란 말인가? 장 의원은 다시금 철웅을 바라보고 있었다. 어젯밤 자신이 본 의제의 모습은 전장을 누비던 병사의 모습이 아니었다. 그가 보여준 무위(武威)는 일개 촌무지렁이가 보더라도 알 수 있을 만한 일군을 호령하는 장수들이나 보여줄 법한 것이었다. 분명 무언가를 감추고 있다는 생각은 하고 있었다. 그런데 지금 보여주고 있는 이 모습은 어떻게 설명해야 하는가? 마치 모든 것을 달관한 듯한 자세와 말투. 자신이 잘못 본 것이 아니라면 지금 의제가 내뱉고 있는 말 어디에도 거짓은 없어 보였다. 진정 자신이 알고 있는 의제 장철웅이 맞단 말인가?

"자네… 자네는 누구인가?"

"허허. 촌장님과 똑같은 물음을 하시는군요. 저는… 철웅입니다."

장 의원은 머리 속이 혼란스러웠다. 분명 자신은 철웅이라고 말하고 있지만 쉽게 납득하기 어려운 말이었다. 하지만 뒤이은 철웅의 말에 장 의원은 자신이 크나큰 실수를 하고 있었다는 것을 깨달았다.

"제가 어찌하면 믿으시겠습니까?"

"……."

어찌하면 믿겠냐고 물어오는 철웅의 질문에 장 의원은 아무런 대답도 할 수 없었다. 그는 삼십 년 만에 돌아온 사람인 것을, 자신 역시 그가 철웅이라 말하지 않았다면 알지 못했을 사람인 것을… 아니, 그가 장태산이라 했으면 태산이라 믿었을 것이요, 장삼봉이라 하면 장삼봉이라 믿었을 것이거늘. 무엇이 모자라 그를 의심하고 있단 말인가? 그는, 그인 것을.

"내가 실언을 하였군. 자내는 내 의제이지. 그래, 자네는 내 의제 장철웅이지."

장 의원의 말에 조용히 미소 짓는 철웅. 잠시 정적이 흐르는 모옥의 문을 두드리는 소리에 장 의원과 철웅의 시선이 문가로 향했다.

"누구요?"

철웅을 대신해 바깥의 사람에게 말을 하는 장 의원의 귀로 낯익은 목소리가 들려왔다.

"소생은 이철성이라고 하는 사람입니다."

"오, 어서 들어오게."

반갑게 맞이하는 목소리에 의아해하며 들어오는 이철성의 눈에 장 의원과 그 사내의 모습이 보였다.

"장 의원님, 여기 계셨군요. 한참을 찾았습니다. 어디 다치신 곳은 없으십니까?"

"하하, 내가 다친 것이 무어가 대순가. 내가 의원인데."

"허, 말이 그렇게 되나요? 하하. 그건 그렇고 어제는 어디에 계셨습니까?"

"어? 어. 나는 잠시 몸을 피하고 있었다네."

"예, 잘하셨습니다."

잠시 몸을 피했다는 말을 하곤 고개를 돌려 철웅에게 한쪽 눈을 찡긋 감아 보이는 장 의원의 모습에 철웅은 실소가 흘러나오려는 것을 억지로 참아야 했다.

"아, 인사들하지. 이쪽은 내 의제 장철웅이라고 하네. 그리고 이쪽은 태진문이란 곳의 이철성이란 사람이고."

"어제는 감사했습니다. 이철성이라고 합니다."

"예. 장철웅이라고 합니다."

아까의 절규하던 모습은 어디로 갔는지 어색하게 인사하는 두 사람을 보며 예전의 넉살 좋은 웃음을 지어 보이며 장 의원이 말했다.

"두 사람이 구면이로군. 허허, 이 친구가 몸담고 있는 태진문은 섬서에서도 알아주는 무림의 중견 문파로 이철성 이 친구가 그곳의 대제자이네."

"네. 그렇군요."

"말씀 낮추십시오. 받들기 어렵습니다."

"어찌 일개 촌부가 그럴 수는……."

"저보다 나이도 훨씬 많으시고, 또 장 대협의 신위는 소생이 발끝도 따라갈 수 없는 경지이오니 일반적인 상례나 무림의 예법을 따져도 소생보다는 선배의 예를 받으셔야 할 것입니다."

허리를 깊이 숙이며 스스로 낮추는 모습에 당황한 것은 장철웅이 아니라 장 의원이었다. 그가 아는 이철성은 교만한 자는 아니라 해도 자신이 몸담고 있는 태진문과 사문의 무공에 긍지를 가지고 있는 전형적인 무인으로 쉽게 남에게 허리를 굽힐 인물이 아니었다. 더군다나 지금 이철성이 하고 있는 말들은 어찌 들으면 무공에 관한 자기 폄하로까지 보였기 때문이다.

"허어, 자네가 내 의제를 너무 높게 보고 있는 것 같구면."

"저는 제 눈으로 본 것을 말씀드리는 것뿐입니다."

철웅과 장 의원은 서로를 바라보며 난감해했다. 하지만 일단 굽혀진 이철성의 허리는 펴주어야겠기에 장 의원이 철웅에게 눈짓하며 말했다.

"내 아우가 일신의 재주가 비상하긴 하나 아직 무림에 몸담은 적이 없으니 자네에게 이런 예를 받을 이유가 없네. 그래도 자네가 고집을 꺾지 않겠다면 그저 윗사람으로 대하는 것만으로도 내 아우는 흡족해할 것일세."

"그… 그렇게 하게나."

마지못한 철웅의 대답이 떨어지고 나서야 이철성의 허리가 펴졌다. 잠시 어색한 침묵이 흘렀으나 그런 침묵을 지켜보고만 있을 장 의원이 아니었다.

"그래, 자네의 막내사제는 어디에 있는가?"

"예, 모종의 일로 먼저 출발시켰습니다."

"음. 그렇군. 그건 그렇고 자네의 어깨가 많이 상한 듯하구만."

"예, 어제 산적들과의 싸움에서 약간의 상처를 입었습니다."

"어디 좀 보세나."

"아니, 제 상세는 천천히 보셔도 됩니다. 그보다……."

무슨 말을 하려 했는지 말꼬리를 흐리는 이철성과 그 뒷말을 기다리고 있던 장 의원의 귀에 사람들의 웅성거림이 들렸다. 그 소리는 점점 모옥으로 가까워지고 있었고, 잠시 후 모옥 밖에서 황보 선생의 목소리가 들렸다.

"이보게 철웅, 잠시 나와주어야겠네."

이미 짐작하고 있었다는 듯한 표정의 철웅이 몸을 일으키고, 무엇인가 불안한 듯한 표정의 장 의원이 그 뒤를 따라 몸을 일으켰고, 무슨 일인지 모르지만 심상치 않은 두 사람의 반응에 이철성 역시 몸을 따라 일으켰다.

철웅이 모옥의 문을 열자 수십 명의 마을 사람들이 몰려들어 있었고, 그들의 앞에는 황보 선생이 서 있었다. 잠시 철웅을 응시하던 황보 선생이 자신도 착잡한 심정이라는 것을 굳이 알리려는 듯 얼굴 가득 고뇌에 찬 표정을 지으며 철웅에게 말했다.

"이보게 철웅, 내가 자네에게 이런 말을 하게 될 줄은 몰랐네만……."

무엇인가 망설이는 황보 선생의 말보다 그 뒤에 무리 지어 있던 사

람들의 표정 속에서 다음 말을 유추해 내기란 어렵지 않았다. 두 눈 가
득 원한과 분노를 담고 있는 사람들의 표정. 그리고……

"마을을 떠나주게……."

아무 말 없이 황보 선생의 말을 들으며 수십 명의 원한에 찬 시선을
담담히 받아내며 철웅은 그렇게 서 있었다.

자신이 손수 지은 모옥 앞에 서서 마을의 한편에 만들어진 수십 개
의 봉분들을 바라보며… 그렇게 서 있었다.

　　　　　　　*　　　　　　*　　　　　　*

혹여 바람이 셀세라 굳게 닫쳐진 손바닥만한 창문 틈 사이로, 주인
몰래 들어온 가느다란 빛살이 좁은 방 한 켠을 비추고 있었다.

작은 창의 틈으로 비치는 햇살은 공교롭게도 이불을 곱게 덮고 깊은
잠에 빠져들었던 소소의 이마 어림을 비추고 있었다. 두 눈을 간질이
는 빛살을 느꼈는지 고운 아미가 찡그려지며 소소의 눈이 떠지려 하고
있었다.

그러나 햇살을 두 눈 그대로 맞받을 수 있는 사람이 있을 리 만무하
듯 눈을 뜨려 하던 소소의 미간이 찡그려지며 이불 속에 가지런히 놓
여 있던 하얗고 가녀린 손이 이불 밖으로 나와 눈을 가렸다.

'여긴 어디지?'

잠에서 깬 소소는 문득 자신의 머리 위로 보이는 천장이 낯설다는
것을 알게 되었다. 하지만 정작 소소를 당혹케 한 것은 낯선 천장 따위

가 아닌 그보다 훨씬 중요한 것이었다.

'나는 누구지?'

소소는 손으로 햇빛을 가린 채 자신의 기억을 더듬어보고 있었다. 하지만 자기 자신에게 기억이란 것이 있었나 의심스러울 정도로 아무것도 기억나질 않았다. 자신이 누구이며 왜 이곳에 있는 것인지.

당혹감에 호들갑을 떨 만도 하련만 무엇에 대해 누구에게 호들갑을 떨어야 할지도 모르는 상황에서 소소는 그저 몹시도 피곤한 몸을 다독여 바로 세웠을 뿐이다.

하지만 일어나 앉아도 보이는 것은 온통 낯선 것들뿐 그녀가 궁금해하는 어떠한 것도 설명되지 않았다. 그녀는 고개를 돌려 그녀 앞에 굳게 닫혀 있던 방문을 바라보았다. 무엇인가 떠오르려 하는 것도 같았지만, 아지랑이처럼 가물거리는 그 무엇은 쉽게 그녀의 손에 잡히질 않았다.

'이곳을 나가면 알 수 있을까?'

소소는 잠자리에 들 때나 입는 베옷 하나만을 입고 있었으나 그것을 인식하지 못한 듯 몸을 일으켜 방문의 문고리를 잡아갔다. 왠지 방문을 연다는 것이 꺼림칙하였지만 그것은 잠시의 망설임이었고, 이내 잡았던 문고리를 밀어내며 방문을 열었다.

자신을 깨운 작은 빛살과는 비교도 되지 않을 만큼 눈부신 세상이 그녀를 기다리고 있었고, 그런 세상에 적응하기 위해 그녀는 잠시나마 다시 눈을 감아야 했다. 눈을 아프게 하던 느낌이 어느 정도 가시자 소소는 다시금 눈을 뜨고 밝은 세상을 바라보았고, 그녀의 눈에 비친 혼란스러운 모습에 무엇을 찾아야 하는지보다 이곳에 계속 있어야 하는

지에 대해 더욱 심각하게 고민하기 시작했다.

그녀의 눈앞에 펼쳐진 세상은 너무나 괴상했다.

길 하나를 사이로 한쪽은 여러 채의 초가가 일상적인 모습으로 자리하고 있었고, 다른 한쪽에는 예전에는 집이었을지도 모르지만 지금은 그 형태를 알아볼 수 없을 만큼 검게 타 무너진 잔해들이 그녀를 맞이하고 있었다. 하지만 정작 그녀를 당황하게 한 것은 아무도 없다는 것이었다. 그녀의 눈에 보이는 세상 어디를 보아도 그녀와 이야기 나누어 줄 사람 같은 것은 보이질 않았다.

그녀는 신발도 신지 않은 채 걸음을 옮겨 초가를 나왔다. 발끝을 타고 올라오는 한기에 잠시 몸을 떨었지만 신발을 찾아 두리번거리지는 않았다. 그녀는 그저 걸었다. 얼마나 걸었을까. 문득 그녀의 두 귀로 무엇인가 소란스러운 느낌의 소음이 들려오기 시작했다. 그녀의 고개가 소리의 근원으로 향했을 때 소소는 너무나 기쁜 나머지 소리를 지를 뻔했다.

그녀가 바라보고 있던 곳, 그곳에는 수많은 사람들이 한데 모여서 그녀에게 오라고 손짓하는 것 같았다. 그녀는 천천히 발걸음을 옮기며 그곳으로 향했다.

그곳에 닿으려면 차가운 개울을 건너야 했지만 아직 그녀의 눈에 개울은 보이질 않았다. 사람들에 둘러싸인 한 사내의 모습 역시 보이질 않았다.

"이, 이게 무슨 짓들인가?"

장 의원은 감히 촌장에게 따져 묻지는 않았다. 그러나 자신의 스승을 앞세운 채 철웅을 내몰려는 사람들에게는 따져 묻지 못할 이유가 없었다.

"철웅은 이 마을을 구해낸 은인 같은 사람인데, 어찌 이리 박대할 수가 있단 말이오!"

사람들을 향한 장 의원의 외침에 황보 선생은 고개를 저으며 시선을 피했다. 하지만 황보 선생의 뒤에 있던 마을 사람들은 장 의원의 호통에 지지 않으려는 듯 격앙된 목소리로 소리쳤다.

"장 의원님, 어서 비키십시오. 저자 때문에 마을 사람들이 죽은 겁니다!"

"저자가 나서지 않았다면 아무도 죽지 않았을 겁니다!"

"곡식이야 다 가져가도 상관없지만… 사람들은… 흑흑……."

"차라리 마을로 돌아오지 않았던 것이 나아요~!!"

여기저기서 터져 나오는 원망 가득한 사람들의 외침에 장 의원은 눈앞이 캄캄해지는 것을 느꼈다. 움막 안에서 철웅의 이야기를 듣지 않았다면 사람들이 단체로 미쳐 버린 것이 아닌가 의심했을지도 모를 만큼 사람들의 감정은 격해져 있었다. 이들에게 무슨 말을 해야 하는가. 어떤 말을 해야만 이들의 어긋난 분노의 화살을 철웅에게서 돌릴 수 있단 말인가.

철웅을 향한 마을 사람들의 원한 섞인 고함 소리와 욕설들. 장 의원은 착잡한 마음에 황보 선생을 바라보았지만 황보 선생은 장 의원의 시선을 외면하고 있었다. 아니, 어떤 이의 시선과도 마주치고 싶지 않다 말하고 있는 듯 먼 하늘만을 바라보고 있었다.

'스승님도 무엇이 옳고, 무엇이 그른 것인지 알고 계신다. 하지만 당

신 자신도 철웅이 떠나는 것을 원하고 있다.'

장 의원은 마음 한구석이 무거워졌다. 마을의 가장 큰 어른이며 선비인 자신의 스승이 사람들의 이런 행동을 그냥 보고만 있을 리 없건만 그는 침묵했고, 그 침묵이 가지는 의미는 분명한 동조였다.

'스승님, 무엇 때문입니까, 무엇이 스승님의 마음을 그리 모질게 만든 것입니까?'

'어쩔 수 없었네.'

'무엇이 스승님을 어찌할 수 없도록 만든 것입니까?'

'연이를 보내야 하는데, 보낼 수가 없었네……'

장 의원은 눈을 감아버렸다. 자신의 스승마저 철웅을 마을에서 내치려는 이유를 알아버렸다. 스승은 죽은 자신의 아들 황보연의 망령을 뿌리치지 못하고 있었으리라. 그리고 자신의 아들을 가슴에 묻기 위해 철웅을 내치려 하는 것이다. 아들과 함께 전쟁터로 떠나 홀로 살아 돌아온 철웅을…….

철웅은 수많은 사람들의 원성(怨聲)과 욕설 섞인 비난을 들으면서도 아무런 말도 하지 않고 있었다. 단지 마을 사람들을 바라보는 시선 사이로 알듯 모를 듯한 슬픔이 떠오르곤 있었지만 그런 미묘한 감정의 스침까지 알아볼 이는 없었다.

사람들은 철웅의 반응 따윈 아무 상관 없다는 듯 마을을 떠나라며 소리치고 있었다. 철웅의 뒤에서 바라본 마을 사람들의 모습에 이철성은 무언가 치밀어 오르는 것을 참느라 애써야 했고, 사람들의 모습에 환멸을 느낀 장 의원과 그런 장 의원의 시선을 피하고 있는 황보 선생, 단 두 사람만의 정적이 이어지고 있었다.

그리고 장 의원과 황보 선생, 마을 사람들은 물론 담담히 서 있던 철웅마저도 개울을 건너 사람들을 향해 힘없이 다가오고 있는 소소의 모습을 보지 못하고 있었다.

"떠나겠습니다……."

그리 큰 소리는 아니었건만 사람들의 귓가를 스친 한마디에 자리에 모여 있던 사람들 모두 입을 굳게 다물고 철웅에게 시선을 모았다.

"자네, 그게 무슨 소린가! 자네가 왜 이 마을을 떠난단 말인가!"

철웅에게 소리친 장 의원이 급히 고개를 돌리더니 얼굴 살집들이 부들부들거릴 정도로 분개하며 소리쳤다.

"이 배은망덕한 사람들 같으니! 철웅이 아니었다면 그 누가 살아남아 죽은 이들의 넋을 달랠 수 있었을까! 철웅이 아니었다면 그 누가 살아남아 이리도 파렴치하게 한자리에 모여 은혜를 원수로 갚는 성토를 할 수 있었을까! 철웅이 아니었다면……."

장내를 쩌렁쩌렁 울리던 분기(憤氣) 가득한 장 의원의 절규는 자신의 어깨에 조용히 손 올리는 철웅으로 인해 이어지지 못했다.

"되었습니다, 형님. 저는 떠납니다."

"자네……."

의형에게 담담한 미소를 보여준 철웅은 그 미소를 지우지 않은 채 마을 사람들에게 말을 이어가고 있었다.

"내일 아침까진 마을을 떠나도록 하겠습니다. 그때까지만 말미를 주십시오."

"……."

이것을 원했던 것이 아니었던가? 철웅의 담담하지만 한줄 비애를 숨긴 대답에 마을 사람들은 꿀 먹은 벙어리처럼 아무 말도 하지 못하고 있었고, 몇몇 사람들의 눈에는 분노가 아닌 당혹감이 어리고 있었다.

"고맙네……."

무엇이 고마웠을까. 촌장은 담담히, 그러나 예전의 카랑카랑함은 찾아볼 수 없는 지친 목소리로 철웅에게 말하곤 조용히 몸을 돌렸다. 마치 이 자리를 달아나려는 듯이 서둘러…….

사람들은 그런 촌장이 지나갈 때마다 엉거주춤 자리를 비켜 앞길을 터주고 있었고, 촌장과 철웅을 번갈아 보며 순식간에 정리된 상황에 당혹해하고 있었다. 마을 사람들은 철웅이 마을을 떠나가길 원했고, 결국 원하는 것을 얻었으나 무엇 때문에 그것을 원하였는지는 알지 못하는 이상한 상황에 빠져 허우적대고 있었다.

그런 사람들을 내버려 둔 채 철웅은 자신의 모옥으로 들어가려 몸을 돌렸고, 장 의원 역시 마을 사람들을 등진 채 철웅의 뒤를 따르고 있었다. 하지만 철웅은 모옥의 문을 열지 못하였다.

촌장의 앞길을 비켜주는 마을 사람들의 끝에 한 여자가 서 있었다.

열예닐곱쯤 되어 보이는 소녀라 부르기도 그렇고 처자라 부르기도 어색한, 그런 여자가 엄동설한 얇은 삼베 옷 하나만을 걸치고, 발에는 발싸개도 하지 않은 채 서 있었다. 개울을 그냥 건넜는지 바지가 온통 젖어 사시나무 떨듯 떨고 있었건만 오돌오돌 떨고 있는 몸과는 달리 여자의 두 눈은 철웅에게 고정되어 움직일 줄을 몰랐다.

"소소야?!"

자신의 앞길을 막고 서 있는 여자가 어젯밤 어미를 잃은 소소라는 것에, 그리고 한겨울 삭풍 속에서 사시나무 떨듯 떨고 있는 것에 놀라 황보 선생은 다급히 노구를 움직여 소소에게 다가가선 자신의 웃옷을 벗어 소소의 어깨를 덮었다.

마을에 난리가 났던 지난밤에도 내내 잠만 자던 아이가 어찌 이곳까지 찾아오게 된 것인지 물으려 했지만 소소는 그런 황보 선생에게 말할 기회도 주지 않은 채 한 발 한 발 걸음을 옮겨 모옥으로 향했다.

사람들은 촌장에게 그러했던 것처럼 소소에게도 길을 내어주고 있었다. 창백한 안색에 금세라도 주저앉을 듯 힘없이 걷고 있었건만 마을 사람들은 그런 소소를 막지 못했다.

철웅의 앞까지 걸어간 소소는 그제야 발걸음을 멈추었다. 그리고 삭풍이 할퀴어 파랗게 멍이 든 입술로 철웅에게 무언가 나지막이 속삭이곤 할 일을 마쳤다는 듯 정신을 잃고 쓰러져 버렸다. 황급히 다가선 철웅의 품속으로……

소소의 입에서 나온 한마디는 너무나 작아 바로 옆에 있던 장 의원조차 알아듣지 못할 지경이었다.

쓰러진 소소를 안아 든 철웅은 장 의원에게 눈짓을 하곤 자신의 움막으로 소소를 앉고 들어가 버렸고, 장 의원은 철웅의 눈짓에 고개를 끄덕이고는 잠시 고개를 돌려 노기가 가시지 않은 눈빛으로 사람들을 한 번 바라보곤 철웅을 따라 모옥으로 들어갔다. 아무 말 없이 이철성마저 모옥으로 들어가 문을 닫아버리자 마을 사람들은 잠시 어찌할 바를 모르고 있다가 말없이 발길을 돌려 마을로 향하는 촌장을 따라 모두 사라져 버렸다.

모옥 안에서는 침상에 뉘인 소소를 장 의원이 진맥하고 있었고, 그 옆에선 이철성이 문가 한쪽에 서 있는 장철웅을 유심히 바라보고 있었다. 이철성이 바라보는 시선을 아는지 모르는지 철웅은 굳게 닫힌 문을 바라보며 상념에 젖어 있었다. 이철성은 자신이 구해준 마을 사람들에게 떠밀려 마을을 떠나는 것이 마음 아파 그러겠거니 생각하고는 안타까운 마음에 철웅에게 향했던 고개를 돌려 버리고 말았다.

하지만 철웅의 머리 속에 남아 있는 것은 당장 마을을 떠나라는 마을 사람들의 고함 소리가 아닌, 자신의 품으로 쓰러지던 가녀린 소녀가 건넨 한마디였다.

'추워……'

그리고 소소가 건넨 이 짧은 한마디는 철웅이 듣게 된 그녀의 마지막 목소리였다.

*　　　*　　　*

방금 전 간단히 식사를 마치고 말없이 자리에 앉은 세 사람. 입맛이 있을 리 없었건만 철웅의 요리가 그럭저럭 괜찮았는지 세 사람 모두 끼니를 거르지는 않았다. 이철성은 문득 조용히 소소가 잠들어 있는 곳을 바라보다 자리 밑, 침상 아래에서 옅은 예광을 뿌리는 무엇인가를 발견하게 되었다.

"저… 혹 실례가 되지 않는다면… 후배가 선배님의 독문병기를 잠시 청해도 되겠는지요."

무인에게 있어 상대의 병기를 보고자 청하는 것은 쉽게 할 수 없는 이야기이다. 더군다나 상대가 자신보다 고수이거나 연장자면 독문병기일 경우에는 예의없는 자라 불리기 딱 좋은, 일전을 불사할 시비거리가 될 수도 있을 만큼 예민한 문제이기도 하였기에 이철성의 물음은 장 의원이 보기에도 딱할 정도로 조심스러웠다. 하지만 돌아서서 미소까지 보인 철웅의 대답은 너무도 간단하였다.

"그리 격식 차리지 말게. 부담스러우이. 좋을 대로 하게나."

소심한 자가 들었다면 '너 따위에게 병기를 맡겨도 나는 문제없다'라고 곡해할 만큼 시원한 대답이었으나 이철성은 단지 무림의 예법을 잘 모르는 철웅이기에 쉽게 허락한 것이라 생각했다. 물론 그렇지 않다 하였어도 할 말은 없었지만.

행여 잠들어 있는 소소가 깰세라 조심스레 침상 밑에서 철웅의 사모창을 꺼내는 이철성. 모옥의 유등 아래로 그 자태를 드러낸 은빛 날의 장창은, 지난밤 야공(夜空) 가득히 화려한 은빛 궤적을 수놓으며 수십의 목 줄기를 꿰뚫어 버리던 무위(武威)에 어울리지 않게 일견 평범하다 느껴질 정도로 무난한 형태였다. 물론 일반적인 창에 비해 그 날이 반 자는 더 길고, 새파랗게 날이 선 것이 알게 모르게 섬뜩한 느낌을 주기도 하였지만, 그이상의 특별한 점을 찾긴 힘든 그런 모습이었다.

'역시 무인에게 있어 병기의 좋고 나쁨은 의미가 없는 것인가.'

천천히 창날을 훑어 내려오던 이철성의 시선이 창날과 창대의 이음새 어림에서 고정되었다.

환후지우(桓侯之友).

반 치가 조금 못되는 작은 크기로 창날에 새겨져 있던 네 글자를 바라보던 이철성의 눈에서는 호기심이 일고 있었다. 무엇인가 사연이 있을 법한 글귀였으나 그저 환후라는 이름의 장인이 벗에게 주는 증표로 만들어 새긴 것이리라 쉽게 생각하고 마는 이철성이었다. 그런 이철성의 귓가로 장 의원의 목소리가 들렸다.

"떠난다 하였으니 떠나야겠지만, 그래 어디로 갈 참인가?"

장 의원의 물음에 잠시 무엇인가를 생각하던 철웅이었지만 이내 피식 웃음을 내보이곤 조금 허탈한 목소리로 장 의원에게 답하였다.

"어디든 한 몸 의탁할 곳이 없겠습니까만 당장은 그냥 인적이 드문 산에 들어가 나무나 할 생각입니다."

"그래? 음… 산이라. 그도 괜찮지. 가능하면 약초가 많은 산으로 찾아가세나."

"…형님?"

"왜 그러나? 설마 이 우형을 남겨두고 자네 혼자 떠나려는 것은 아니었겠지?"

"형님, 그러지 마십시오."

"떠나는 것이 자네 뜻이라면 함께 떠나려 하는 것은 나의 뜻일세. 설마 나와 함께 가는 것이 싫다는 것은 아니겠지?"

"형님……."

철웅은 갑작스런 의형의 동행 선언에 가슴이 답답해짐을 느꼈다.

"형님의 마음은 알겠습니다만, 형님은 저보다는 이곳에 어울리는 사람입니다."

"흥, 일없네. 병구완이라도 잘못하는 날엔 나마저도 쫓아낼 무서운
사람들과 같이 살 정도로 내 담이 크지 못하다네."

마을 사람들의 모습에 적지 않은 충격을 받은 모양이었다. 그래도
말려야 했다. 자신이야 고향이라 생각하지만 어찌 되었든 삼십 년 만
에 돌아온 외인 같은 사람이니 떠난다 하여도 달라질 것이 없지만, 장
의원은 마을의 어른이었고 반드시 필요한 사람이었다.

"형님께서 이러시면 제가 난처해진다는 것을 왜 모르십니까?"

"자네가 난처할 것이 무어가 있는가? 자네가 날 데려가는 것이 아니
라 내가 내 발로 떠나겠다는데? 그리고……"

잠시 말을 끊은 장 의원이 작은 한숨을 내쉬고는 마음을 정리하듯
말을 이었다.

"오십이지천명(五十而知天命)이라 했네. 내가 길흉화복(吉凶禍福)을
점치는 신복(神卜)은 아니지만 지금 마을 떠나는 것이 내 길임을 느낄
수 있다네."

철웅은 더 이상 의형을 설득할 길이 없다는 것을 인정해야 했다. 남
아(男兒)가 스스로 정한 길을 천하에 누가 있어 막을 수 있으리오. 결국
답답한 마음을 잠시 접어두고 의형에게 감읍(感揖)할 수밖에 없었다.

"후~ 그러십시오. 저 같은 사람이 무슨 복이 있어 형님같이 좋은
분을 또 만날 수 있겠습니까. 얼마가 되든 하루라도 더 형님을 모시는
것이 제 복이겠지요."

"아닐세. 오히려 자네같이 듬직한 의제를 만나게 된 것이 우형(愚兄)
에게 찾아온 말년의 복이지. 허허."

두 사람이 마을을 함께 떠나기로 한다는 말에 이철성의 머리는 분주히 회전하기 시작했다. 그리고,

"저, 두 분 말씀 중에 끼어들어 송구스럽지만 딱히 갈 곳을 정하지 않으셨다면… 저희 태진문의 사업을 도와주실 수는 없으신지요?"

두 사람의 눈치를 살피며 조심스레 입을 연 이철성의 말에 철웅은 무슨 소리인지 설명해 달라는 듯 장 의원을 바라보고 있었고, 그런 철웅의 시선에 잠시 헛기침을 하고는 장 의원이 철성에게 말했다.

"자네의 지금 그 얘기는 나와 내 의제가 태진문의 식객으로 들어가는 것이 어떠냐는 뜻인가?"

"식객이라니요? 천부당만부당하신 말씀입니다. 장 의원님이야 이미 오래전부터 저희 사문의 은인이신데, 찾아와 주시기만 한다면 사문으로서는 보은의 기회를 주시는 것이니 감읍할 따름입니다. 그리고……."

철웅을 보며 잠시 뜸을 들인 이철성은 확신에 찬 목소리로 말을 이었다.

"선배님이 저희 문을 도와만 주신다면… 천군만마를 얻는 것보다 몇 곱절은 더한 응원이 될 것입니다."

철웅은 어리둥절한 표정으로 다시금 장 의원을 바라보았다. 이철성이 도대체 무슨 말을 하고 있는 것인지 모르겠다는 표정으로…….

"험험. 그러니까 자네 말은 내 의제가 자네 사문에서 식객 노릇을 하며 무림의 칼밥을 먹는 것이 어떻겠냐는 것인가?"

무림에 대해 무슨 억하심정이 있는지 비꼬듯 철성에게 말하는 장 의원에게 이철성은 말도 안 된다는 표정으로 대답하였다.

"어찌 그런… 제 말은 단지 장 선배님과 같은 분이 대의를 멀리 하시고 심산유곡에 은거하시겠다는 것이 안타까워 드리는 말씀입니다."

"호오, 대의(大義)라. 자네가 말하고 있는 그 대의란 것이 무엇인가?"

장 의원의 조소 섞인 노골적인 질문에 이철성은 잠시 움찔하였지만 한 문파의 대제자는 아무나 하는 것이 아니라는 것을 보여주듯 자신의 생각을 피력하기 시작했다.

"우매한 제가 감히 대의를 논하는 것을 탓하지 마시고 들어주십시오. 제가 듣고 배운 대의란 천하의 안녕을 나의 일로 여기고, 그것을 지킬 힘을 기르고, 그것을 지키는 것이 아무리 어렵고 고단하다 하여도 피해 달아나지 않고, 그것을 지키기 위해 희생하고, 희생에 대해 아까워하지 않는 것이라 배웠습니다. 지금 선배님이 심산유곡에 은거하시는 것은 대의를 외면하고, 어려움에 처한 자들을 외면하고, 천하의 안녕을 외면하는 것입니다."

이철성의 가슴에서는 무엇인가 뜨거운 것이 타오르고 있었다. 자신도 망각하고 있었던 무인으로서의 대의를 새삼 깨달으며, 눈앞에 있는 장철웅이란 사내야말로 무림의 안녕을 위해 꼭 필요한 사람이라 생각하고 있었다. 사문의 영명을 드높일 수 있는 기회라는 것도 생각지 아니한 것은 아니었지만 어쨌든 지금 당장은 대의라는 명제에 도취되어 버린 이철성이었다.

그러나 되돌아온 철웅의 물음에 뜨겁던 가슴이 차갑게 식어버리고, 청산유수(靑山流水) 같던 말문이 막혀 버리고 말았다.

"내가 대의를 위해 무엇을 해야 하는가? 몇 사람이나 죽여주면 되겠는가?"

어느샌가 철웅의 눈빛은 낮게 가라앉아 있었다. 분노하는 듯도 보였고, 안타까워하는 듯도 보였다. 철웅의 눈빛을 받은 이철성은 철웅의 기세에 눌려 더 이상 말을 잇지 못하고 있었고, 갑작스레 달라진 분위기에 장 의원이 중재를 나설 수밖에 없었다.

"험험. 뭐, 자네의 뜻이 잘못되었다는 것은 아니네만, 내 아우의 말처럼 무림에 몸을 담게 된다면 결국 피를 볼 수밖에 없는 것이고, 몇 마디 말로 그런 것을 반길 만큼 연륜이 짧지도 않네. 더군다나 다시 무엇인가를 시작하기에 나나 내 의제가 조금 늦은 감이 있는 것도 사실이고……."

이철성은 자신을 탓하고 있었다. 남자라면 대의라는 한마디 말로도 피가 끓어올라야 하지만 눈앞의 두 사내는 그런 모호한 개념만으로 자신들의 운명을 결정지어 버릴 철부지들이 아니었다.

"자네의 뜻은 고맙네만, 아무래도 나나 내 의제가 몸담을 곳은 거기가 아닌 듯허이."

"…예. 죄송합니다. 제 생각이 짧았습니다."

생각이 짧았다. 짧아도 너무 짧았다. 이제 갓 서른을 넘긴 자신이 지천명을 바라보는 사람을 몇 마디 말로 회유하려 하였으니. 장철웅이란 사내가 자신을 얼마나 가소롭게 보았을꼬. 창피한 마음에 얼굴이 붉어지려 할 때 다시금 철웅의 목소리가 들려왔다.

"자네의 마음만 고맙게 받겠네."

철웅의 목소리가 부드러워져 있었다. 놀라운 감정의 절제였다. 이철성은 이것이 고수의 풍모요, 연륜이란 생각에 다시금 철웅이란 이름을 가슴 깊이 새기고 있었다.

"음… 일단 이야기가 나온 것이니 어디로 가는 것이 좋을까?"

혼자서 무언가 골똘히 생각하던 장 의원이 내뱉은 말에 이철성 역시 고개를 갸우뚱거리며 고민하였다.

"소화산 근처로 가면 어떨까? 아니야, 소화산에는 그리 쓸 만한 약재가 없지. 여산은 성도와 너무 가까워 인적없는 곳을 찾기가 어렵고."

"저, 태화산은 어떻습니까?"

이철성이 태화산을 거론하자 일고의 가치도 없다는 듯 장 의원은 고개를 저었다.

"태화산이야 워낙 영기가 가득한 산이니 약초나 쓸 만한 약재가 많긴 하지만 인적이 끊기지 않는 것으로 치자면 여산보다 더하면 더했지 덜하지 않을 것이네."

"그도 그렇군요."

장 의원의 얘기에 이철성도 쉽게 수긍하였다. 태화산을 찾는 사람들이야 사시사철 끊일 수가 없었다. 태화산의 장관을 보러 오는 전국 각지의 사람들은 차치하고라도 태화산은 수많은 도량들의 집결지와 같은 곳이었다.

대화산파(大華山派).

도문의 성지이고 무림의 기둥인 화산파가 자리한 곳이니 일 년 사시사철 수많은 도량들과 무인들로 인적이 끊일 수 없는 곳이었다. 도가의 양대 산맥인 무당파가 있었지만, 폐쇄적인 분위기에 참선을 위주로하는 무당파보다는 개방적이면서 포교에 주력하고 있는 화산파에 더 많은 사람들이 몰리는 것이 당연한 결과이기도 했다.

"태화산에 약초가 그리 많습니까?"

"허허, 많다뿐인가. 태화산은 예로부터 중원의 다섯 영산(中原五岳) 중 서악(西岳)으로 칭해졌을 정도로 그 영기가 충만한 곳이니 그곳에서 자생하는 약초와 영약들의 효능이야 두말할 것도 없지. 그런데 그건 왜 묻는가?"

"아닙니다. 생각해 보니 굳이 인적이 드문 곳을 찾아야 할 이유가 없을 것 같아서요."

"흠. 그도 그렇군. 우리가 무슨 죄 짓고 도망치는 도망자도 아니고 굳이 사람들을 피할 이유도 없지."

철웅과 장 의원의 대화를 듣자 하니 화산으로 마음이 기우는 것도 같았다. 이철성은 아직 마음을 다 비우지 못했는지 두 사람 사이에 또다시 끼어들었다.

"화산에 인적이 많은 곳만 있는 것도 아닙니다. 화산파가 자리한 연화봉(蓮花峯) 주변에만 인적이 많을 뿐 동쪽의 선인봉(仙人峯)이나 남쪽의 낙안봉(落雁峯)은 지세가 험해 사람들이 쉬이 찾기 힘듭니다."

"옳거니, 그렇지. 나도 예전에 낙안봉을 한 번 찾은 적이 있었는데, 이름 그대로 나는 기러기도 떨어질 만큼 그 산세가 높고 험해서 산을 오르다 고생을 했던 적이 있었지."

"더군다나 약초를 하든 나무를 하든 인근에 성시가 있어야 내다 팔 터인데, 화산이 있는 화음현(華陰縣)은 그 성세가 성도 서안(西安)에 못지않으니 그보다 좋은 조건은 없을 듯합니다."

"그래… 자네 생각은 어떤가?"

여러모로 생각해도 그보다 좋은 입지는 없는 듯하니 철웅이 굳이 반대할 이유가 없었다.

"형님만 좋다면야 제가 반대할 이유가 없지요. 화산은 넓은 산이니 나무 찾을 걱정도 없고."

"허허. 자네는 아직도 나무 타령이구먼. 걱정 말게. 이 우형이 이래 봬도 명색이 의원이 아닌가? 자네 하나 먹여 살리지 못할 것 같은가?"

"허허, 형님도 참. 나이 마흔 중반에 남이 먹여주는 밥이 쉬이 넘어간다면 사람들이 손가락질할 겁니다. 낯짝 두꺼운 사람이라고."

"하하하하."

"허허허."

화산까지의 동행을 허락받은 이철성까지 세 사람의 화산행은 그렇게 결정되었다.

하지만 길고도 험난하게 펼쳐질 철웅의 여정(旅程)에 소소라는 여인이 함께하게 될 줄은 그때까진 누구도 생각지 못하고 있었다.

第五章
화산행(華山行)

화산행

결국… 또다시
피를 보게 되는구나……

　해가 중천에 뜬 지 오래건만 철웅 일행은 마을을 떠나지 못하고 있
었다. 가지고 갈 짐이 많아서인가 하면 그도 아닌 것이, 짐이라 봐야
장 의원의 책 보따리가 그나마 짐이랄까. 이철성이야 들고 들어온 것
이 없으니 가지고 갈 것도 없고, 철웅 역시 약간의 건량과 창대에서 떼
어낸 사모창날이 갈무리된 봇짐 하나. 그리고 손수 만든 활 하나가 전
부였으니, 짐이 많아 길을 못 떠나고 있다고 말해 봐야 아무도 믿어주
지 않을 것이 뻔했다.
　그럼에도 그들이 마을을 떠나지 못하고 있는 것은 순전히 철웅의 팔
소매를 붙잡고 떨어지지 않는 소소 때문이었다.
　"소소야, 제발 그 팔 좀 놓아라."
　"그래, 아줌마랑 들어가자꾸나, 어서."

동네 아낙 몇이 소소를 달래고 있었지만, 소소는 눈길 한 번 주지 않는다. 난감한 철웅이야 말할 것도 없고, 함께 떠나기로 한 장 의원과 이철성 역시 어찌해야 할지 몰라 발만 구르고 있었다.

"이보게, 도대체 이 아이가 왜 이러는 겐가?"

답답한 황보 선생이 장 의원에게 물어보지만, 장 의원 역시 고개를 도리질할 뿐 그 까닭을 알 리가 없었다.

"저도 모르겠습니다. 몸도 성치 않은 아이가……."

"허허, 거참. 원래 실어증을 앓으면 이렇게 되는가?"

"아닙니다. 실어증이란 것이 마음의 병이긴 하지만… 그렇다고 이렇게 아무 이유 없이 사람을 따르거나 할 리는 없습니다."

소소는 말을 잃었다. 처음엔 놀란 마음에 말을 하기 꺼리는 줄로만 알았건만, 몇 시진 동안 유심히 관찰한 장 의원이 내린 진단이니 그럴 리 없다 우길 수도 없고…….

"소소야……."

문득 소소와 눈높이를 맞추고 부드럽게 말하는 철웅의 모습에 장 의원과 황보 선생은 잠시 말을 멈추고 하는 양을 지켜보았다.

"나는 이 마을을 떠나는 것이란다. 나는 본시 이 마을에 살지 않았으니 지금 떠나도 아무런 문제가 없다만, 너는 이 마을 사람들이 아끼고 사랑하는 아이이니 앞으로도 이분들과 함께하는 것이 나을 듯싶구나."

마치 딸에게 이야기하듯 소소의 눈을 바라보며 자상하게 말을 전하는 철웅. 하지만 철웅의 말이 끝나기 무섭게 세차게 도리질하는 소소의 모습에 작은 한숨만 내쉬는 철웅이었다.

"허어, 거참. 도대체 저 아이가 무슨 심정으로 저러는지 알 수가 없구먼."

황보 선생은 답답한 마음에 가슴을 쳐보지만, 소소의 속내를 들여다보지 않는 이상 알아낼 도리가 없을 듯싶었다.

무표정한 얼굴로 철웅의 옆에 착 달라붙어 있는 소소. 아무리 뚫어져라 쳐다봐도 도대체 무슨 생각인지 알 수가 없다. 이런 아이가 아니었는데……

옆에 서서 사람들의 모습을 말없이 바라보던 이철성이 조심스레 말을 꺼내었다.

"혹시 장 선배님께 의지하고 싶은 것이 아닐까요?"

무슨 뚱딴지 같은 소리를 하고 있느냐는 표정으로 바라보는 장 의원의 시선을 받자, 철성은 헛기침을 한 번 하고는 말을 이었다.

"요전 난리에서 저 소소라는 아가씨를 구한 것이 장 선배님이시니, 혹시 그런 모습이 기억에 남아……."

자신이 말해 놓고도 그다지 설득력있는 이야기는 아니라 생각했는지 말꼬리를 흐리는 철성이었지만, 그의 말을 잠자코 듣고 있던 장 의원은 이마에 내 천(川) 자를 만들고는 잠시 무엇인가를 고민하는 것 같았다.

"음… 일리가 있는 말이야. 어제 보여준 소소의 모습을 정상이라 볼 수도 없고, 실어증 증세를 보이는 지금도 정상은 아니지. 필시 어미의 죽음에 큰 충격을 받은 것이 원인인 듯한 걸 보면……."

머리에 손을 짚으며 잠시 말을 끊었던 장 의원이 고개까지 끄덕이며 뒷말을 이었다.

"그래. 정신적으로는 혼란스러우나, 그 속에 한 가닥 의제의 모습이 마음에 남아 저럴 수도……."

황보 선생은 물론 마을 아낙들마저도 어이없다는 표정으로 장 의원을 바라보았지만, 병이니 정신적 혼란이니 하는 쪽에는 원체 아는 것이 없었던지라 별다른 반박은 하지 못하고 있었다.

"지금은 이 아이가 이러는 이유가 중요한 것이 아니라 어떻게 하면 이 아이의 손을 놓게 할 수 있는가, 하는 것이 더 중요한 문제네."

약간의 노기가 섞인 듯한 황보 선생의 다그침에도 장 의원은 그저 어깨를 한 번 으쓱할 뿐이었다.

"저도 병을 고치는 것만 배웠지, 사람 마음을 돌리는 방법 같은 것은 배운 바가 없어서……."

두 손을 털고 일어서서 어깨를 위로 들어 보이며 자신이 할 수 있는 일이 아니라는 듯 한발을 뒤로 빼는 장 의원의 모습에, 황보 선생은 뭐라 다그칠 수도 없어 한숨만 내쉬었다.

"일단 강제로라도 안으로 데려가게."

황보 선생의 말에 몇몇 아낙들과 함께 나온 사내들이 데려가려 힘을 썼지만, 손에 아교라도 붙은 것인지 철웅마저 사람들의 힘에 질질 끌려가고 있었으나 소소는 잡은 손을 놓을 줄 몰랐다.

"아~악~!!"

소소를 잡아끌던 사내 하나가 손을 부여잡고 뒤로 나뒹굴었고, 그 사내의 손에서는 불그스름한 피가 배어 나오고 있었다. 이빨 자국이 선명한 것을 보니 소소가 힘껏 깨문 모양이었다.

"이것이!!"

분기를 참지 못하고 소소를 내려치려 손을 들었던 사내였지만, 철웅의 사납게 변한 눈과 마주치자 슬그머니 들었던 손을 뒤로 내리며 인상만 찌푸릴 뿐이었다.

소소를 잡아당기던 마을 사람들도 어느샌가 손을 풀고는 뒤로 물러나 있었다. 웃지도 못하고 울지도 못할 상황에 놓인 황보 선생이 답답한 가슴만 치고 있을 때, 장 의원의 한마디가 귓가에 들렸다.

"그냥 저희가 데려가겠습니다."

"뭐라고? 지금 소소, 저 아이를 데려가겠다고 했는가?"

이번에는 황보 선생과 마을 사람들은 물론이고, 철웅마저 눈이 동그래지며 장 의원을 바라보았다.

"마을을 떠나는 사내들 손에 저 아이를 어찌 맡긴단 말입니까?"

"맞습니다. 저 어린 것을 무얼 믿고……."

무슨 상상들을 하는지 얼굴까지 붉히며 난리를 치는 마을 아낙들의 귀에 장 의원의 날벼락 같은 호통이 내리쳤다.

"보자 보자 하니까, 뭐라고?! 내 아무리 마을을 떠나게 되었다 하여도 그간의 정리가 적지 않거늘, 이런 대접까지 받으며 떠나게 될 줄은 몰랐네! 사람을 어찌 보고… 흥!!"

아낙들은 급히 입을 가리고는 마을 사내들 뒤로 달아나듯 숨어버렸다. 그래도 마을에서 덕망이 높았던 장 의원을 두고 그런 말을 하였으니 장 의원의 면전에서 욕을 한 것이나 다름이 없었다. 하지만,

"음… 이 사람들을 그리 탓할 것 없네. 나 역시 마음이 편치는 않으니……."

스승인 황보 선생마저 그리 말을 하니 마음 한구석 서운한 마음이

일었지만, 그래도 스승인지라 화는 못 내고 차분히 대답하는 장 의원이
었다.

"스승님, 제 말은 이 아이를 제가 보살피면서 치료를 해보겠다는 것
이었습니다. 마음을 닫아 건 아이를 마을에 누가 있어 보살피겠다는
것입니까? 사람이 밥만 먹는다고 사는 것이 아니지 않습니까?"

장 의원의 말에도 일리가 있었으니, 황보 선생도 다시 고민하지 않
을 수 없었다. 마을에 소소를 남겨둔다 하면 세 끼 밥이야 굶겠냐만은
언제까지 저리 살지도 모르는 아이를 마냥 돌보아줄 사람이 있을 리
없었다. 자신이라도 살아 있다면 모를까, 황보 선생 자신도 앞으로 몇
해를 기약할 수 있을지 모르는 상황이었으니.

그런 황보 선생의 고심을 결정짓는 한마디가 이철성의 입에서 나왔
다.

"외람되오나… 모두 아시겠지만, 저희가 가는 화산에는 도교의 명문
인 화산파가 있습니다. 그곳의 도사(道士) 분들 중에 이 아가씨와 같은
마음의 병을 치료하는데 능한 분이 여럿 계시다고 들었습니다."

"그래, 그렇군. 화산에 몸을 잠시 의탁시키는 것도 괜찮은 생각이군.
스승님, 소소의 치료를 화산에 맡기겠습니다. 그리고 소소가 다 나으
면 제가 다시 마을로 데려오도록 하겠습니다."

이철성과 장 의원의 연이은 주장에 황보 선생은 그보다 나은 방도가
없음을 알았지만, 왠지 마음이 놓이질 않아 망설이고 있었다. 하지만
더 이상 소소를 붙잡는 것도 괜한 고집이겠구나 하는 마음이 들었는지
장 의원에게 한마디하고는 몸을 돌려 마을로 돌아가기 시작했다.

"…자네가 책임지고 보살피게. 돌아올 때까지… 기다리겠네."

멀어져 가는 황보 선생의 모습에 마을 사람들도 우물쭈물하다 하나 둘 마을로 되돌아가기 시작했다. 대부분은 장 의원에게 고개 숙여 마지막 인사를 하고 돌아갔고 몇몇은 다른 사람 모르게 철웅에게도 눈인사를 건네고는, 혹여 눈치라도 채었을까 종종걸음으로 사라져 갔다.

장 의원은 한마디 인사도 없이 뒤돌아가는 스승의 모습에 서운한 마음보다는 죄송스러운 마음이 앞섰다. 그래도 어릴 적의 스승이요, 이십 년이 넘도록 한 마을에서 음으로 양으로 가르침을 받아왔던 분인데 제자 된 도리도 다 하지 못하고 떠나는 마음속에는 납덩이가 하나가 무겁게 자리한 듯하였다.

마을로 돌아가는 사람들의 어깨 너머로 이미 작은 점이 되어버린 황보 선생을 향해 의관을 정제하고 조심스레 하직 인사를 올리는 장 의원. 그의 숙연한 모습에 이철성은 자신도 모르게 옷깃을 추슬렀고, 철웅은 애써 의형의 모습을 외면하였다.

얼떨결에 소소까지 합류하게 된 철웅 일행은 동남(東南)의 하늘을 바라보며 길을 떠났다.

무당과 함께 천하 도교의 양대 거목이며, 무림의 아홉 기둥 중 하나인 대화산파가 자리한 서악(西岳) 태화산(太華山)으로……

*   *   *

"그래서……."

"채주님은… 그놈이 내던진 창에 배가 꿰뚫려 버렸수. 왜, 그놈 창보지 않았수? 그 긴 창이 완전히 뚫고 나왔으니……."

“그래서…….”

“그래서는 뭐가 그래서요. 산채 식구 마흔둘이 죽었고… 채주님도… 당하고……. 부채주님, 벌써 열 번도 더 했소. 이젠 좀 그만 합시다.”

청수곡을 치러 갔던 산적패 중 철웅의 손에서 살아남은 여섯 명의 산적이 호리채로 되돌아와 있었다. 그리고 부채주 주귀양에게 청수곡에서 일어났던 일을 낱낱이 고해 바치고 있었다. 수십 번도 더…….

주귀양은 잠자코 수하들의 말을 듣고만 있었다. 처음엔 꿈을 꾸고 있나 싶었다. 꿈이 아닌 걸 깨달았을 때는 간덩이가 부어오른 수하들이 장난을 치는 거라 생각했다. 처음 이야기를 전한 놈을 흠씬 두들겨 주고 있자니 남은 다섯 수하가 미친 듯이 사정 이야기를 했고, 그러고 나서야 주귀양은 이 정신 나간 수하들의 정신 나간 이야기가 사실임을 알 수 있었다.

형이 죽었다. 의형제였지만 한 번도 의형이라 생각해 본 적이 없었던, 피로 엮인 사이보다 더욱 의지했고 보살펴 주었던 형이었는데… 죽었다.

“그놈이었단 말이지?”

“예, 예… 그놈이었수. 그 뱀같이 생긴 창을 휘두르던 그놈!”

주귀양은 그의 모습을 떠올렸다. 마흔 중반은 넘었을 법한 모습을 하고선, 잘도 자신이 휘두른 철곤을 막아내던 그놈. 힘깨나 쓴다던 산채 식구들도 자신의 철곤 한 방이면 칼이 날아가고 손이 부러지기 일쑤였는데 그놈은 막아내었다. 그리고 자신을 무릎 꿇렸다.

“으드득… 죽일… 놈…….”

"좀 전에 돌아온 상가(商哥) 놈이 그러는데 오늘 낮에 그놈이 마을을 떠났다고 합디다. 마을 놈들 수군거리는 걸 들으니 화산 쪽으로 간다는 것 같던데… 이젠 마을에 힘쓸 놈도 없을 테니 다시 한 번 칩시다! 예? 부채주?!"

주귀양의 눈에서 핏발이 섰다. 그런 주귀양의 모습에 한숨을 내쉬며 자리를 일어서는 산적. 그날의 이야기를 할 때마다 저리 변하는 부채주의 모습에 한시라도 빨리 다른 산채로 자리를 옮겨야겠다고 생각했다.

"흐흐… 복수를 해야 한다……."

금세 핏물이라도 떨어질 듯 붉게 변한 눈으로 주귀양은 낮게 속삭였다.

"형님의… 통곡이 들린다……."

홀로 남은 방 안 침상에서 서서히 몸을 일으키곤 천천히 문 쪽으로 향하면서도 주귀양의 목소리는 이어졌다.

"…버러지처럼 살아 돌아온 놈들……. 형님의 저승길이 얼마나 외로웠을까……."

천천히 문을 열고 나오는 주귀양의 두 손에는 언제 꺼내었는지 묵빛 철곤 두 개가 들려 있었다.

"형님이 너희를 보내라고 하신다……. 흐흐……."

그날 이후 호리채는 사라졌다. 뼈마디 하나 온전한 곳이 없는 여섯 구의 시신이 산채를 지키고는 있었지만, 아무도 살지 않는 산채가 다시 숲으로 변하는 데는 그리 오래 걸리지 않을 것이다.

피에 물든 철곤을 닦지도 않은 채 허리에 두르고 어둠 속에 서 있던 주귀양. 어느 정도 이성을 되찾은 것인지 조금은 차분한 음성으로 스스로에게 말을 건네고 있었다.

"지금… 찾아간다고 해서 놈을 죽일 수 있을지는 장담할 수 없지……. 결국… 돌아가야 하나… 죽기보다도 싫었는데… 돌아가기보다 죽는 것이 낫다 생각했는데……."

하지만 갈등을 하기에는 죽은 의형의 모습이 너무나 선명하게 남아 있었다.

"…무엇을 생각하는 거냐? 의형을 위해서는 죽을 수도 있다 말한 것이 너이다. 그래… 돌아가자. 그리고… 다시 돌아와서… 복수할 테다……."

결심을 굳히고 자리를 떠난 주귀양이 향한 방향에 화산은 없었다.

하지만 주귀양이 향한 그곳을 두려워하지 않을 자는 없었다. 천하의 그 누구도…….

*　　　　　*　　　　　*

대복장(大福場)의 점소이 소아(小兒)는 마을로 들어오고 있는 저 사람들이 이 마을에서 하룻밤 묵어갈 것임을 의심치 않았다. 삭풍에 간간히 실려오는 눈꽃이 조만간 큰눈이 올 것 같기도 하였지만, 그보다는 자신을 향해 다가오는 사람들의 얼굴에 떠오른 피곤함을 보았기 때문이다.

"어서 옵셔~!!"

소아는 사람들이 객잔을 지나치기 서너 걸음 앞서 나와 머리를 조아리곤 호객을 시작했다.

"어, 그래. 방이 있는가?"

몸에 살집이 두둑하고 가장 연장자로 보이는 중년인이 물어오자 소아는 얼굴 가득 미소를 그리며 성실히 점소이의 본분을 다하기 시작했다.

"물론입죠~ 이층 객실이 마침 딱 두 개가 비어 있습니다. 방 삯은 하루 열닷 냥이고, 마을 안으로 들어가 보셔도 다른 객점은 찾기 힘드실 겁니다."

"오, 그래. 그럼 방을……."

"스무 냥에 방 두 개 주게."

소아는 고개를 숙인 채로 인상을 찌푸렸다. 살집 좋은 중년인이 허락을 할 참에 난데없이 옆에 서 있던 사람이 튀어나와 값을 후려치니 기분이 좋을 리 없었다. 하지만 점소이 생활 삼 년의 교훈은 소아를 절로 인상이 펴지게끔 만들었다.

"헤헤, 대인, 스무 냥에 방 두 개라면 아무래도 다른 객잔을 찾으셔야겠습니다."

"그러지."

만류하려는 장 의원을 남겨둔 채 일고의 여지도 없다는 듯 걸음을 옮기는 철웅. 일행은 하는 수없이 그를 따라 자리를 옮기려 했는데, 그 순간 들려온 점소이의 외침에 다시 걸음을 멈추어야 했다.

"헤헤, 대인. 스물닷 냥까지 해드리겠습니다. 그 이상은 제 품삯에서 깎입니다요……."

애처로운 목소리로 몸까지 배배 꼬며 일행을 만류하는 점소이였지만 철웅의 대답은 변함이 없었다.

"형님, 금세 어두워집니다. 어서 가시지요."

다시금 자리를 옮기는 일행이 채 열 발자국도 가기 전, 허겁지겁 점소이가 달려오며 일행의 앞을 막아섰다.

"헉헉… 대인, 스무 냥에 모시겠습니다. 헤헤… 어서 가시지요. 짐은 제가 들어드리겠습니다."

말을 마치기가 무섭게 장 의원과 이철성이 나누어 들고 있던 책 보따리를 낚아채듯 들고선 서둘러 객잔으로 향하는 점소이를 보며 장 의원과 이철성은 놀랍다는 듯 철웅을 바라보았다.

"험험… 가시지요."

낮게 헛기침을 한 철웅이 앞장을 서자 일행은 말없이 웃으며 그의 뒤를 따라 객잔으로 들어갔다.

철웅 일행이 들어선 객잔 안에는 훈훈한 온기가 감돌고 있어 움츠렸던 어깨가 절로 펴지는 것 같았다. 일행 모두 제법 걸음을 재촉하였기 때문인지 들어서기 무섭게 자리를 잡고 앉으며 요깃거리를 주문하기 시작했다.

"이보게, 어디 이곳 자랑 좀 해보게."

"헤헤, 그냥 소아라고 불러주십시요. 험, 먼저 다른 곳에서는 절~대 맛볼 수 없는 저희 객잔만의 비술로 만든 궁보계정(宮保鷄丁), 작지마계구(炸芝麻鷄球), 총소해삼(蔥燒海參), 나미소매(懦米燒賣)……."

"구운 오리 두 마리, 소채 두 접시, 소면 하나 주게."

"예? 예……."

한참 신나게 이어지던 설명을 칼로 자르듯 끊어버리고, 어느 객점에서나 흔히 볼 수 있는 음식만 골라 시킨 사람이 아까 전의 흥정을 망친 사람과 동일 인물임을 알게 되자 김이 새다 못해 약이 오르는 소아였다. 하지만 어쩌랴. 주문은 끝났고, 자신은 주문을 숙수에게 전하고 음식 나르는 일만 남은 것을…….

어깨가 축 처져 주방으로 향하는 소아의 뒷모습을 안쓰럽다는 듯 바라보던 장 의원이 철웅에게 핀잔을 주었다.

"거참, 자네에게 이런 면도 다 있었군."

"허허, 노여움 푸십시오. 이곳 섬서에서 광동과 산동의 음식을 모두 먹을 수 있는 사람이 있다 해도 그 사람이 저는 아닐 겁니다. 지부대인 정도나 된다면 모를까."

"어? 그… 런가? 허허……."

장 의원이 언제 한번 점소이가 떠벌린 음식을 먹어보았랴. 혹 먹었다 한들 그것이 광동의 요리인지, 산동의 요리인지 알아볼 수나 있을지도 의문이었다.

"자네는 꼭 먹어본 듯이 말하네그려. 험."

조용히 미소 짓는 모습이 마치 당연한 것을 왜 묻느냐는 것도 같았지만 굳이 그런 것을 물어 벽촌 사람 티를 내고 싶지는 않은 장 의원이었기에, 그저 주방으로 시선을 던지고만 있었다.

잠시 후 점소이 소아가 음식이 든 접시들을 가지고 나왔으나 하마터면 접시를 탁자에 내려놓다 엎지를 뻔하고 말았다.

'예, 예쁘다…….'

아까는 추위를 막기 위함인지 얼굴에 천을 두르고 있어서 몰랐지만 천을 벗은 여인의 모습은 점소이 소아로선 난생처음 보는 아름다움이었다. 멍하니 소소를 바라보는 소아의 모습에 장 의원이 낮게 기침을 하자, 그제야 얼굴을 붉히며 빠르게 접시들을 내려놓고는 달아나듯 주방 쪽으로 사라지는 소아였다.

더 필요한 것이 있으면 언제든지 부르십시오, 라는 점소이 삼 년 생활의 풍월도 잊은 채…….

그런 소아의 모습에 잠시 헛웃음을 지은 장 의원이었지만 소아가 들고 나온 접시들 위에 제법 그럴듯한 향을 풍기는 요리들이 일행의 손길을 기다리고 있었기에, 다른 생각은 잠시 접고 먹는 것에 열중하는 일행이었다.

향만큼이나 맛도 괜찮았는지 장 의원과 이철성 모두 별다른 대화없이 식사를 하고 있었다. 오리 다리 하나를 찢어 입으로 가져가던 장 의원의 시선에 철웅과 소소의 모습이 잡힌 것은 바로 그 순간이었다.

철웅이 접시 위로 가져간 오리 몸통은 어느샌가 하얀 뼈들을 내보이고 있었으나, 정작 발라진 살들은 철웅의 입속이 아닌 소소의 접시 위로 옮겨가고 있었다. 소소 역시 그러한 것이 당연하다는 듯 철웅이 발라놓은 오리 고기에 소채를 곁들여 아주 맛있게 먹고 있는 것이었다. 마을을 떠나기 전엔 죽 한 그릇 먹이는 것도 힘들던 아이였는데…….

그 모습이 마치 자상한 아비가 딸을 챙겨주는 것 같아 보여 훈훈한 미소가 절로 지어지는 장 의원이었다.

"소소가 자네를 잘 따르는구면."

"예?"

거의 다 발가벗겨져 더 이상 벗길 것이 없어 보이건만 그 속에서도 용케 찾아 살을 바르던 손을 잠시 멈추고 자신을 바라보는 철웅의 모습에 장 의원은 너털웃음을 터뜨리곤 말을 이었다.

"다행일세. 마음을 다친 아이라 많이 걱정하였지만 자네라도 따르니 마음이 놓여. 원래 모든 것이 그렇지. 독이 있으면 분명 그 근처에 약이 있는 법이니 사람에게 받은 상처, 사람이 치유한다 해도 하등 이상할 것이 없지. 허허."

"형님도 참, 별소릴 다하십니다."

별 실없는 농을 다한다 하면서도 다시금 자신을 따르는 아이에게 눈길이 가는 것은 어쩔 수 없는 모양이다.

너무나 안타까운 아이, 할 수만 있다면 무엇이든 해서라도 꼭 예전의 모습을 찾아주고픈 마음이 들게끔 하는 아이. 아직도 철웅의 귓가엔 소소의 목소리가 들리는 듯했다.

"이 정도의 활 솜씨로 사냥을 할 바엔 차라리 그 활로 땅을 파 이랑을 내고, 그 살로 땅을 숨고 파종이나 하는 것이 나을 것 같네요."

철웅의 얼굴에 잠시 기분 좋은 미소가 번졌다. 하지만……

"추워……"

소소가 자신에게만 들려주었던 마지막 말. 너무나 작은 목소리였건만 귀 기울이지 않고 스쳐 지나간다 하더라도 발걸음이 우뚝 멈추어졌을 만큼 가슴 아린 한마디였기에, 소소에 대한 철웅의 관심은 각별할 수밖에 없었다. 그런 그의 상념을 깨는 이철성의 목소리가 들려왔다.

"모레 저녁나절이면 화산의 초입에 다다를 수 있을 겁니다."

"오늘부터 눈이 제법 올 듯하니 그건 좀 어려울 듯하군."

"예? 눈이요?"

느닷없는 눈 이야기. 이철성은 철웅의 뒷이야기에 귀 기울이고 있었다.

"오다가 보니 해질 무렵 북쪽이 매우 어둡더군. 바람이 좀 더 세진 것도 같고… 간간히 눈꽃도 보이는 듯한 걸 보면 오늘 밤부터 눈이 오지 않을까 싶네. 얼마가 내릴지는 모르겠지만."

"그렇다면 일정이 조금 늦어지겠군요. 음… 사제가 무사히 도착했어야 할 텐데……."

이철성의 얘기에 먼저 떠난 막고위의 모습이 떠올랐는지 장 의원이 걱정스럽다는 듯한 표정으로 물었다.

"자네의 사제도 내일쯤이나 도착하지 않겠나?"

"아닙니다. 아무래도 걱정이 되는지라 어제 아침 사제를 떠나보낼 때, 이목을 피해 경공(輕功)을 시전하더라도 한시라도 빨리 도착하라 일렀습니다."

"음. 그렇다면 다행이군."

이런 저런 이야기 속에 식사를 마친 철웅 일행은 객잔의 점소이에게 식대와 방 삯을 지불한 후 이층으로 올랐다. 철웅 몰래 한 냥을 더 얹어준 장 의원에게 허리가 부러져라 인사하는 소이를 이상히 여기는 사람은 없었다.

숙인 고개를 빠끔히 들어 이층으로 올라가는 소소를 바라보며 멍청하게 웃고 있는 모습을 보았다면 이상하게 여겼을지도 모르지만…….

이층의 객방은 모두 비어 있었으나 그것을 가지고 점소이를 욕할 만큼 속이 좁은 사람도 없었다. 일행은 이층 가장 끝에 있는 방에 소소를 들게 하고 그 옆방에 짐을 풀었다. 하지만 일행은 방이 마음에 들고 안 들고를 따지기도 전에 골머리를 앓아야 했다. 방에 들어서서도 소소가 철웅에게서 떨어지지 않으려 했기 때문이다.

말도 못하는 것이 도리질만 계속 치며 철웅의 소매를 붙잡고 늘어지는 통에 한참 동안 진땀을 빼야 했고, 결국 철웅과 장 의원의 허락을 받은 이철성이 소소의 수혈을 짚는 것으로 소란은 마무리되었다. 앞으로도 계속 이런 식으로 소소를 재워야 하는지에 대한 고민 역시 만장일치로 내일 생각하는 것에 합의하고…….

소소를 방에 눕히고는 철웅 일행도 자신들의 방에 여장을 풀었고, 그리 오래지 않아 모두 곤한 잠에 빠져들었다.

그리고 철웅 일행이 모두 잠이 들 무렵, 객잔 문을 세차게 두드리는 소리에 막 잠에 들려던 점소이 소아가 짜증이 나는 것을 억지로 참으며 객잔 문을 열고 있었다.

"어서옵……."

고개를 들며 손님을 받던 소아의 눈이 부릅떠지고 제풀에 두어 걸음이나 물러서고 있었다.

"이 객잔을 세내겠다."

한적했던 대복장(大福場)에 한줄기 혈향이 불어오던 그날, 객방 침상에 누워 있던 철웅은 쉬이 잠을 이루지 못하고 있었다.

"…그저 피곤할 뿐이다……. 그저……."

억지로 잠을 청하는 철웅의 손은 조금씩 떨리고 있었다. 그날 밤처럼……

*　　　*　　　*

소아를 밀치며 들어오는 사람들. 하나같이 검은 무복에 검은 장포를 걸치고선 허리춤으로 삐죽 나온 것이 칼이라는 것을 군이 감추려 하지도 않는 듯 좌우로 거칠게 흔들며 객잔 안으로 들어오고 있었다.

스무 명. 눈빛이 예사롭지 않은 사내가 스무 명씩이나 칼을 찬 채로 밀고 들어왔으니, 점소이 소아가 그 자리에 소피를 보지 않은 것만도 칭찬할 만했다. 머리 속이 하얗게 새지며 무엇을 어찌해야 할지 난감해하던 소아. 하지만 점소이 생활 삼 년 동안 익힌 풍월은 머리와는 다르게 알아서 입을 통해 나오고 있었다.

"저, 지금 이층에 먼저 온 손님들이 있어서 세를 내드리기는……."

하지만 점소이의 가상한 용기 따위는 신경도 쓰지 않는 듯 이어지는 목소리는 단호하기만 했다.

"모두 내보내라."

차가운 말과 함께 사내가 탁자 위로 던진 차가운 그것은 분명 은원보(銀元寶)였다. 그것도 반 냥이 아닌 한 냥짜리 은원보. 자신이 한 일 년 안 먹고 안 입어 악착같이 모으면 모을 수 있을까? 자신의 앞에 놓여 있는 은원보에 눈이 돌아갈 뻔한 소아였지만 한 가닥 양심은 있었는지 잽싸게 손으로 낚아채는 짓 따윈 하지 않았다.

"저… 잠시 위층에 올라가서 손님들께……."

"일각 주겠다. 그리고 요깃거리도 만들어오도록 하고……."

"예, 예……."

찢어진 뱀눈을 한 사내가 내뱉는 말 한마디 한마디가 귀를 걸고 넘어지는 듯하였지만 절대로 그런 내색을 하면 안 된다는 것을 알고 있는 소아였기에, 부리나케 이층으로 오르며 속으로 욕하는 것으로 만족해야 했다.

철웅 일행이 묵고 있는 방 앞까지 도착한 소아는 잠시 숨을 고르고는 조심스레 방문을 두드렸다.

똑똑!

"저, 손님~"

아직 깊이 잠들지 않았는지, 잠시 후 부스럭거리는 소리가 나며 한 사내가 문을 열었다. 자신과 흥정을 하여 승리한 중년인이었다. 속으로 잠시 한숨을 쉰 소아는 정말 미안해 어쩔 줄 모르겠다는 표정을 지으며 조심스레 말문을 열었다.

"저… 손님. 정말 이런 말씀을 어떻게 드려야 할지 모르겠습니다만 방을… 좀… 비워주셔야겠습니다……."

"무슨 일인가?"

철웅은 점소이의 표정에서 정말 어쩔 수 없는 상황이 일어났음을 알 수 있었기에 성을 내거나 하지는 않았다.

"그게… 아~주 많은 손님들이 오셔서는 저희 객잔을 세놓으라 하셔서……."

"그게 다인가?"

"예? 아… 그게… 아~주 많은 돈도 지불하신다고……."

말을 하면서도 얼굴이 벌게지는 건 어쩔 수 없었나 보다. 결국 문제는 돈이었는데 거짓말을 하다 들킨 아이처럼 고개를 깊이 숙이고 있는 소아의 귀에 철웅의 목소리가 들렸다.

"내가 잠시 둘러보고 결정하겠네."

"예? 예……."

이층에서 일층을 내려다보는 것은 어려운 일이 아니었다. 그저 몇 걸음 옮긴 후 고개를 살짝 내밀면 그만이었으니. 잠시 일층에 있는 무리를 보던 철웅의 미간이 조금 좁혀졌다. 한눈에 보아도 무림인들이었다. 어찌 알고 나왔는지 객점의 주인인 듯한 자가 나와 헤헤거리며 비위를 맞추고 있었다.

철웅이 고개를 들고 잠시 생각을 하더니 소아를 보며 말했다.

"음… 우리가 옮기는 것이 나을 듯싶군. 혹시 인근에 다른 객점은 없는가?"

"예~! 이곳에서 마을 안쪽으로 조금만 더 들어가시면 성유장(成有場)이라고 괜찮은 객잔이 있습죠."

참으로 고마운 철웅의 말에 소아는 함박웃음을 지으며 대답했다.

"알았네."

뒤돌아서는 철웅에게 깊이 허리 숙여 인사를 하고 내려온 소아였지만 그를 반기는 건 한 냥짜리 은원보가 아니라, 객잔 주인 방욱(防旭)의 호통이었다.

"이놈! 빨리 객방들 정리하고 숙수 깨워서 음식 좀 푸짐하게 만들라고 전해라!"

소아에게 소리치면서도 손에 든 은원보를 제 새끼 감싸듯 쥐고 있는 모습에 소아는 목구멍까지 욕이 올라왔지만 언제나 그렇듯 뒤돌아 숙수의 방으로 가면서 속으로 방욱을 욕하는 것으로 만족해야 했다. 소아가 객잔 뒤로 사라지고, 잠시 후 이층에서 사람들이 내려오는 소리가 들리기 시작했다.

철웅 일행이 객잔을 나가기 위해 계단으로 내려오고 있었다. 막 잠이 들려던 차에 객잔을 옮겨야겠다는 철웅의 말을 들었을 때는 노기가 치밀어 오르더니만 객잔에 모여 있는 수십 명의 사람을 보니, 잠자코 따라오길 잘했구나란 생각이 드는 장 의원이었다. 이철성 역시 내려오면서 보니 어느 문파인지는 모르겠지만 수련이 잘된 무인들이란 것을 느낄 수가 있었다.

내려오는 철웅 일행을 본 객잔 주인 방욱은 꼭 이러고 싶어서 이러는 것은 아니라는 듯한 표정으로 철웅 일행에게 인사했다.

"죄송합니다, 손님."

간결하고도 짧게 끝나 버린 방욱의 말에서 한 점의 미안함도 찾을 수 없었기에 기분이 상해 버린 장 의원이었지만 아무 말 없이 객잔 밖으로 향하는 철웅을 보곤 그냥 지나쳐 버릴 수밖에 없었다. 그런데……

"호오… 이런 마을에 이렇게 아리따운 처자가 있다니 오늘 내가 개안(開眼)을 하는 것 같구나."

어느샌가 객잔의 문을 막아선 한 사내가 음흉스런 눈빛으로 소소를 바라보고 있었다. 그 말이 신호라도 된 것인지 객잔 여기저기 앉아 있던 자들 중 몇몇이 일어나 다가오며 소소의 전신을 훑으면서 비릿한 미소를 짓고 있었다.

"자세히 보니 정말 절색이구나! 이보시오, 노인장. 이 철모(鐵某)가 이래 봬도 남아의 기개가 있는 자라오. 따님을 내게 준다면 섭섭치 않게 지참금을 드릴 터이니, 어떠시오?"

도가 지나친 음담패설에 장 의원이 발끈하여 나서려 하였으나 이철성의 분개가 먼저였다.

"무례하오. 보아하니 무림에 몸담으신 분들 같은데 어찌 무도(武道)를 걷는 자가 평민을 상대로 행패를 부린단 말이오!"

그리 큰 소리는 아니었지만 제법 기개가 있는 호통이었기에 농을 걸던 자가 일순 움찔하는 듯했다. 하지만 그것은 잠시였고, 천천히 이철성의 위아래를 보더니 피식 웃으며 가소롭다는 듯 말했다.

"이것 봐라? 여기 대협이 계신지 모르고 이 철모가 날뛰었구려. 그래, 대협의 존대성명은 어찌 되시는지요?"

이철성을 비꼬고 있음이 분명하였지만 이철성은 분기를 가라앉히고 자신을 밝혔다.

"나는 섬서 북쪽의 태진문이라 하는 곳의 이(李) 아무개요."

"태진문?! 호오라, 화산의 속가셨구려."

이어지는 말들 하나하나가 자신을 업신 여기는 것임을 알고 있었지만 경거망동할 수는 없었다. 그보다는 섬서에서 태진문이란 이름을 업신 여길 수 있는 이자들이 어느 문파에 속한 자들인가가 더욱 중요하였다.

"그리 말씀 하시는 분께서는 어느 문파에 적을 두신 분이신지요?"

"아, 이 철모가 있는 방파야 화산에 비해 많이 모자람이 있는 문파지요. 혹 들어는 봤을지 모르겠소. 흑주문(黑蛛門)이라고……."

"……!!"

이철성은 하마터면 한 발짝 뒤로 물러설 뻔한 것을 억지로 참아야 했다.

흑주문. 섬서의 성도인 서안에 자리한, 사파의 색이 짙은 정사 중간의 문파이다. 개파(開派)한 지는 이제 겨우 십 년 남짓하였지만 문도의 수만 근 오백에 달하는 거대 문파로, 들리는 소문에는 서안의 암흑가를 평정하고 그곳에서 나오는 막대한 이권으로 일어선 문파라고도 했다. 화산파와 비견하기엔 무리가 있어도 태진문 정도는 업신 여길 수 있는 거대 문파임은 틀림이 없었다.

마주쳐 좋을 것이 없는 자들과 시비까지 붙었으니 좋게 끝날 리 없었다. 더군다나 자신은 지금 부상까지 입은 몸이 아닌가. 그런 이철성을 향해 흑주문의 철가(鐵哥), 철운식(鐵澐拭)이 염장을 질러왔다.

"태진문의 위세가 두렵긴 하지만 어찌 사내가 한 번 뽑은 칼을 도로 넣을 것이오. 나는 그저 내 세 번째 첩을 들이고자 할 뿐이니, 남의 소사(小事)에 관여하지 마시고 가던 길이나 마저 가시구려. 하하하!"

당장에라도 칼을 뽑아 겨루고 싶었지만 어느 면을 따져 보아도 불리한 세였기에 이철성은 머리를 굴리고 있었다. 이철성이 이마에 땀이 나는 줄도 모르고 고민하고 있을 무렵에도 몇몇 흑의인들은 히죽거리며 소소를 향해 다가오는 발걸음을 멈추지 않고 있었다.

소소는 두 눈을 감고 있었다. 마치 눈을 감아버리면 모든 것을 피할 수 있다고 굳게 믿는 것처럼……. 하지만 점차 거세지는 몸의 떨림은 그녀를 점점 더 깊은 두려움 속으로 이끌고 있었다. 그런 그녀의 떨림을 진정시킨 것은 어느샌가 그녀의 어깨 위에 올려진 따뜻하고 굳센 한 사내의 손이었다.

그리고 객잔에 있던 모든 사람들의 가슴에 한줄기 찬바람이 인다 느껴진 나지막한 목소리가 객잔에 울려 퍼졌다.

"내 아이의 지참금으로 여기 있는 자들의 목을 원한다면 주겠는가?"

이철성의 모습을 재미있다는 듯 보고 있던 흑주문의 철운식이 얼굴을 굳히며 고개를 돌렸다.

"지금 뭐라고 했소?"

"내 아이의 지참금으로 자네 수하들의 목을 원한다면 주겠냐고 말했네."

잠시 철웅을 바라보던 철운식이 어이없다는 표정을 지어보이더니 이내 박장대소하며 말했다.

"하하하. 입심 한번 좋구려. 그런데… 내게 더 좋은 생각이 있으니 어찌하겠소."

한껏 웃어 젖히던 철운식이 품에서 은원보 두 개를 꺼내어 철웅의 발 앞으로 던져 놓았다.

"이거면 되겠소? 댁의 딸의 몸 값으로."

히죽이는 철운식의 시선을 마주하다 허리를 구부려 은원보 두 개를 집어 드는 철웅을 보며 철운식의 미소는 더욱 짙어졌다. 하지만 미소도 잠시, 뒤이은 철웅의 말에 입가에 걸렸던 미소는 걷히고 눈가에 살기가 돌기 시작했다.

"자네 부하들의 목숨 값은 다 합쳐 은 두 냥이로군……."

"흐흐. 이것 참, 이런 촌구석 노친네의 입심이 걸기도 하구나. 하지만 그 입을 함부로 나불거린 대가는 어찌 치를 것인지 생각하고 나불거리는 것이냐?"

살기를 담아 쏘아 보내는 자신의 눈빛을 마주하고도 아무런 요동이 없는 철웅을 보며 무언가 이상하다는 느낌은 받았지만, 그런 느낌 때문에 자신의 행사를 주저할 철운식이 아니었다.

"얘들아, 점잖게 따님을 객방으로 모시고, 춘부장 어른은 따로 좋은 곳으로 보내 드려라."

상관의 명에 절대 복종하는 것이 아니라 실컷 재미를 본 후, 뒤이은 자신들의 차례를 생각하며 기쁘게 일어나는 자들이었다. 언제나 그랬던 것처럼……. 하지만 그런 그들의 눈이 이채를 띠며 다가가는 속도를 조금씩 줄여 나갔다.

"이보게 이 형제, 잠시 검을 좀 빌려주겠나?"

"예? 하지만……."

"괜찮네. 잠시면 된다네."

이철성은 얼떨결에 철웅에게 검을 내어주고도 자신의 생각이 틀리길 바랐다. 하지만 이번에도 자신이 철웅의 행동을 예견하고 있었음을 인정하지 않을 수 없었다.

"음. 좋은 검이군. 이런 자들의 피를 묻히기 아까울 정도로… 형님과 자네, 소소를 데리고 나가 있게."

"뭐라?"

어처구니없다는 표정과 함께 분기를 띤 철운식의 말은 들은 척도 하지 않던 철웅이 검을 하단으로 내리며 나지막이 말했다.

"결국… 또다시 피를 보게 되는구나……."

"미친 늙은이. 명을 재촉… 헉!"

분기를 담아 철웅에게 소리치려던 철운식은 순간적으로 눈앞을 점령해 버린 무언가에 놀라 황급히 몸을 굴려 옆으로 피해야 했다. 철웅이 내뻗은 검은 자신에게 닿을 수 있는 거리도 아니었건만… 철운식이 몸을 피하자 객잔의 문을 가로막는 것은 아무것도 없었다.

"어서."

"자네… 정말……."

재촉하는 철웅에게 무언가 말을 하려 했지만 수혈이 짚힌 소소를 맡기며 뒤를 미는 이철성에 의해 밖으로 밀려나는 장 의원이었다.

"막아라~!!"

바닥을 구른 수치심 때문인지 얼굴이 벌게진 채 소리치는 철운식이었지만 누구도 소소 일행을 뒤쫓진 못하였다.

쾅!!

철웅이 세차게 닫아버린 객잔의 문. 그 문을 등진 철웅이 그 어느 날인가 보여주었던 차갑게 식은 눈으로 주변을 훑어보며 싸늘히 말했다.

"기회를 주마. 용서를 구하면 살고, 피를 보려 한다면 모두의 피를 보아야 할 것이다."

객잔 안의 흑의인들은 어안이 벙벙해하다 일제히 박장대소하였다. 문 앞을 가로막고 서 있는 자는 하나요, 자신들은 스무 명이었다. 그것도 섬서에서는 두려울 것이 없다는 흑주문의 무사 스무 명을 앞에 두고 칼을 버리고 용서를 빌라니……. 박장대소를 멈추고 철웅을 바라보는 흑의인들의 눈에는 분노와 살기가 뒤섞여 뿜어지고 있었다.

"감히… 흑주문의 소문주인 나 철운식에게 이따위 망발을 하고도 살아남길 바라느냐? 얘들아! 저자의 목을 베고 사지 육신을 잘라내어라! 흑주문을 업신 여긴 자의 최후를 똑똑히 보여주어라!!"

"이야~압!!"

"하~앗!!"

스무 명의 흑의인이 저마다 칼을 들고 철웅에게 덮쳐 들어오고 있었으나 철웅의 눈은 그들을 보고 있지 않았다. 자신의 기억 저편 아련한 무엇인가를 찾아가고 있었고, 그것은 그리 어렵지 않게 만날 수 있었다.

'칼을 들어본 것이 얼마 만인가……. 그날 이후… 처음인가?'

철웅의 기억 속에 펼쳐진 한 폭의 지옥도. 수백의 시신을 밟고 서 있는 야차와 같은 모습의 그 사내. 기억 속의 그가 철웅의 과거 속에서 다시금 눈을 뜨고 있었다. 그리고……

"모두의 피가 마를 때까지 내 칼은 침묵하지 않으리라!!"

철웅의 입에서 터져 나온 광포한 외침. 그것이 시작이었다.

탁자에 느긋이 앉아 자신에게 시답지도 않은 공갈을 치던 노인네의 사지 육신이 잘리는 모습을 보고자 했던 계획은 완전히 틀어져 버렸다.

처음 저자가 별 웃기지도 않은 큰소리를 치며 칼을 들었을 땐 가소롭다 느꼈고, 세 명의 수하가 차륜으로 날린 검을 모두 막아낼 때만 해도 '제법 한 수가 있는 자'라 생각했었다. 하지만 여섯 명의 수하에게 둘러싸였으면서도 되려 수하들을 압박하며 펼치는 날카로운 검세를 보게 되었을 때는 '무엇인가 잘못되었다'라는 생각을 떨쳐 버릴 수가 없게 되었다.

노인이라 부르기엔 뭣하지만 마흔은 훌쩍 넘긴 듯 보인 중년의 사내가 사문 내에서도 제법 한 수 한다는 스무 명의 일급 무사와의 공방에서 한 치도 밀리는 모습을 보이지 않자 조금씩 마음이 조급해지는 철운식이었다.

"뭣들 하는 것이냐! 모두 한꺼번에 달려들어 베어버리지 않고!"

철운식의 호통에 공방의 주변에서 기회를 엿보던 자들이 나서보려 하였지만 워낙 좁은 객잔이었고, 수십 개의 검영(劍影)을 뿌리며 막아선 자가 객잔의 대문이 있는 한쪽 면을 등지고 있는 터라 그나마 압박하는 여섯 명의 흑의인조차 공세를 펼치기가 수월치 않았다.

철웅이 펼치는 검법은 검으로 펼치곤 있었으나, 몸에서 멀리 떨어지지 않은 채 휘둘리는 검의 운용을 보자면 검법이라기보다는 오히려 도법에 가까운 형태였다. 하나 수십 개의 잔영이 보일 정도로 빠르게 휘두르는 것이, 운신의 폭이 그리 넓지 않은 것을 보면 도법보다는 검법 같기도 한, 흑의인들로서도 처음 접하는 괴이한 무공이었다. 그리고 상대 무공의 괴이함에 허둥대던 한 흑의인이 결국 공수의 무게 중심을 흔들어놓고 말았다.

"크악~!! 내 팔~!!"

찔러가던 검을 거슬러 오르며 뱀처럼 감아들던 철웅의 검이 상대의 손목 어림에서 급히 회전을 하더니 검을 쥐고 있던 손목을 그대로 잘라내어 버렸다. 그것이 시작이었다.

손목이 잘린 흑의인이 잘려진 손목을 붙잡고 고통을 못 이기며 몸부림치자 가뜩이나 공세가 수월치 않았던 흑의인들의 진영에 커다란 구멍을 만들어 버리고 말았으니, 이런 기회를 놓치지 않고 적이 당황하는 틈을 타 승기를 제압해 나가는 철웅이었다.

철웅은 급히 몸을 낮추고 당황하던 다른 흑의인의 발목을 그어버렸고, 발목을 그은 검을 그대로 쳐 올리며 옆에서 검을 내려치려던 또 다른 흑의인의 복부를 길게 갈라 버리고 있었다.

"으악~!!"

"아아아~"

손목을 부여잡고 나뒹구는 자, 발목을 감싸 쥔 채 무릎 꿇고 경련하는 자, 그리고 제법 깊은 자상에 배를 부여잡고 뒷걸음질치는 자. 순식간에 세 명의 동료가 별 볼일 없어 보이는 중년인이 내지른 검에 큰 부상을 입고 전권에서 빠져나가 버렸지만 아직 상대는 하나였고, 자신들은 열일곱이나 남아 있었기에 승패는 정해진 것이나 진배없다 여기며 다시금 빈자리를 채우기 위해 달려드는 흑의인들이었다.

그러나 남은 흑의인들이 다시금 여섯 방위를 점하며 쇄도하려던 찰나, 방금 전까지 그곳에 있었던 중년인의 모습이 사라지고 없었다.

"아래다!"

전권 밖에서 공방을 예의 주시하던 한 흑의인이 놀라 소리쳤지만 이미 때는 늦고 말았다. 철웅이 바닥을 구르며 팔목을 잘린 흑의인이 놓고 간 검을 좌수로 낚아채고선, 막 쇄도하려던 흑의인들의 중앙으로 몸을 날리며 사방으로 검을 뿌려댔다. 허겁지겁 검을 들어 맞서는 흑의인들이었지만 너무나 빠른 철웅의 기습이었기에 다시금 네 사람이 피를 뿌리며 나가떨어지고 말았다. 배가 갈라지고, 목에서 피를 토하고… 재수없게도 동료의 검을 복부 깊숙이 박은 채로…….

팅겨지듯 일어서는 철웅의 모습에 전면에 나섰던 남은 두 명의 흑의인은 물론, 주변에 서 있던 다른 흑의인들조차 한발 물러서고 말았다. 결국 객잔의 중앙으로 나선 철웅이었건만 삽시간에 일곱이나 되는 동료를 잃은 흑의인들은 공격을 주춤할 수밖에 없었다.

"이… 이……."

객잔 중앙에서 멀리 떨어진 자리에 앉아 있던 철운식은 이가 부서져라 악다문 입술을 바르르 떨고 있었다. 수하들을 잃은 것 따위야 본장으로 돌아가면 얼마든지 다시 채울 수 있다지만 별 볼일 없다 생각했던 촌구석의 중년 사내가 보여준 무위는 감히 감당할 수 없는 것이었다.

그러나 이미 엎질러진 물. 이대로 끝낼 수는 없는 일이었다. 섬서에서 흑주문이란 이름이 가지는 무게는, 상대가 강하다 하여 꼬리를 내릴 수 있을 만큼 녹록한 것이 아니었기에. 그러나 다시금 공격을 명하기엔 무리가 있었다. 수하들에게서 풍기는 두려움의 징조가 너무나 확연하게 느껴질 만큼 눈앞의 중년인은 좀처럼 보기 드문 강호의 고수였으니…….

하지만 철운식 역시 당당한 흑주문의 소문주. 두려움이 생기려는 수하들을 어찌 다루어야 하는지 정도는 충분히 배워 알고 있는 자였다.

"은 열 냥! 저놈의 수급을 먼저 베는 자에게는 은 열 냥을 내리겠다!"

멈칫하던 흑의인들의 어깨에서 다시금 투지가 흘러나오기 시작했다. 흑의인 대부분이 흑주문이란 곳에 돈으로 팔린 자들이었고, 은 열 냥이라면 쌀이 근 백 섬이었다. 홀로 목숨을 걸기엔 그리 많지 않은 액수였지만 열세 명이 한 명을 상대하는 일이라면 한 번쯤 해볼 만한 도박이었다. 어젯밤 꿈자리가 좋았던 자라면 눈앞에 서 있는 고수의 수급을 베는 상상을 해볼 만한 도박……

물러서던 흑의인들의 눈에서는 살기와 함께 물욕이 넘실거렸다. 그리고 눈앞의 사내에게 일곱과 열셋의 차이가 그리 크지 않다는 것을 모른 채 다시금 부나방처럼 달려들기 시작했다.

제법 강단 있게 마주쳐 오는 자들에 둘러싸인 철웅은 사방으로 쇄도하는 날카로운 검들을 튕겨내면서도 마음의 평정을 잃지 않고 있었다. 오히려 지금 이 순간이야말로 진정한 평온을 얻고 있다고 말할 수 있었다. 그리운 고향에 돌아온 것만 같은……

'정녕 네놈에겐 피의 저주가 쓰인 모양이구나. 네가 가는 곳마다 피가 내를 이루고, 시체가 산을 쌓으니 이것이 저주가 아니면 무엇이 저주라 할까……'

사방을 포위하며 자신의 수급을 노리는 열세 자루의 검 앞에서도 철웅의 마음은 여유로웠다. 예전과 다를 바가 하나도 없었다. 단지 사방에서 울리는 군마(軍馬)들의 울부짖음이 없고 사방을 가득 메운 자욱한 화염이 없을 뿐 창칼을 들고 달려드는 수백, 수천의 적군 앞에서도 당당했던 자신이, 고작 열명 남짓한 자들이 휘두르는 몇 자루의 검에 당황할 리가 없었다.

오히려 지난 추억을 회상하듯 입가에 한줄기 미소마저 띤 채 흑의인들의 공세를 상대하고 있는 모습이, 미친 듯이 검을 휘두르고 있는 흑의인들의 뇌리에 남겨진 두려움을 자극할 뿐이었다.

'이, 이자는 정말 피에 미친 자이다~!'

흑의인들의 뇌리에 떠오른 공통적인 생각이었다. 다시금 두 명의 흑의인이 철웅이 내지른 검에 목줄이 잘린 채 쓰러지고 있었지만 철웅의 입가에 걸린 미소는 더욱 짙어지고만 있었고, 그 모습이 얼마나 기괴하게 보였던지 흑의인들은 저도 모르게 눈앞의 상대를 공격하는 것보다 자신의 흔들리는 마음을 부여잡는데 더욱 애를 써야 할 지경이었다.

싸우는 당사자가 이러할진데 한걸음 떨어져 모든 상황을 바라보고 있던 철운식의 마음이야 오죽할까. 기괴하게만 보이는 미소를 띠며 자신의 수하들을 베어나가는 철웅의 모습에 당장이라도 주저앉고 싶을 뿐이었다.

'내가 미쳤었구나. 어쩌자고 저런 마두에게 시비를 걸었을꼬……'

철운식에게 보인 철웅의 모습은 피에 굶주린 마두, 그 자체였다. 그리고 그 마두를 상대하는 자신의 수하는 이제 단 네 명이 남았을 뿐이었다. 빨리 결정하여야 했다. 자신도 생사결(生死決)을 할 것인가, 아니면 훗날을 도모할 것인가.

길게 생각하고 말 것도 없었다. 마두에게 희생된 자신의 부하들을 생각해서도 자신은 살아남아야 한다고 생각했다. 자신은 살아남아 본장에 이 사실을 알리고 훗날을 도모해야 한다고 생각하곤, 그런 어려운 결정을 내린 자신을 대견스러워하고 있었다.

아무런 노력 없이 큰 힘을 가지게 된 자들의 전형적인 모습이었지만 칼을 수평으로 누인 채 몸을 풍차처럼 돌리며 사내를 향해 짓쳐 들어가던 남은 네 명의 수하를 모두 베어버리는 모습에, 본능적으로 바닥을 박차고 창문으로 몸을 날렸다.

와장창!!

칼을 누인 모습 그대로 잠시 바닥에 무릎 꿇고 앉아 숨을 고르던 철웅은 객잔의 한쪽 벽에 나 있던 창문이 부서지는 소리에 급히 고개를 돌렸다.

"비열한 놈 같으니……."

철웅은 입가에 걸렸던 미소를 거두며 인상을 찌푸렸다. 수하들의 죽음을 모른 체하고 결국 등을 보이며 달아나는 철운식의 모습에, 지금과는 또 다른 이유의 분노가 철웅의 전신을 휘감았다.

창을 뚫고 나온 철운식은 급히 경공을 시전하여 마을 밖으로 몸을 날렸다. 언제부터 내리기 시작했는지 천지 사방을 하얗게 물들이고 있었고, 이런 눈이 계속 내린다면 자신의 종적은 자연히 감추어지리라.

급히 몸을 날리던 중 어느 집 처마 밑에서 몸을 웅크리고 있는 몇몇 사람들을 보았으나 잠시 멈출 여유 따위는 없었던지라, 철운식은 인상을 한 번 찌푸리는 것에 만족하고는 발길을 재촉했다.

'재수없는 년, 저런 촌년 하나 때문에 천하의 나, 철운식이 이런 꼴을 당하게 되다니…….'

곧 죽어도 자신의 탓은 털끝만큼도 생각지 못하는 철운식이었지만, 금전만능(金錢萬能)의 효능인지 모난 성격과는 달리 제법 빠른 경공을 시전하며 마을 밖으로 향하고 있었다.

어느 집 처마에 몸을 숨긴 채 객잔을 바라보던 장 의원 일행은 갑자기 소란스럽던 객잔의 창이 부서지며 한 인영이 튀어나와 곧장 자신들 쪽으로 날아드는 것을 볼 수 있었다.

급히 머리를 숙인 장 의원 일행이었지만 그 인영은 빠른 속도로 자신들의 머리 위를 지나쳐 갔고, 바람을 가르는 파공성에 고개를 들었던 이철성은 자신들의 머리 위를 날아가는 철운식을 보곤 장철웅이 흑주문 무사들과의 일전에서 이겼다는 사실을 미루어 짐작할 수 있었다.

혹시나 하는 마음에 고개를 들어 객잔을 향하던 이철성은 바로 코앞까지 달려온 장철웅의 모습에 놀라 하마터면 엉덩방아를 찧을 뻔했다. 철웅은 장 의원 일행의 앞에서 멈추는 듯하더니 속도를 늦추지 않고 바닥에 놓여 있던 자신의 봇짐을 채어갔다.

이미 철운식과 십여 장 이상 차이가 났고, 경공은 그의 무위를 따라가지 못하는 듯 철운식과의 거리가 점점 더 벌어지고 있었다.

그때 달려가던 철웅이 들고 가던 봇짐을 내던지며 달리던 자세 그대로 미끄러지듯 무릎을 꿇었다. 그리고 언제 꺼내 들었는지 활에 살을 걸어 시위를 당기고 있었다.

이미 철운식과의 거리는 이십여 장 이상 벌어지고 있었으나 철웅은 시위를 놓지 않았다. 눈발이 거세어서였을까? 나무 사이로 숨어버린 철운식을 놓친 것일까? 철웅의 모습을 바라보던 철성은 두 손을 말아 쥐곤 철웅의 일거수일투족을 뚫어져라 바라보고 있었다.

"…패배한 장수에게 줄 기회는 있어도, 부하를 배반한 장수에게 줄 기회 따윈 없다……."

피잉~!!

이철성은 보았다. 언젠가 대기를 가른다는 것이 어떤 것인지를 설명하라 한다면 활시위를 벗어나 하늘을 가득 메운 눈발들을 헤치고, 삭풍에 흔들리는 앙상한 가지들마저 뚫고 나가, 삼십여 장 밖을 달리던 철운식의 목 줄기를 관통한 한 줄기 빛살 같은 철웅의 화살을 떠올리게 될 것임을 확신하고 있었다.

이철성의 등줄기로 한줄기 식은땀이 흐를 무렵, 철웅은 굽혔던 무릎을 펴곤 자리에서 일어났다. 그리고 한 점 미련도 없다는 듯 횅하니 등을 돌리곤 어느새 발목까지 차오른 눈밭을 헤치며 장 의원 일행이 있는 곳으로 발걸음을 옮기고 있었다.

점점 거세어지는 눈발은 얼마 지나지 않아 모든 것을 뒤덮어 버릴 것이다.

앙상한 나뭇가지들 아래서 차갑게 식어가는 철운식의 시신도, 잠자던 마을 사람 누구도 알지 못했던 대복장의 혈겁도……

*　　　*　　　*

점점 거세어지는 눈발을 겨우겨우 막아내고 있는 어느 집 좁은 처마 밑에서 곤히 잠들어 있는 소소를 바라보는 철웅의 눈가에는 어느새 포근한 무엇인가가 떠오르고 있었고, 장 의원과 이철성은 그런 철웅에게 아무런 말도 하지 못하고 있었다. 객잔 안에서 어떤 일이 일어났는지 흑주문의 사람들은 어찌 되었는지……. 철웅이 무사히 돌아온 마당에 그런 것들은 이제 아무런 의미 없는 질문이 되어버렸다.

"마을 안쪽에 성유장이라는 객잔이 하나 있다 들었습니다. 일단 그곳으로 가십시오."

"…그러지."

일행은 아무런 불만 없이 짐을 챙겨 마을 안쪽으로 향했다. 이철성은 철웅이 급히 활과 맞바꾸며 떨어뜨리고 간 자신의 검을 집어 들곤, 땅을 향해 세차게 뿌려 검에 맺혀 있던 붉은 피를 바닥에 뿌려냈다. 자신의 검이었건만 조금은 낯선 느낌에 작은 한숨을 쉬곤 검집에 꽂았다.

철웅은 마을 안으로 향하는 일행을 바라보다 다시금 자신들이 머물고 있던 대복장으로 발길을 돌렸다. 어떤 식으로든 객잔 안을 정리해야 했고, 그것은 다른 누구도 아닌 철웅의 몫이었다.

객잔문을 열고 들어온 철웅은 다시 한 번 한숨을 내쉬고 말았다.

아수라장. 객잔 이곳저곳에 흑의인들의 시신이 널브러져 있었고, 부서진 창을 통해 들어온 동장군의 심술에 죽은 지 얼마 되지도 않았건만 흑의인들의 시신은 미약한 온기도 느끼지 못할 정도로 차갑게 식어가고 있었다.

"이리 나오너라."

철웅의 담담한 목소리는 주방을 향해 있었다. 하지만 주방에선 아무런 인기척이 없었다.

"모두 끝났으니 이제 나와도 된다."

말없이 주방을 바라보던 철웅의 귓가로 작은 인기척이 들렸다. 주방의 주렴이 걷어 올려지며 점소이 소아가 사시나무 떨듯 떨며 한걸음 한걸음 내키지 않는 걸음을 떼며 철웅에게 다가왔다.

"많이 놀랐겠구나."

스무 명의 사람을 죽인 사람치곤 너무나 담담히 말하는 모습에 소아는 다시금 오금이 저려왔다. 이 사람의 말을 듣지 않는다면 자신도 죽이고 말 것 같다는 생각에 절로 가슴이 오그라들었다. 눈동자도 굴리지 못하고 있던 소아는 별안간 털퍼덕 무릎을 꿇고는 두 손을 싹싹 빌며 애원하기 시작했다.

"대인! 저는 집에 칠순, 아니, 팔순 노모가 계시고, 아래로 여덟 형제가 저 하나만 바라보고 있습니다요. 저 하나 죽는 것은 상관없지만 저만 바라보고 있는 팔순 노모와……."

"관아에 고할 것이냐?"

또다시 자신의 말을 끊어버린 사내였지만 이번에는 속으로라도 욕할 엄두도 못 내고 연신 고개를 조아리며 살기 위해 애원하는 소아였다.

"아닙니다, 아닙니다. 절대 그러지 않겠으니 제발 목숨만……."

"그럼 일어나거라."

잠시 철웅을 바라보던 소아는 엉거주춤 일어났다. 일어나 다시 보니 사내의 손에 칼 같은 것은 없었기에 당장 죽지는 않겠구나 안심하는 소아였다.

"일단 이 사람들을 치워야겠다. 적당한 곳이 있느냐?"

"예? 예, 예, 물론 있습죠! 객잔 뒤 우물에 던지셔도 되고, 마을 옆 동산에 묻으셔도 되고……."

"우물에 사람을 빠뜨리는 짓 따윈 하기 싫으니 이들을 묻을 만한 곳을 말해 보거라."

"예. 거기가 어디냐면……."

소아가 말한 곳은 마을에서 그리 멀지 않은 작은 언덕이었다. 마을에서 죽은 사람을 묻는 공동묘지 같은 곳이었는데 일 년 열두 달 사람의 왕래가 거의 없고, 마을에서도 잘 보이지 않는 그런 곳이었다.

습관이란 것이 참으로 무서운 것인가 보다. 철웅은 늘 그래 왔듯이 적군의 시신마저 처리하고 있었다. 전장에서 늘 그래 왔듯이…….

아직 과거의 그늘을 벗어나지 못하고 있는 철웅이었다.

소아 역시 무림의 칼밥을 먹는 자들은 자신이 죽인 자들의 뒤처리 따위는 하지 않는다는 것을 알 리 없었기에 원래 싸움을 하고 나면 그리하는 것이구나 생각할 뿐이었다.

그날 소아는 점소이 생활 삼 년 만에 가장 바쁜 하루를 보내고 있었다. 야밤에 수레를 끌다 짐도 아닌 시신을 스무 구나 옮겨 묻어야 했으니 철웅과 소아는 거의 동이 틀 무렵, 마을에서 삼십 장이나 떨어진 곳에서 싣고 온 철운식의 시신까지 모두 묻고 난 후에야 손에 있던 삽과 곡괭이를 놓을 수 있었다.

"휴우… 고생이 많았다."

"헤헤… 고생은요."

소아의 얼굴에는 언제 그랬느냐는 듯 다시금 미소가 감돌고 있었다. 얼마 전까지만 해도 자신을 죽일지도 모른다 생각한 사내였지만 지금은 그런 생각이 모두 가신 소아였다. 비록 몇 시진 동안이었지만 같이 땀 흘리며 지내보니 악한 사람도 아니고, 자신을 죽일 사람은 더 더욱 아니라는 것은 삼 년 점소이 풍월이 아니라 해도 알 수 있었다.

"그나저나 객잔 주인은 어디로 갔기에 보이질 않는 것이냐?"

"죽었습니다요…….""

밝아졌던 소아의 표정이 다시금 시무룩해지며 객잔 주인 방가(防哥)의 죽음을 철웅에게 고했다.

"……?"

"아까 대인과 그 나쁜 사람들이 한참 싸울 무렵, 대인은 관아에 신고를 해야겠다며 객잔을 나서다가 그만… 그것을 막아서던 황 숙수도 그 까만 옷을 입은 자의 손에 모두 죽었습니다. 제가 우물에 사람들을 묻자고 한 것도… 방 대인과 황 숙수 모두 우물에 던져 넣었기에……."

"……."

철웅은 마음이 편치 않았다. 결국 아무런 상관도 없었던 두 사람이 희생되었다. 원했든 원치 않았든 간에…….

"그래, 이제 너는 무엇을 할 셈이냐?"

"저야 뭐, 가진 것도 없고, 갈 곳도 없는 천애고아이니… 헙!"

한참 이야기를 하려던 소아가 갑자기 자기 입을 틀어막았다. 팔순 노모가 어쩌고, 여덟 형제가 어쩌고 하면서 싹싹 빌던 것이 불과 몇 시진 전인데 자기도 모르게 천애고아란 말이 튀어나왔으니 소아는 두 근 반 세 근 반 뛰는 심장을 어쩌지 못하고 철웅의 눈치를 슬며시 살폈다. 하지만 철웅은 그저 담담히 미소 짓고 있을 뿐이었다.

"그랬구나. 참 안되었다."

중년인은 어린 점소이의 거짓말 정도에 연연할 사람은 아니었다.

"헤헤. 안될 것도 없고 잘될 것도 없습니다요. 그냥 내일부터 어디 다른 일 없나 마을을 기웃거리다 보면 무슨 수가 생기겠지요. 헤헤."

덤덤한 철웅의 반응에 가슴을 쓸어 내린 소아는 이내 웃음 지으며 철웅에게 답했다. 그러나 뒤이은 철웅의 말에는 잠시 웃음기를 지울 수밖에 없었다.

"혹시… 네가 갈 곳이 없다면 나를 따르지 않겠느냐?"

"예? 대인을 따르다니요?"

"어찌 되었든 너의 일자리를 잃게 만든 것이 나이니, 그 보상을 조금이나마 해주고 싶은데 지금은 내가 가진 것이 없다. 그러니 아예 이참에 나를 따라가는 것이 어떻겠는지 물어보는 것이다."

"에… 그게…….".

철웅은 단순히 소아가 일하던 객잔의 문제만을 가지고 이야기하는 것은 아니었다. 소아는 보지 못했지만 철웅은 보았다, 객잔의 뒷문을 지나 마을 밖으로 이어진 핏자국을. 아마도 채 숨통을 끊지 못한 자가 남아 있었나 보다. 그자가 흑주문이란 곳으로 돌아가 사정을 이야기한다면 소아의 신변에 무슨 일이 일어날지 모르는 일이었다.

처음엔 핏자국을 쫓아가 살인멸구(殺人滅口)할 생각도 해보았지만 그러기엔 이미 시간이 너무나 흘러 버렸다. 차라리 상처 입은 몸으로 눈길을 헤매다 죽는 것을 바라는 것이 나을 정도로……. 어쨌든 지금은 소아를 이 마을에서 데리고 나가는 것이 상책이었다. 자신으로 인해 목숨이 위태해질지도 모른다는 죄책감일지도 모르고, 싸구려 동정심일 수도 있었지만 어쨌든 철웅은 소아를 마을에서 데려 나가야 한다 생각했다. 나중 일은 나중에 생각한다 하여도…….

"어떠냐?"

"저… 그게… 혹시 아까 그 소저가 따님이신가요?"

"뭐?"

난데없는 소소의 이야기에 철웅이 되물었고, 이어지는 소아의 말에 헛웃음이 나오는 철웅이었다.

"혹시… 따님의 몸종이 필요하셔서 그러시는 거라면 별로 가고 싶진 않지만 따님의 말동무 정도라면… 생각해 볼 수도 있습니다. 헤헤."

"허허… 과년한 처자에게 무슨 남자 몸종이 필요하겠느냐. 하지만… 그래, 소소에게도 비슷한 또래의 말동무가 있는 것도 좋겠지."

"헤헤… 그럼 저는 언능 짐 챙겨서 나오겠습니다요."

"허… 허허."

부리나케 객잔으로 달려가는 소아의 모습에 너털웃음만 나오는 철웅이었다. 하지만 밝은 천성을 가진 소아라는 아이가 마음에 들어서인지 소소의 병구완에 도움이 될지도 모른다는 생각에서였는지, 철웅은 그저 미소 짓고 있을 뿐이었다. 소아가 떠난 동산에서 훌훌 자리를 털며 일어난 철웅은 일행을 깨우기 위해 마을 안쪽에 있다는 성유장이란 객잔을 찾아 떠나기 시작했다.

눈보라를 헤치고 구사일생으로 서안에 도착한 흑주문의 한 무사로부터 아들의 비보를 듣게 된 흑주문주 철중행이 자신의 아들을 살해한 자의 추살령(追殺令)을 섬서 전역에 내린 것은 철웅 일행이 대복장을 떠난 지 열흘이나 지난 뒤였다.

第六章
자하신검(紫霞神劍)

자하신검

紫霞神劍

진홍색 두꺼운 천으로
몇 겹 둘러싸여져 있던 그 무엇을……

앙상한 가지 위에 한 겹 두텁게 올려진 설병(雪餠)으로 인해, 이것이 무슨 나무인지 쉽게 구분하지 못할 만도 하지만 나무가 뿌리내린 곳이 태화산(太華山)의 연화봉(蓮花峯)이란 사실만으로도 사람들은 어렵지 않게 이 나무가 매화나무라는 것을 짐작할 수 있었다. 그리고 무림에 몸담고 있는 자라면 백이면 백, 매화(梅花)와 함께 한 문파를 떠올리게 된다.

대화산파(大華山派).

강호 무림의 일대 종주(宗主)이며, 호북의 무당파(武當派)와 함께 천하 도교(道教)의 양대 산맥이었다. 또한 천하 무림을 영도하는 아홉 문파[九大門派]의 일좌(一座)이면서, 무당(武當), 점창(點蒼), 청성(青城)과 더불어 천하사대검파(天下四大劍派)라 불리며 천하를 사분(四分)하는 검의 명문이기도 하였다.

그런 이곳에 얼마 전부터 일단의 사람들이 하나 둘 찾아들기 시작했다. 오늘은 혹 그 발걸음이 끊이지 싶었지만 역시 오늘도 예외는 아니었다.

동천에 머물던 해가 서서히 하루를 마감하려 차비를 하고 있을 즈음, 화산의 초입이라는 옥천원(玉泉院)을 지나 잔도(棧道)라 불리기에 손색이 없을 만큼 가파른 암벽과 기슭 사이에 만들어진 오리관(五里關)을 넘어오고 있는 일노일소(一老一少)의 대화 소리가 적막했던 화산에 작은 파장을 일으키고 있었다.

"할아버지, 화산은 아직인가요?"

주위의 설경(雪景)에 어울리게 제법 바람이 차가웠던 탓인지, 코끝을 빨갛게 물들이며 걷고 있던 소동이 함께 걷던 노인에게 투정 부리듯 말을 건넸다.

"허허, 이미 화산에 발을 들여놓고는 화산이 아직 멀었느냐 물으면 어쩌누?"

"쳇. 제가 말한 화산이 그 화산이 아니란 거 잘 아시잖아요."

"허허허."

두 노소의 주위에 병풍처럼 둘러쳐진 설경과 너무도 잘 어울리는, 한 자는 넘을 듯한 긴 백염(白髥)을 한 번 쓰다듬고는 손자라 생각되는 소동을 바라보며 허허로운 웃음을 짓는 노인.

새하얀 백의와 백염과는 대조적으로 검은색으로 옻칠 된 장검을 허리에 차고 있던 노인이 손을 호호 불며 투덜대는 소동에게 말했다.

"이제 다 왔다. 저 모퉁이만 돌면 화산이 보일 것이다."

"어? 정말요?"

노인의 말이 떨어지기가 무섭게 삼십여 장은 떨어져 있던 산기슭 모퉁이를 향해 달음박질치는 소동. 하지만 잠시 후 노인이 말한 기슭 모퉁이에 서서는 콧바람이 일 정도로 씩씩거리는 소동의 모습에도 노인은 인자한 웃음으로 소년을 바라볼 뿐이다.

"할아버지! 지금 저를 놀린 거죠? 화산이 있긴 어디 있어요?!"

다시금 고개가 들릴 정도로 웃음을 지어 보인 노인은 손자의 질문에 대답은 하지 않고 가만히 손을 들어 손가락 하나를 들어 보였다. 조부의 손을 따라 손가락이 가리킨 방향으로 눈이 향한 순간, 소년의 눈이 왕방울만하게 커지고, 입술이 점점 벌어지더니 한참이 지나도록 벌린 입을 다물 줄 몰랐다.

노인이 가리킨 곳. 새하얀 은빛 두루마기를 걸친 채 하늘 높은 줄 모르고 우뚝 솟아 있는 고고한 자태의 거산(巨山) 하나가 소년의 시야를 끝없이 가리고 있었다. 소년의 눈길이 거산의 끝을 향해 올라가자 거산의 끝에 서서 천하를 아우를 듯한 장엄한 기세를 내뿜는 예봉(銳峯) 하나가 소년을 굽어보고 있었다.

산의 기세에 질렸는지 소년은 두어 걸음 뒷걸음질치다 슬며시 등을 받쳐 주는 온기에 고개를 돌렸고, 그런 손자의 등을 받쳐 주던 팔 척 장신의 노인은 소년을 바라보며 이렇게 말했다.

"화산에 온 것을 환영한다, 룡아……."

다시금 고개 돌려 자신을 떠밀었던 예봉을 바라보는 소동. 까마득히 높아만 보이던 예봉을 휘어잡고 당장이라도 천하를 향해 휘두를 듯 당당히 자리한 전각들이 그제야 소동의 눈에 들어왔다.

무림 천하의 아홉 제후 중 하나인 화산파와 천하를 독보(獨步)하는 열 명의 초강자 독보십절(獨步十絶) 중 검절(劍絶) 석위강(席威剛)의 손자 석단룡(席丹龍)의 첫 번째 조우는 그렇게 이루어졌다.

*　　　　*　　　　*

막고위가 걷고 있는 길은 화산파의 본전인 상청궁과 그 아래 위치한 수많은 휘하 전각들을 서로 잇고 있는 석로 중의 하나였다.

기암괴석으로 이루어진 화산 연화봉에 어찌 이런 거대하고 웅장한 전각들을 세울 수 있었을까 하는 찬탄과 함께 화산파를 찾는 이들이 놀라는 가장 큰 두 가지 중 하나가 바로 이 석로(石路)였다.

화산의 산문인 옥천원(玉泉院)부터 이곳 화산파의 본궁까지 이어지는 길은 물론, 화산의 다른 전각들과 심지어 화산파의 인근에 산재한 수백 개의 크고 작은 도관들을 잇는 길 중 석로가 아닌 곳이 없었다.

이 끝도 보이지 않는 석로를 만들기 위해 족히 수십만 근의 암석이 소모되었을 것이 분명하겠지만 화산이라는 거인에게 있어서는 머리카락 한 올만큼도 되지 않았을 것이니, 앞으로 수백 개의 도관이 더 생긴다 할지라도 화산의 위엄이 깎이는 일 따위는 없을 듯했다.

그보다는 화산의 초입부터 화산파의 본전 상청궁까지 이어지는 석로가 외길이라는 것이 사람들이 놀라는 이유였다. 화산을 오르는 것이 어렵지, 화산파를 찾는 것은 쉽다. 단지 발밑의 석로만 밟고 오르면 찾을 수 있으니 말이다.

물론 화산을 찾는 이가 도인(道人)만 있는 것이 아닌지라 편의를 위해 곁가지 치듯 작은 소로들이 나 있긴 했지만 화산의 도인들은 소로를 즐겨 찾지 않는다.

도를 이루고자 하는 도인들로서는 평상시 걷는 걸음 하나에서도 도에 이르고자 하는 외곬의 심성을 절로 수양하는 것이고, 생활의 습관하나하나까지 도에 이르고자 하는 지극함이 담겨 있으니, 화산이 도교의 양대 산맥 중 하나가 된 것이 결코 우연이 아님을 누구도 부인하지 못하리라.

하지만 그런 오묘한 안배까지 한눈에 간파할 만큼 막고위의 배움이 깊지는 않았으니, 그저 '석로를 놓기 위해 참으로 많은 고생을 하였겠구나' 라 생각하며 아무 생각 없이 발걸음을 옮기는 막고위였다.

'사형은 언제쯤 오시려나. 상세가 위중치 않다 하셨지만 그 산채의 괴수가 펼친 무공에 적잖이 깊은 부상을 당하신 것 같던데…….'

막고위는 사형도 없이 홀로 화산에 오르며 얼마나 마음을 졸였는지 화산의 현판을 마주하였을 땐 그 자리에 주저앉아 버릴 뻔했을 정도였다. 그만큼 화산파란 이름이 주는 무게란 강호초출인 막고위가 덤덤히 받아들일 만한 것이 아니었다.

사부의 명으로 화산에 당도하긴 했지만 그가 한 일이라곤 그저 지객당에 배첩을 보내어 태진문에서 온 자임을 알리고, 화산에서 내어준 방에 여장을 풀고 하룻밤을 지낸 것이 전부였다.

다행히 자신을 안내해 준 화산의 제자가 자신 말고도 다른 문파에서 온 이가 여럿 더 있다 말하였기에, 갑갑한 마음에 산책이라도 할 겸 그들을 찾아나선 것이었다.

그러나 난생처음 화산파를 찾아온 막고위가 수십 개의 전각 중 외부인을 위해 개방한 몇 안 되는 지객당의 건물을 찾는다는 것이 그리 쉬운 일은 아니었다.

'휴… 이럴 줄 알았으면 어디에 묵고 있는지 물어나 둘 것을……'

내심 후회가 되는 막고위였지만 발길을 되돌리기에는 마땅치 않을 만큼 제법 멀리 걸어온지라 기왕 내친걸음을 멈추지는 않았다. 자신이 가고 있는 길이 화산의 산문으로 가는 방향이라는 것은 알고 있었으니 정히 안 되면 산문을 지키는 화산의 제자에게 물어 다시 올라오면 된다는 생각이었다. 길 잃을 걱정은 안 해도 되니 어찌 보면 참으로 편리한 석로였다.

그렇게 얼마를 걸어가고 있는 막고위의 시야에 도사가 아닌 사람들이 몇 보이기 시작했다. 제법 귀티가 나는 청년 둘과 그들과 함께 대화를 나누고 있는 미모의 여인 둘이 한 전각 앞에 서서 담소를 나누고 있었다.

제법 오래 걸음을 하던 막고위는 반가운 마음이 앞서 그들에게 다가가 수인사라도 나누어보려 했으나, 원체 숫기가 없고 난생처음 본다 할 수 있을 정도로 아름다운 여인들까지 일행에 있는지라 쉬이 말을 꺼내지 못하고 있었다. 그런 그를 알아보았는지 청년 중 하나가 다가와 말을 걸었다.

"형제 분도 이곳 화산 분이 아니신 것 같군요."

"예? 아… 예."

"소생은 청사표국(靑蛇鏢駒)의 진사무(晉仕懋)라고 합니다."

"태진문의 막고위라 합니다."

"아, 태진문의 분이셨군요."

자신을 진사무라 밝힌 이십대 중반의 청년이 반갑게 맞아주니 막고 위로선 고마울 뿐이었다. 청사표국이라하면 서안에 본장을 가지고 있는, 섬서에서 제법 이름이 알려진 표국이었다. 청사표국의 표국주 청사편 진외 역시 화산의 속가로, 진사무는 그의 둘째 자식이었다.

진사무는 친절히 막고위를 이끌며 자신과 함께 있던 사람들과도 일일이 인사를 나누게 해주었다. 진사무와 함께 있던 이십대 초반의 청년은 섬서의 남쪽 순양(旬陽)에 사는 금평이라는 자로 그의 양친은 무림과는 별 상관 없는 지방의 부호(富豪)였으나, 무공을 배워 가업을 도우라는 아비의 명으로 화산에 적을 두게 된 현 화산의 속가제자였다.

진사무가 다른 두 명의 여인을 소개하려 하자 오른쪽에 홍의를 입고 있던 열여덟 정도의 소녀가 한발 나서며 자신을 소개하였다.

"저는 초미(楚美)라고 하고, 이쪽은 제 언니 초연(楚妍)이에요."

자신을 초미라 밝힌 여인이 자신의 언니라 소개한 여인은 얇은 면사를 얼굴에 두르고 있어 나이를 짐작할 수 없었으나, 면사로 보이는 얼굴의 윤곽만으로도 동생 못지않은 미인임을 알 수 있었다. 그러나 아름다운 두 여인의 가문을 들었을 때 막고위는 놀라움보다 황망함을 느껴야 했다.

"두 분 소저는 상주(商州) 초씨세가(楚氏世家)의 분들입니다."

"아… 그렇다면 도절(刀絶) 초한상(楚寒霜) 대협의……."

"예, 그분의 금지옥엽(金枝玉葉)들이시지요."

초씨세가는 화산 남쪽의 상주에 자리한 작은 세가였지만 무림에서 감히 초씨세가를 함부로 말하는 자는 찾아볼 수 없을 만큼 강성한 문파였다. 세가의 사람들이래 봐야 겨우 백여 명에 달할까 말까 하였지만 세가주로 있는 초한상이 독보십절 중 도절의 일좌(一座)를 차지하고 있었고, 그의 내자가 같은 십절의 한 사람인 옥절(玉絶) 소봉옥(詔鳳玉)이었으니, 섬서는 물론 천하에 산재해 있는 어지간한 중소 방파들조차 초씨세가와는 시비에 말리지 않도록 조심할 만큼 그 위세가 대단한 가문이었다.

그런 가문의 여식들과 인사를 나누었으니 아무리 담이 큰 사내라 하더라도 한발 물러서지 않을 수 없었다. 더구나 막고위의 담은 그다지 크지도 않았기에 비록 뒤로 물러서진 않았지만 얼굴이 굳어지는 것은 어찌할 수 없는 일이었다. 그런 막고위의 표정 변화가 재미있다는 듯 깔깔거리며 웃는 초미에게 언니 초연이 나직이 말했다.

"웃음소리가 너무 크구나. 이곳이 화산이란 것을 있었니?"

막고위의 난처함보다는 화산의 경내라는 것을 더 중히 여기는 것을 보면, 이런 일이 그리 흔한 일만도 아니었던 듯 언니의 말을 들은 초미는 짐짓 손으로 입을 가리며 웃음소리를 작게 하고 있었고, 그런 그녀의 모습에 함께 서 있던 진사무와 금평마저 고개를 돌리며 웃음을 참아야 했다.

졸지에 웃음거리가 되어버린 막고위는 얼굴이 벌게지며 화를 내볼까 생각도 해보았지만 감히 초씨세가의 여식에게 화를 낼 만큼 자신이 잘한 것도 없었거니와 입을 가리고 웃는 초미의 얼굴이 어쩌나 귀엽고 예쁘던지 처음과는 다른 이유로 얼굴이 붉어져 버린 막고위였다.

"험험, 초 소저도 이제 그만 하시지요. 막 형제의 맘 상할까 걱정됩니다. 어차피 우리 모두 어떤 일을 함께하게 될지도 모르는 판에……."

점잖게 중재를 나선 진사무의 말에 고마움도 일었지만 그보다는 진사무가 말한 어떤 일이란 것에 호기심이 이는 막고위였다.

"어떤 일이라뇨?"

"아니? 막 형제는 모르고 계셨소?"

"예. 본시 저는 본 문의 대사형과 함께 화산에 오기로 되어 있었는데, 중간에 일이 생겨 저 혼자 먼저 오게 된 것입니다. 그래서 자세한 설명은 아직 듣지 못하였습니다. 단지 화산에 모종의 임무를 수행하러 간다는 정도밖에는……."

대사형인 이철성이 섬서무림에 일어난 모종의 좋지 않은 일로 화산파가 각 문파에 연통을 넣은 것이라는 말을 했었지만 굳이 지금 이야기해 좋을 게 없을 것 같다는 생각에 그것까지는 말하지 않은 막고위였다.

물론 이철성이 혹시나 하는 마음에 자신이 없을 때 누군가 물어보면 그리 말하는 것이 좋을 것이라는 조언도 하긴 하였었지만…….

"음… 그랬구려……."

막고위의 말을 듣고서는 잠시 인상을 굳힌 진사무였다. 막고위를 제외한 나머지 사람들의 인상 역시 진사무의 표정에 전염된 듯 함께 굳어질 찰나, 진사무가 잠시의 고민을 털고 이야기하기 시작했다.

"어차피 앞일은 모르는 것이고, 태진문이 화산의 형제임을 천하가 알고 있으니 믿고 이야기하리다."

왠지 모르게 이야기에 괜한 무게를 잡고 있다 생각한 막고위였으나 다른 사람들의 표정도 그다지 평온치 않은 것을 보곤 얌전히 진사무의 이야기를 듣기만 하였다.

"기실 우리가 모인… 솔직히 소집된 이유는… 한 사람을 찾아 화산으로 데려오기 위함이오."

"……?"

이것이 무슨 뚱딴지 같은 소리란 말인가? 사람을 찾아 데려오다니? 자신이야 그렇다 치더라도, 고작 보표(保鏢)가 필요하여 한 문파의 대제자를 소집하다니……. 그것도 태진문만이 아니라 화산과 연계된 여타 다른 문파에까지 그런 부담을 지우는 것은 상식적으로 이해할 수 없는 일이었다.

아직은 그리 많은 사람이 모였다 할 순 없지만 모르긴 몰라도 섬서 북쪽의 태진문에까지 연통이 온 정도라면 조만간 인근의 다른 문파에서 온 사람까지 기 백이 넘는 인원이 모일 터인데, 어떤 이를 찾는 것이기에 그 많은 인원이 필요한 것인지 막고위로서는 감조차 잡을 수 없었다. 그러나 뒤이은 진사무의 설명에 강호초출인 막고위조차 이번 일에 턱없이 부족한 인원이 투입되는 것은 아닌가 의심해야만 했다.

"우리가 찾아야 할 사람의 이름은 불매검(不賣劍) 혁련옹(赫連翁). 더 자세히 말하자면… 혁련옹을 찾고 그가 가지고 있는 화산파의 또 다른 장문령부 자하신검(紫霞神劍)을 회수하는 것입니다."

자하신검이란 존재가 정녕 화산의 장문령부와 같은 것이라면 그것이 지닌 가치는 거의 무상의 지위라 해도 과언이 아니었다. 화산이란 이름 위에 있는, 자하신검이란 이름 앞에 우선할 수 있는 것은 없었고, 그것은 화산파의 속가무문인 태진문의 제자 막고위도 예외일 수 없었다.

"그런데… 그런 중요한 물건을 찾는 일에 왜……."

"우리 같은 속가무문의 사람까지 필요한 것이 궁금한 것이지요?"

"예? …예."

누가 생각하여도 당연한 물음에 진사무는 그리 물을 줄 알았다는 표정을 짓고는 듣는 이가 없는지 주위를 한 번 둘러보고 이야기를 이어나갔다.

"사실 지금 화산에 남아 있는 사람들 중에 이대와 삼대제자들은 거의 없습니다. 이미 혁련옹을 찾기 위해 하산하였지요."

막고위는 그제야 화산파라는 위명에 걸맞지 않게 주위가 한산했던 이유를 알 수 있었다.

"들리는 소문에는 화산의 여덟 장로님 중 네 분이 함께 하산하였다는 이야기도 있어요."

가만히 듣고 있던 초미가 친절히 부연 설명까지 해주고 있었다.

"예, 저도 그런 이야기를 들었습니다. 그런데 사실 화산파의 이대와 삼대제자들을 전부 합쳐 봐야 이백여 명 정도밖에 되질 않으니 손이 부족한 것이지요. 그렇다고 함부로 일대제자들을 내려 보낼 수도 없는 노릇이고……."

"그렇죠. 일대제자들마저 하산해 버린다면 화산파는 텅 빈 것이나 마찬가지고… 하지만 들리는 소문에는 일대제자들도 조만간 얼마의 인원이 차출되어 내려갈 것이라고도 하더군요."

"허어. 그런 이야기는 저로서도 금시초문인데… 미인의 귀에 들리는 소문은 따로 있나 봅니다."

믿지 않은 진사무의 농에 초미는 그저 살짝 흘겨보기만 할 뿐 싫은 내색이 없는 것을 보면 어리다 하여도 어쩔 수 없는 여인인가 보다.

"어쨌든 며칠 안으로 사람들이 차게 되면 우리도 혁련옹의 수색에 참여해야 될 것 같습니다."

"흠… 그래도 이미 이백이나 내려갔다면 적은 수가 아닌데……."

뭔가 아귀가 잘 맞지 않는 이야기에 막고위는 고개를 살래살래 저었다. 그런 막고위의 모습을 보고 있던 진사무가 아까와는 다르게 신중히 주위를 살피고선 목소리까지 낮추며 막고위에게 말했다.

"사실… 혁련옹을 찾는 것은… 우리만이 아닙니다."

"예?"

"쉿!"

놀란 막고위의 목소리에 입으로 손가락을 가져가며 주의시킨 진사무가 말을 이었다.

"화산파의 또 다른 장문령부라 부르긴 하지만 그건 어디까지나 과거지사. 이제 와 자하신검을 들고 찾아온다 하여도 화산파는 눈 하나 깜짝하지 않을 겁니다. 그런데……."

"……?"

"…사람들이 혁련옹을… 자하신검을 쫓는 이유는… 자하신검 안에 자하신공(紫霞神功)의 후반부가 있다는 소문이 있기 때문입니다."

"……!!"

현 화산파를 대표하는 두 가지 절기는 이십사수매화검법과 자하신공이었다. 극성으로 연성하면 검에서 매화향이 뿜어져 나온다는 믿지 못할 전설을 가진 이십사수매화검법은 이미 자타가 공인하는 천하 사대검법의 하나였다. 그리고 매화검법과 함께 화산파의 장문인에게만 전해진다는 자하신공이 화산파를 구대문파의 일좌로 만들었다고 말해도 과언이 아니었다.

그러나 아쉽게도 화산파의 시조 부요자(扶搖子) 사후(死後) 이후 역대 화산파 장문인 중 자하신공을 극성으로 익힌 사람은 나오질 않았다. 그리고 그리도 기밀 유지에 노력했건만 화산에 남은 자하신공은 상반부뿐이라는 소문이 새어 나가 이제는 비밀 아닌 비밀이 되어버린 지 오래였다.

하지만 상반부만으로 연성한 자하신공만으로도 당당히 구대문파의 일좌를 차지했을 정도이니 후반부를 얻어 완전한 자하신공만 연성할 수 있다면 오랜 경쟁자인 무당을 제치고 당당히 무림도문제일좌(武林道門第一座)가 되는 것도 충분히 가능한 일이었다. 어쩌면 천하제일좌를 노려볼 수 있을지도 모를 일이었고.

재물을 좇는 것이 사람의 본능이라면 기보(奇寶)를 좇는 것은 무림인의 본능이었다. 하물며 화산파의 자하신공 후반부라면… 얼마나 많은 사람들이 꼬이게 될지 상상도 할 수 없었다.

"우리의 힘으론 지난(至難)한 일이군요."

막고위의 허탈한 음성에 주변에 있던 사람들은 어이없다는 표정을 짓더니 이내 키득거리기 시작했다. 주위의 반응에 어리둥절진 막고위를 바라보며 진사무가 웃음을 참으며 말했다.

"무, 물론 우리들만으로 감당하기에는 무리가 있지요. 우리는 단지 혁련옹의 위치만 알아내고 그것을 화산에 전달하기만 하면 되는 것입니다. 풋."

어수룩한 막고위의 말에 주변에 있던 사람들 모두 재미있다는 듯 웃고 있었지만 이어지는 막고위의 말에 웃음을 멈출 수밖에 없었다.

"그 정도는 알고 있습니다만… 저로서는 어떤 자들이 자하신검을 좇고 있을지 상상도 안 되는군요. 또 그런 자들과 마주치게 되지 말라는 법도 없고…….'

"무, 물론 그렇긴 하지만…….'

진사무 역시 생각이 거기까지 미치자 마냥 대담할 수만은 없었다.

"칫, 무슨 남자들이 이래요! 이 기회에 공을 세워 이름을 떨칠 생각을 해야지!'

남자들의 유약한 모습에 불끈 화가 치민 초미가 와락 소리를 지르자 진사무가 어색하게 웃으며 말했다.

"물론… 이죠. 위기는… 기회죠. 우리 같은 무림인에게는 다시없이 좋은 기회. 하하하!'

"하하하!'

아리따운 소저들이 함께 있다는 것을 의식한 것인지 호탕한 웃음으로 얼버무리는 진사무와 그런 그에 동조하며 웃음 짓는 금평이었지만, 막고위만은 그들처럼 쉽게 웃을 수 없었다.

'…태진문과 화산으로 오는 이 짧은 여정에서도 마주칠 수 있을 만큼 강호의 숨은 고수가 많다는 것을 깨달았다. 기보를 좇는 자들 중에 그런 고수가 없으리란 보장을 어찌한단 말인가. 아니지, 오히려 바글거리는 고수들 속에 떨어지게 될지도…….'

막고위는 웃고 떠드는 사람들의 소리를 귓전으로 흘리며 며칠 전의 일을 기억해 내었다. 일개 산적이었지만 자신의 대사형을 압도하며 핍박하던 산채의 우두머리. 무명을 날리겠다 호언장담하는 이 사람들 중 그자의 상대가 될 사람이 하나라도 있을지. 그리고 그날의 일들을 떠올리자 자연스레 떠오르는 한 사람.

대사형을 무릎 꿇렸던 그자를 사정없이 몰아치던 사내와 은빛 궤적을 그리며 날아가던 장창, 그리고 쓸쓸히 돌아서던 뒷모습…….

철웅을 생각하던 막고위는 문득 그 사람같이 되고 싶다는 생각을 하고 있는 자신을 발견하고는 쓴웃음을 짓고 말았다.

*   *   *

산문이라는 것은 본시 그 문파의 얼굴이나 다름없는 곳이기에 산문을 담당하는 제자들은 최소한 삼대와 이대제자가 함께하는 것이 보통이었다. 어느 문파든 찾아오는 이의 용건과 신분에 따라 대우가 달라지는 것이 보통이기에, 그러한 사람들을 가려내는 것에 숙달된 이대나 삼대제자들이 맡는 것이 보편적인 산문의 인원 배치였다.

하나 지금 화산의 산문을 지키고 있는 것은 평소라면 경내에서 비질이나 하고 있었을 사대제자들이었다. 사대제자들이라 해봐야 화산에 입문한 지 갓 삼사 년이나 되었을까? 대부분은 수련생 수준의 도사들이었다.

화산에 남은 이, 삼대제자들이 없다는 것이 틀림없는 사실인 모양이다. 평소 같으면 오랜만에 친우를 찾아온 검절 석위강에게 이런 무례를 범하는 일은 없었을 테니…….

"무량수불… 어찌 찾아오신 분이십니까……."

"나는 목현 진인(木玄眞人)을 찾아온 석모란 사람이네."

"이장로님을 찾아오신 분이셨군요. 그런데… 잠시만 기다려 주십시오."

석위강은 뭔가 이상하다 생각했다. 자신이 아무리 오랜만에 찾아왔기로서니 자신의 얼굴을 모르는 것처럼 행동하는 저자는 무어란 말인가? 게다가 자신을 산문에 세워두고 웬 서책을 뒤지는 꼴이라니. 그것도 자신의 손자가 보고 있는 앞에서……. 무언가 사정이 있겠지, 하면서도 기분이 상한 석위강이었다. 하지만 석위강의 기분 상할 일은 앞으로도 많이 남아 있었다.

"저… 죄송합니다만 본문에 긴한 일이 있어 미리 선약되지 않으신 분은 당분간 입산을 금하란 명이 있었습니다. 한데 아무리 찾아도 이장로님과 약조되신 분을 찾을 수가 없으니……."

지금 이자가 무슨 말을 하고 있는지 석위강은 잠시 이해할 수가 없었다. 그리고 지금 이자가 자신에게 정중히 입산을 거부한다 하고 있다는 것을 깨달았고, 옆에 있는 손자만 아니었다면 한바탕 불호령이라도 내렸을 것이다.

"으음… 지금 사람을 보내어 목현 진인에게 석모라는 사람이 찾아왔다 전해주게. 그럼 목현 진인이 알아서 할 것이네."

"저, 그게… 죄송합니다만 다음에 다시 한 번 찾아주시기 바랍니다. 무량수불……."

석위강은 자신의 한 가닥 이성의 끈을 놓지 않기 위해 노력하였으나 눈앞의 새파란 젊은 도사가 조심한답시고 흘린 혼잣말이 그 끈을 여지없이 잘라 버리고 말았으니…….

"여기서 상궁까지 얼마를 걸어야 하는데… 나 참."

침묵하던 석위강의 주위로 한줄기 바람이 스치고 있었다. 그리고 스친다 생각했던 그 바람이 석위강의 발끝에서부터 휘감아 돌아 머리 위로 감겨져 올라가고 있었다. 한 줄기… 두 줄기… 어디서 불어오는지 모를 바람이 수십에서 수백 가닥으로 늘어나더니 이내 산문 앞 서탁에 놓여져 있던 서책이 휘날려 책장을 넘길 정도로 거세지고 있었다.

　"네… 이놈……. 지금 무어라 했느냐?"

　뒤를 돌아 다른 일을 보던 그 도사는 얼굴이 하얗게 질린 채 자신의 등을 툭툭 치는 동료 도사가 귀찮다는 듯 인상을 찌푸리며 고개를 돌렸다. 그리고 석위강을 박대했던 청년 도사는 보고야 말았다. 허연 수염과 백발을 머리 위로 휘날리며 자신을 보고 있는 야차(夜叉)를…….

　"흐, 흐익……. 지금… 이게 무슨… 짓… 이오……?"

　이가 달그락거릴 정도로 덜덜 떨면서도 석위강의 머리 위에 한줄 기름을 부어버리는 것을 잊지 않는 젊은 도사였다. 할아버지에게서 두어 걸음 물러서 있던 석단룡은 젊은 도사의 말을 듣고는 머리를 짚으며 다시 대여섯 발자국을 뒷걸음질쳤다. 젊은 도사를 안쓰럽다는 듯이 바라보며…….

　"무슨 짓? 네 이놈~!!"

　한줄기 창노한 외침과 함께 어느새 뽑아 들었는지, 검은 옻칠이 된 검집에서 뽑혀진 차가운 한광을 뿌리는 장검으로 도사가 앉아 있던 서탁을 두 동강 내버리는 석위강이었다. 그런 석위강의 기세에 질렸는지 바닥에 철퍼덕 주저앉은 채로 뒷걸음질치면서도 젊은 도사는 자신의 소임을 다하고 있었다.

　"어, 어서……. 타종… 타종을……!!"

뎅~뎅~뎅~뎅~

겁에 질린 청년 도사와 그 옆에서 순식간에 수십 번의 타종을 하고 선 걸음아 날 살려라 달아나 버리는 다른 도사의 모습에 석위강은 분노했고, 석단룡은 고개를 내저었다.

산문에서 들리는 타종 소리에 가장 먼저 반응한 것은 다름 아닌 막고위 일행이었다.

"이게 무슨 소리죠?"

호기심 가득한 눈을 반짝이며 묻는 초미의 질문에 진사무는 얼굴을 굳히며 말했다.

"이건 외인의 침입을 알리는 경종 같습니다. 어서 가봅시다!"

진사무의 말이 신호라도 된 양 자리에 있던 삼남이녀는 다른 화산의 도사들보다도 먼저 산문에 당도할 수 있었다. 그리고 그들은 보기에도 섬뜩한 하얀 머리를 나풀거리며 젊은 도사를 핍박하고 있는 마두의 모습을 볼 수 있었다.

"물러서라!"

진사무가 급히 검을 뽑아 마두에게 달려들었고, 금평과 초미가 그 뒤를 이었다. 막고위와 초연은 그들의 그런 모습을 바라보고만 있었다. 그들을 바라보며 무엇인가 진지하게 생각하는 막고위와 그런 막고위를 호기심 어린 눈으로 바라보던 초연의 시선이 전장으로 향한 것은 일행이 뛰어든 직후였다.

까가강—!

쨍—!

진사무는 반 토막으로 부러진 자신의 검을 바라보며 망연자실해하고 있었고, 금평은 저 멀리 튕겨져 날아가 버린 검이 있는 곳을 바라보며 할 말을 잃었으며, 그나마 초미만이 두 손으로 자신의 연도를 꼭 붙잡고 떨리는 두 다리를 진정시키려 애쓰고 있었다.

단 일 수.

각자 공방을 한 것도 아니고, 그저 물 흐르듯 휘두른 마두의 일검에 병기를 잃어버린 세 사람은 허둥지둥 물러서야 했다. 그리고 하얀 수염이 하늘로 뻗친 마두가 자신들을 바라보고 있다는 것에 공포를 느끼며 자신들도 모르게 뒷걸음질치고 있었다.

"감히… 노부에게 검을 휘둘렀겠다. 각오는 되어 있겠지?"

유부의 사자처럼 낮게 깔리며 사람들의 목덜미를 훑고 지나가는 차가운 한기에 세 사람은 진저리를 쳐야 했다. 세상에 이런 자가 다 있단 말인가? 적어도 스스로의 생각들은 강호에 출도해 적수를 만나지 못할 것이다 장담하고 있었건만……. 하지만 그런 야무진 꿈은 단 일 수에 깨져 버렸다, 눈앞의 마두에 의해. 그리고 성큼성큼 다가오는 마두에 의해 채 피어보지도 못하고, 강호에 이름 석 자 남기지도 못하고 죽을 운명이라 스스로 탄식하고 있었다. 그런 그들을 구한 것은 다름 아닌 강호초출 풋내기라 생각했던 막고위였다.

"무례를 용서하십시오!"

세 사람 사이로 뛰어나와 공손히 포권지례를 하는 막고위의 모습에, 공포에 질려 뒷걸음치던 세 사람은 이성을 되찾을 수 있었다.

"소인은 섬서 태진문의 막고위라 하는 무명소졸이옵니다. 선배님의 존대성명을 알려주신다면 그에 합당한 예우로 사죄를 드리겠습니다."

성큼 다가오던 석위강은 눈앞의 청년을 바라보고 있었다. 자신을 향해 겁도 없이 검을 휘두른 버릇없는 녀석들을 혼 구멍 내주려던 참이었는데, 웬 천둥벌거숭이 같은 녀석이 튀어나오더니 강호의 예법을 따져 가며 자신의 이름을 물어오는 것이었다. 하지만 그 모습이 어찌나 대견해 보이던지 석위강은 몸 주위에 일으켰던 기세를 조금 거두고 검을 내리며 크게 웃고 말았다.

"하하하하~! 거참 맹랑한 놈이로다. 그래, 내가 누구인지를 알려주면 네놈은 어떤 합당한 예우로 사죄하겠느냐?"

"…그것은 노선배님이 어떤 분이신가에 달렸사옵니다."

"뭐라?"

"만약 선배님이 무림의 선배님이라면 한 팔을 잘라서라도 사죄를 드리겠으나……."

"그러나?"

"…만약 화산을 범하러 온 분이시라면……."

"그렇다면?"

"저의 시체를 밟고 넘어가셔야 합니다……."

"……?!"

석위강은 솔직히 감동받고 있었다. 무림에 아직 이런 기개를 가진 자가 남아 있다니. 그것도 이제 검을 든 지 몇 해 되어 보이지도 않는 아이가. 석위강의 놀람은 이루 말할 수 없을 정도였다. 무림의 파벌과 권세를 좇는 자들이 싫어 스스로 모든 것을 버리고 유유자적하는 석위강이었기에 더욱 그랬는지도 모른다.

한편 석위강이 자신에 대해 어떻게 생각하고 있는지 따위는 생각조차 못하고 있는 막고위. 그는 자신이 미쳤던 것이라 생각하고 있었다. 자신이 무슨 말을 하고 있는지도 모르고 있었다. 평소 숫기가 없고 사람들 앞에 나서기 싫어하는 내성적인 성격이라 주위 사람들도 그를 크게 될 떡잎으로 보지 않고 있었는데…….

하지만 문득 자신이 했던 말을 되돌려 생각해 보니 자신을 잠시 미치게 했던 것이 다름 아닌 장철웅의 그림자라는 것을 어렵지 않게 알 수 있었다.

요 며칠 장철웅이란 사내의 모습에 사로잡혀 있었던 것이 사실이었다. 그리고 조금 전 일행과의 대화에서 그를 떠올리곤 그의 진한 체취를 느끼며 그처럼 살기를 바랐었다. 그리고… 그런 자신의 강한 욕구가 지금의 어처구니없는 상황을 만들어내 버린 것이라 생각했다.

하지만 마음은 편했다. 이렇게 죽는다 해도… 그 사내를 만나더라도 부끄럽지 않게 죽을 수 있었다는 것에 마음이 편해지는 막고위였다. 그리고 그는 죽지 않았다.

"일어나거라, 아이야."

막고위는 잠시 자신의 귀를 의심했다. 하지만 이내 그가 부른 아이가 자신이라는 것을 깨닫고 천천히 몸을 일으켜 그를 바라보았다.

"나는 석위강이란 사람이다. 몇몇 지인들은 검절이란 과분한 이름으로 부르기도 하더라만……."

"……?!"

하마터면 다리가 풀려 버릴 뻔한 막고위였다. 그리고 그런 심정은 다른 네 사람 역시 더하면 더했지 조금도 덜하지 않았다.

‘죽으려 환장을 하였었구나……. 감히 검절에게 검을 들이대다니…….’

모두의 머리 속에 떠오른 공통된 생각이었고, 막고위의 약조가 떠오른 그들은 몸을 부르르 떨며 뒷걸음질쳐야 했다. 막고위는 자신의 팔을 내어놓겠다 했고, 검절이 원한다면 자신들도 주지 않을 도리가 없었다. 하나 그런 그들의 마음을 읽기라도 했는지, 검절은 그런 끔찍스런 사과를 하라 하진 않았다.

"…너의 팔을 얻어다 내가 무엇에 쓸 것이냐. 하지만……."

내심 안도의 한숨을 쉬다가 말끝을 흐리는 검절의 말에 다시금 숨을 들이키는 일행. 하지만 뒤이은 검절의 말에 내쉬려 했던 숨보다 배는 많은 숨을 내뱉어야 했다.

"너희가 내 지우인 목현 진인에게까지 가는 길 안내를 해준다면 용서를 한 것으로 셈하겠다."

일행 누구도 반대할 생각이 없었으니, 막고위는 검절의 청을 받들어야 했다. 한쪽에 사지를 부들거리며 누워 있던 청년 도사에게 물어 길 안내를 받은 후에…….

*　　　*　　　*

"아무래도 오늘은 포성(蒲城)에서 묵어야겠구먼."

"예. 아직 해가 좀 남기는 했지만 이곳 포성을 지나쳐 버리면 다음 고을인 대려(大藜)까지 칠팔십 리는 걸어야 합니다. 그 중간에 변변한 객잔을 찾기도 힘들 터이니 오늘은 이곳에서 머물러야겠습니다."

철웅 일행은 언덕 아래로 내려다보이는 제법 큰 마을을 향해 발길을 옮겼다. 예정대로라면 이미 대려가 가물거리며 보여야 할 것이지만 제법 팔팔하게 움직이는 소아와는 달리 쉬이 지쳐 버리는 소소 덕택에 한 십 리 가다 쉬고, 한 오 리 가다 쉬고 하니 진도가 나갈 리 없었다. 하지만 일행 중 누구도 소소를 탓하거나 짐스러워하는 사람은 없었다. 단지 먼저 떠난 사제가 걱정되는 이철성만이 답답한 마음을 속으로 달래야 했을 뿐.

오늘 따라 바람이 잠잠하고 해마저도 높이 걸린 덕택에 한겨울 추위로 바깥출입을 삼가던 사람들이 몰려 나와 포성의 저잣거리는 오랜만에 활기를 띠고 있었다.

제법 북적거리는 저잣거리로 들어서고 있던 철웅 일행이 찾은 곳은 하월루(夏月樓)라는 제법 큰 객잔이었다. 장강 이남으로나 내려가야 볼 수 있을 법한 삼 층으로 지어진 구조에 전체적으로 붉은색이 감도는, 한마디로 제법 비싸 보이는 객잔이었다.

"와~! 정말 으리으리하네요!"

자신이 일했던 대복장과는 상대가 되지 않을 정도로 큰 규모의 객잔을 본 소아의 감탄에 이철성은 피식 웃으며 나무라듯 말했다.

"이곳을 경영하시는 분은 화산의 속가제자시다. 섬서에서 화산과 연이 닿아 있는 사람이 이 정도 성세도 구가하지 못한다면 화산의 체면이 뭐가 되겠느냐. 하하."

제법 소년티를 벗고 있는 열다섯의 나이였지만 일행의 나이들이 워낙 많으니 여전히 어린아이 취급을 받고 있는 소아였다.

"쳇, 여기 주인이 화산파랑 그런 사인지 누가 알았나?"

"뭐? 하하."

괜한 어린아이 취급에 툴툴거리는 소아를 보곤 이철성은 너털웃음을 터뜨렸고, 그러는 사이에도 일행은 하월루 안으로 들어가고 있었다.

"어서 오십시요~"

점소이의 안내를 받으며 들어간 객잔 안에는 제법 많은 사람들이 있었고, 철웅 일행도 점소이가 권해준 팔선탁에 자리를 잡았다.

"너무 좋은 곳으로 들어온 것 아닌가?"

"괜찮습니다. 이곳의 주인과도 안면이 있어서 겸사겸사 이곳을 찾은 것입니다."

짐짓 걱정스럽다는 장 의원의 말에 이철성은 걱정하지 말라는 듯 말하며 장 의원을 안심시키곤, 점소이를 불러 주문을 하려 하였다. 그런데 이철성이 주문을 하려던 찰나 장 의원이 나서며 주문을 해버렸다.

"요기할 만한 것으로, 사람 머릿수만큼 주게. 흠."

"예? 아! 예~"

얼굴 가득 미소를 지으며 주방으로 달려가는 점소이를 한 번 바라보곤 헛기침과 함께 입가에 미소를 띠는 장 의원. 철웅을 한 번 힐끔 쳐다보는 것이, 어제 대복장에서의 일을 끝내 잊지 못하고 있었던 모양이다. 그런데 장 의원을 바라보던 이철성이 입을 가리고 웃기 시작했고, 철웅도 고개를 창 쪽으로 돌려 버렸긴 했지만 그 역시 웃고 있다는 느낌을 지울 수가 없는 장 의원이었다.

"어… 험… 험. 왜… 들 그러는가?"

"아, 아닙니다, 어르신. 흡……."

이철성의 대답에 무언가를 숨기고 있다는 인상을 받았지만 별다른 일이야 있을까 싶어 조용히 음식을 기다리던 장 의원이었다. 하지만 얼마 지나지 않아 점소이가 들고 나온 접시를 보고 하마터면 마시려 입 안에 담았던 찻물을 점소이를 향해 내뱉을 뻔했다.

"자, 주문하신 음식 나왔습니다. 저희 객잔만의 특별한 비술로 만든 궁보계정(宮保鷄丁)과 신선한 해산물로 만든 총소해삼(蔥燒海參), 그리고 나미소매(懦米燒賣)……."

"와~! 이게 정말 총소해삼하고 나미소매예요? 이야~ 저도 보는 건 처음인데 정말 맛있게 생겼다~!"

장 의원만큼이나 눈이 동그래져서는 허겁지겁 식탁 위로 젓가락을 놀리려던 소아의 손목을 급히 붙잡으며, 장 의원이 더듬거리며 점소이 에게 물었다.

"하, 하하. 정말 맛있게… 생겼군. 그런데… 이게… 다해서 얼마… 인가?"

"예! 정말 합리적이고 저렴한 가격! 아흔아홉 냥입니다요!"

"……."

장 의원의 목구멍으로 침 넘어가는 소리가 객잔에 울려 퍼지는 듯했 다.

"아, 아흔… 아홉 냥……."

"예! 맛있게 드십시오!"

눈치가 수상했는지 점소이의 마지막 '~시오' 란 말은 주방 쪽에서 들리고 있었다. 허탈한 표정의 장 의원이 천장을 바라보며 중얼거리고 있었고, 이어지는 이철성의 위로에도 마음은 쉬이 풀리질 않았다.

"아흔… 아홉 냥이면… 쌀이 한 가마니……."

"휴. 그러게 어쩌자고 그리 주문하셨습니까. 점소이에게 알아서 가져오라는 말은 이 객잔에서 가장 좋은 것으로 가져오라는 말이나 진배없는 것을……."

이미 모든 식욕이 떨어져 버린 장 의원은 젓가락을 들 생각도 못하고 천장만 바라본 채 헛바람만 내뿜고 있었다. 그런 장 의원의 귀에 철웅의 목소리가 들렸다.

"형님……."

"…엉?"

"…잘 먹겠습니다."

철웅이 젓가락을 들자 눈치를 보던 소아가 잽싸게 젓가락을 들고 접시 위로 덤벼들었고, 이철성 역시 헛기침을 한 번 하고는 식사를 하기 시작했다. 잠시 어이가 없다는 표정으로 주변을 한 번 둘러본 장 의원마저 주섬주섬 젓가락을 들고 식사를 시작하니 이내 식탁 위는 분주히 오가는 젓가락 소리만 가득하게 되었다. 제법 푸짐히 차려진 음식들이었지만 이내 허연 바닥을 보이려 하고 있었고, 어느 정도 요기가 되었는지 장 의원이 목소리를 낮추어 철웅에게 물었다.

"험… 일단 먹기는 먹었지만… 자네 돈 있는가?"

"허허. 걱정 말고 그냥 드십시오."

"엥? 자네 정말 가진 돈이 있는 겐가?"

말없이 식사에 열중하는 철웅의 모습에 내심 안도하긴 하였지만 마음이 진정되자 이번에는 궁금증이 이는 장 의원이었다. 마을을 떠나올 때만 하더라도 가진 돈이라곤 구리문 몇 냥이 전부였건만…….

'…도대체 돈이 어디서 났을꼬?'

하지만 아무리 의형제 사이라 하여도 그런 것을 대놓고 물어볼 수는 없는 일이었기에, 언제 가져다 놓았는지 김이 모락모락 올라오고 있는 찻잔을 들어 입을 가시는 것으로 철웅에 대한 궁금증을 잠시 접기로 하였다.

철웅의 눈에 그 사람이 보인 것은 소소에게 궁보계정의 마지막 살을 건네주고는 젓가락을 놓던 그때였다.

육십 전후로 보이는 노인. 두꺼운 천으로 친친 싸매어 논 듯 얼굴과 손을 빼면 보이는 부분이 없었건만, 보이는 부분만으로도 굉장히 왜소하다는 것을 쉽게 알 수 있을 정도로 손가락은 앙상하였고 얼굴엔 주름이 가득하였다. 하지만 그 노인을 지나치는 사람들이 보지 못한 다른 부분을 철웅은 보고 있었다.

'…날카롭다.'

볕이 잘 드는 창가에 홀로 앉아 있는 노인의 눈. 일렁이는 파문을 보고 있는 것인지 찻잔에서 시선을 떼지 않고 있는 노인의 눈은 보이는 나이와는 어울리지 않게 맑고 투명하였다.

고정된 시선에서 느껴지는 한 가닥 예기(銳氣)는 철웅의 등골에 식은땀이 배이게 할 만큼 날카로웠으며, 저 노인이 만약 검을 든다면 자신으로서도 승패를 장담할 수 없겠구나라고 결정을 내리고 있는 철웅이었다.

그런 노인이 고개를 돌려 철웅을 바라보았다. 그 깊고 맑은 눈동자에서부터 자신의 눈을 찌를 듯이 쏘아지는 예기를 느낄 수 있었으나 철웅은 노인의 눈을 피하지 않았다. 오히려 마주 쏘아보는 것이 아니라 담담히 받아들이고 있었다.

어느 순간 노인의 눈이 이채를 발했고, 철웅을 찔러오던 예기 역시 언제 그랬냐는 듯이 사라져 있었다. 철웅은 노인이 한 가닥 기운을 거두었음을 느끼며 잠시 더 노인을 바라보다가 보일 듯 말 듯한 목례를 하곤 시선을 거두었다.

　철웅이 시선을 거둔 뒤에도 얼마간 철웅을 바라보던 노인이 고개를 살래살래 흔들며 자리를 털며 일어났다. 그리고 옆에 놓아두었던 검은색 궤짝을 어깨에 짊어지고는 점소이에게 가 찻 값을 계산하곤 객잔 밖으로 향하고 있었다.

　식사를 마친 철웅 일행 역시 방으로 올라가기 위해 자리에서 일어나려던 그때, 객잔의 입구 쪽에서 작은 소동이 일어나고 있었다.

　"뭐야, 늙은이. 똑바로 보고 다니지 못하겠어?"

　이제 스물대여섯이나 먹었을까. 얼굴에 '나 파락호요' 라고 써 붙인 것만큼이나 험하게 생긴 청년 셋이 객잔으로 들어오다 궤짝을 짊어지고 나가려던 노인과 부딪쳐 시비가 일었던 것이다.

　"…미안하게 되었네."

　"뭐? 이런 말 뼈다구같이 생긴 노인네가 말이면 다인 줄 아나!"

　"킥킥… 늙으면 모가지가 굳어서 고개도 숙이지 못하는 모양이야."

　사내들의 생트집에 객잔에 자리한 사람들의 얼굴에도 분한 표정이 일었지만 어느 누구 일어나 말리는 사람이 없는 것을 보니, 사내들의 이런 행패가 어제오늘의 일이 아니었나 보다. 하지만 정작 호통을 쳐야 할 노인은 아무런 감정도 얼굴에 나타내지 않은 채 묵묵부답이었다.

　"이런 빌어먹을 노인네가 사람 말이 말 같지가 않은가……."

　가운데 서서 처음 시비가 붙었던 청년이 손찌검을 하려는 듯 팔을 올리자 묵묵히 서 있던 노인이 고개를 돌리며 누군가를 불렀다.

"이보게. 이 상황에서 이 힘없고 나약한 노인을 구해주러 나서야 하는 것 아닌가?"

사람들은 뚱딴지 같은 노인의 말에 주위를 두리번거렸고, 객잔 안쪽의 팔선탁에 앉아 있던 웬 중년인 하나가 얼굴에 미소를 지으며 일어나는 것을 볼 수 있었다.

"부르셔서 일어는났지만 제가 구해야 할 힘없고 나약한 노인이 어디 있는지 찾을 수가 없군요."

노인의 말에 갑자기 자리에서 일어서는 철웅을 보며 장 의원과 이철성은 무슨 일인가 싶어 같이 자리에서 일어는났지만, 가만히 괜찮다는 눈빛을 보내는 철웅을 보곤 다시 자리에 앉았다.

"허허허… 자네 같은 젊은이들이 가만히 있으니 이런 강아지들이 나서서 짖어대는 것이 아닌가."

"가, 강아지?"

노인이 말한 강아지가 자신을 말하는 것임을 알아차린 사내들의 인상이 험악해지며 노인의 어깨를 잡아채려 손을 뻗었다. 하지만 내뻗은 손은 허공을 갈랐을 뿐 살짝 한걸음 움직인 노인은 사내들을 보고 있지도 않았다.

"…저런 강아지들을 쫓는데 범이 나설 수는 없는 일이지요."

미소를 지우지 않은 채 성큼성큼 다가오는 장철웅. 그리 큰 덩치가 아님에도 철웅이 다가오는 모습에 사내들은 한걸음 물러서고 말았고 이내 인상을 찌푸리며 철웅에게 달려들기 시작했다.

"이 새끼, 노인네라 봐주었더니 우리가 아주 만만해 보인 모양이구나!"

"아주 아작을 내주마~!"

객잔이 떠나갈 듯 소리치며 달려드는 청년들. 장 의원과 이철성은 다시 한 번 철웅의 무공에 스러질 청년들의 명복을 빌고 있었다. 그런데……

퍼~억!

"아이구~!!"

"으악~!!"

청년들이 나가떨어지는 모습은 상상한 그대로였지만 청년들을 핍박하는 철웅의 모습은 장 의원과 이철성의 상상을 많이 벗어나 있었다.

주먹질, 말 그대로 아무런 격식도 없고 초식도 아닌, 그냥 구타를 하고 있는 것이 아닌가? 물론 주먹에 맞아 나뒹굴고 있는 청년들의 입장에선 별다를 바는 없었지만 어쨌든 철웅은 인정사정없이 시정의 하오잡배처럼 주먹을 휘두르고 있었다. 맞으면 고통스러울 부위만 골라서…….

얼마나 맞았을까. 때리는 족족 나가떨어지던 청년들은 이미 객잔 밖에 누워 있었다. 얼굴은 피범벅이 되어 있고, 온몸에 안 아픈 곳이 없었지만 죽고 사는 것과는 별 상관 없는 부위만 골라 맞았으니 한 며칠 고생하면 괜찮아지리라…….

"일어나라."

"에고고…….."

"아이구… 어머니…….."

"일어나!"

담담히 들려오는 일어나란 말에도 바닥을 뒹굴고 있던 청년들. 하지만 두 번째로 들린 철웅의 호통에는 작살 맞은 잉어마냥 파다닥 일어서고 있었다.

"엎드려."

"…예?"

일렬로 서 있던 청년들 중 한 청년이 되물어오자 아무런 예고도 없이 사정없이 정강이를 걷어 차버리는 철웅이었고, 옆에 있는 청년이 정강이를 붙잡고 나뒹굴자 다른 두 청년은 순간적으로 바닥에 납작 엎드려 버렸다.

"엎드린 채 손으로 땅을 짚는다."

이젠 대충 무엇을 하려 하는지 감을 잡은 모양인 듯 군소리없이 땅을 짚고 엎드린 자세를 유지하는 청년들이었다. 그런 그들의 모습을 장 의원과 이철성, 의문의 노인은 물론 객잔에 있던 사람들과 거리를 지나던 사람들 모두 고소하다는 표정으로 지켜보고 있었다. 엎드려 있는 청년들이 지금까지 얼마나 마을에서 횡포를 부리고 다녔는지 알 만한 모습이었다.

"굽혀."

그리 크지 않은 목소리였지만 청년들에게는 저승사자의 목소리보다 더 듣기 싫은 목소리였기에 재빨리 팔을 굽히고 있었다.

"기(起)에 펴고, 복(伏)에 굽힌다. 기!"

"끄으응……."

"복!"

"기!"

"복!"

사람들은 하나 둘 웃음을 참지 못하고 있다가 어떤 이가 참지 못하고 지른 웃음소리에 용기를 얻었는지, 모여 있던 사람들 모두 박장대소를 하기 시작했다. 한 백 번 정도 소리쳤을까. 철웅은 기호(旗呼)를 멈추었다. 철웅의 기호가 멈추자 좌중도 함께 조용해졌다.

"무엇을 잘못하였는지 알겠나?"

"예~!!"

나직한 질문에 우렁찬 대답. 마치 군영에서나 볼 수 있는 모습이었지만 사람들은 그저 행패를 일삼던 동네 불량배들의 치도곤에 마냥 즐거울 뿐이었다.

"무엇을 잘못하였나?"

"노인에게 시비를 걸었습니다……."

"잘 안 들린다."

"죄없는 노인에게 시비를 걸었습니다~!!"

말 잘 듣는 학당의 서동들처럼 청년들은 몸을 지탱하는 팔이 부르르 떨릴 정도로 우렁차게 대답하였다.

"노인을 공경해라."

"예~!!"

"너희가 스스로 생각해서 잘못하였다 생각하면 일어나라."

엎드릴 때만큼이나 재빠른 동작으로 일어서는 청년들. 얼굴은 피와 땀으로 범벅이 되어 있었지만, 감히 철웅을 마주 보지 못하고 하늘만 바라보고 있었다.

"기억해라. 나는 항상 너희 뒤에 있겠다."

"예~!!"

"가라……."

청년들은 말 그대로 꽁지가 빠질 만큼 달아나기 시작했다. 그런 모습에 피식 웃으며 돌아서는 철웅에게 모여 있던 사람들 모두 잘했다고 한마디씩 해주는 통에 도리어 무안함을 느끼곤 걸음을 빨리하여 객잔으로 들어서는 철웅이었다.

"허허… 이제야 자네가 군영에 있었다는 것을 실감하겠네."

"허허… 형님도… 그저 장난기가 동하였을 뿐입니다."

웃으며 반기는 장 의원에게 말하곤 걸음을 멈춘 철웅. 그의 앞에는 시비가 일었던 노인이 버티고 서 있었다.

"자네가 나를 구했으니 그 보답으로 내 술 한잔 사도록 하지."

"아닙니다. 공술 얻어먹자고 한 일이 아니니 괘념치 마십시오."

철웅의 거절에도 노인은 미소를 지우지 않고 재차 권했다.

"…공술이 아니니 사양치 말게."

"……?!"

"자세한 이야기는 술을 나누며 하세."

"저… 외람됩니다만 저는 아직 어르신의 함자도……."

"나? 나는… 혁련이란 성을 쓰는 사람이라고만 해두지……."

화산의 제자들이 섬서 전역으로 찾아다니던 혁련옹이 모습을 나타낸 곳은 화산에서 불과 이백여 리 남짓한 포성의 어느 객잔에서였다.

*　　　　*　　　　*

화산파에 있는 건물들은 대부분 단조롭다. 도관이라는 특성인지 산
문 근처에서 외인을 받아들이는 몇몇 도관을 제외하곤 수행과 수련을
위한 거처 이상의 의미를 가지기 힘든 곳이 대부분이다.

하지만 이곳 상청궁은 다른 도관들과는 사뭇 느낌이 다르다. 화산파
장문인의 거처이며 화산파라 불리는 거대 무림문파의 본체와 같은 곳.
다른 도관들의 서너 배는 될 듯한 크기에 높게 올려 처진 처마, 다른
도관들이 가지는 고고함에 화려함과 웅장함이 더해져 화산이라는 이름
의 무게를 실감케 하고 있었다.

"수색은 어찌 진행되고 있습니까?"

"현재 혁련옹으로 짐작되는 움직임이 보고 된 곳은 모두 세 곳입니
다. 남으로 사천에 인접한 한중(漢中), 동남 호북과의 경계인 평리(平
利), 그리고 동북쪽 산서의 초입인 합양(合陽). 이렇게 세 곳에 제자들
을 투입하고 있습니다."

"음……."

상청궁의 한 내실. 금박으로 화려하게 치장된 원시천존상이 굽어보
고 있는 내실의 중앙에 네 명의 노도인이 모여 회의를 하고 있었다.

중앙 상좌에 앉은 채 질문을 던진 사람이 당금 화산파의 장문인 매
화검선 옥현 진인이었고, 그의 질문에 답을 한 도인은 옥현 진인의 좌
측에 앉아 있던 자신의 사제이자 팔장로 중의 첫째인 목현 진인이었다.

이미 세수 육십을 넘긴 지 몇 해가 지난 목현 진인이었지만 은연중
에 느껴지는 기도가 좌중을 압도하는 듯하고 외견상으로는 허연 피부
에 옅은 홍조마저 보이는, 얼핏 오십대라 하여도 믿겨질 만큼 정정한

모습이었으니 그 일신의 경지가 대단히 높음을 알 수 있었다.

반면 물 흐르듯 담담히, 목현 진인의 기운마저 감싸 버리듯 흐르는 옥현 진인의 기운은 도인으로서의 수행이 얼마나 깊은지 보여주고 있었고, 선풍도골이란 말에 어울리는 풍모는 과연 대화산파의 장문인으로 손색이 없는 모습이었다.

"음… 이렇게 중구난방으로 정보가 흘러든다면 일이 쉽지 않겠구려……."

"예. 하지만 이, 삼대제자들뿐 아니라 일대제자 중에서도 몇 명을 추려 내려 보낼 생각이고, 속가무문에서도 얼마간의 인력을 충원해 달라 통문하였으니 조만간 좋은 소식이 들리게 될 겁니다."

"너무 많은 사람들의 입에 오르락내리락하는 것도 좋은 모양은 아닌데……."

"예. 저도 그것이 걱정되어 하산하기 전 본산 제자들에게 단단히 교육시켰고, 속가무문에서 충원된 자들도 그리할 작정입니다."

목현 진인의 시원스런 대답에도 옥현 진인의 얼굴에 어린 근심은 쉬이 가시질 않고 있었다.

아무리 이 넓은 섬서 땅을 이 잡듯 뒤져야 하는 일이라 손발이 부족하여 어쩔 수 없었다 하더라도, 사안의 중대함을 생각하면 이번 일은 최대한 조용히 진행되어야 했다.

그런 옥현 진인의 고민을 눈치 채었는지 목현 진인은 헛기침을 한 번 하고는 말을 이었다.

"허험. 장문인의 고심이야 전 화산의 고심입니다만… 저희에게까지 그 소식이 전해졌을 땐 이미 정체를 알 수 없는 몇몇 무리들이 움직이고 있는 상태였기에 할 수 없는 선택이었습니다. 그러기에 속가무문에서도 믿을 수 있는 자로 한두 명 정도만 차출한 것이고……."

"나도 알고 있습니다. 전 속가에 추적령을 내리면 지금보다 훨씬 손쉽고 빠르게 혁련웅이란 자를 찾을 수 있다는 걸… 다만 손바닥으로 하늘을 가릴 수 없다는 것을 알기에, 나중에라도 강호 동도들이 알게 된다면 어찌 생각할지 걱정이 되어 그럽니다."

옥현 진인의 말에는 목현 진인도 아무런 대답을 할 수 없었다. 어찌 생각하면 사문의 기보를 다른 자가 가지고 있다는 사실만으로도 충분히 창피스러운 일이다. 그런데다 그 기보를 찾기 위해 수많은 제자를 자문파의 앞마당에 죄다 풀어버린 격이니, 과히 보기 좋은 모습은 아니리라.

"어찌할 수 없는 일입니다. 자하신공의 후반부만 얻을 수 있다면……."

"그 얘기는 이제 그만 합시다. 사제의 말마따나 어찌 되었든 자하신공은 화산의 다른 무엇보다 우선하는 것이니……. 그건 그렇고 아직 별다른 소식은 없었습니까?"

고개를 한 번 내저으며 잠시 고민을 접어둔 옥현 진인은 목현 진인을 바라보며 추적 중인 상황을 물어보았다. 하지만 옥현 진인의 질문에 답한 것은 좌측의 목현 진인이 아닌 우측에 앉아 있던 무현 진인이었다.

"어제까지 올라온 전서에는 아직 이렇다 할 종적을 찾지 못하고 있다 적혀 있었습니다. 하지만 가장 유력한 곳은 아무래도 한중(漢中)이 아닐까 싶습니다."

"왜 그렇게 생각하시오?"

"두 달 전 사천에서 불매검을 보았다는 자가 있었다는 소식이 들어왔습니다."

"오호, 그래요? 그것 참 반가운 소식이군."

"예. 조만간 좋은 소식이 들릴 겁니다."

옥현 진인은 불편했던 마음에 그나마 희망적인 보고를 듣고는 숨통이 조금 트이는 것을 느꼈지만, 화산파라는 대문파의 문주답게 그것을 쉽사리 밖으로 내비치지 않고 있었다.

워낙 종적이 묘연하고 그 행적이 신비스러운 자인지라 용모파기를 마련하는 데만도 쉽지 않았던 터라, 쉬이 찾을 수 있을 거라 생각하지 못했던 혁련옹. 그의 행적에 관한 작은 단서가 어렵던 수색에 작은 희망이 되어주고 있었다.

그러나 화산의 수뇌부가 그리도 애타게 찾고 있던 혁련옹은 그들과 그리 멀지 않은 화산의 그늘 아래에서 조용히 술잔을 기울이고 있었으니……

*   *   *

겨울해가 짧다는 것을 증명이라도 해보이겠다는 듯 포성의 저녁 해는 성급히도 저물어가고 있었다. 해 떨어지기 무섭게 객잔에 있던 사람들도 하나 둘 자리를 뜨더니 북적거리던 객잔은 마치 세를 낸 것처럼 텅 비어버리고 말았다.

철웅이 식대와 객방의 값으로 한 냥짜리 은원보를 꺼내자 장 의원과 이철성은 눈이 휘둥그레질 수밖에 없었다. 하지만 얼마 전 자신들의 발 앞에 은원보를 던져 놓았던 자가 있었다는 것을 기억해 냈고, 그자가 던져 놓았던 은원보와 철웅이 내민 은원보가 같은 것이라는 것에 내기를 해도 좋다는 결론을 내린 일행이었다. 하지만 그런 속내를 모르는 혁련옹으로선 의외였는지라 철웅에게 한마디를 내던지고 있었다.

"허… 내가 부귀(富鬼) 앞에서 돈 자랑을 했구먼."

은원보를 사용하는 자는 부자 소리를 듣는다. 조정에서는 은원보의 사용을 금하고 있었으나 그것은 어디까지나 형식적인 것이었고, 아직도 세간에서 제법 재산을 모았다고 하는 자들은 은원보의 사용을 선호하는 편이었다. 가치가 변하지도 않고, 휴대하기도 편하였고, 가장 중요한 이유는 아무나 사용할 수 없다는 점이 재산가들의 은원보 사용을 종용했다.

돈으로서의 가치는 같다지만 구리돈 천 냥(兩)과 은 한 냥(兩)은 절대 같을 수가 없는 것이, 일반 평민이 구리돈 천 냥을 내놓는다면 구두쇠 소리를 듣겠지만 은 한 냥을 내어놓으면 도둑놈이라 의심을 받는 이유이기도 했다. 가진 자들의 전유물로서 유통되는 것이 바로 은원보였다.

죽엽청과 간단한 안주를 시키고 일행이 탁자에 모두 앉자 혁련옹에게 한 사람씩 소개하는 장 의원이었지만 모두와 인사를 하는 와중에도 혁련옹의 시선은 철웅에게 고정되어 있었다.

"…아까는 고마웠네."

"별말씀을……."

두 순배쯤 잔이 돌았을까. 이렇다 할 화제를 찾지 못해 조용하기만

하던 좌중을 향해 던진 혁련옹의 말에 철웅이 가볍게 답례했다. 일단 말문이 트이기 시작하자 분위기는 자연스레 흘러가기 시작했다.

"그래, 어디를 가는 길이었는가?"

"예, 화산으로 가는 길이었습니다."

화산이라는 말에 잠시 이채를 띤 혁련옹이었지만 그것을 눈여겨본 사람은 아무도 없었다.

"음… 화산이라, 화산파와 연이 닿아 있는 사람들이었구만."

"허허, 아닙니다. 화산파에 찾아가는 사람은 여기 있는 이 공자뿐이고, 저희는 화산에 정착하고자 가는 사람들입니다."

장 의원의 설명에 혁련옹은 고개를 갸웃거렸다. 하지만 그도 잠시 철웅의 옆에 앉아 탁자 위에 놓인 젓가락만 만지작거리던 소소를 잠시 바라보더니 철웅에게 말을 건넸다.

"저 아이, 자네 딸인가?"

"예? 아, 소소 말씀이시군요. 아닙니다. 그냥… 저를 따르는 아이입니다."

"그래? 참 예쁘게 생긴 아이로군. 한데 어디가 불편해 보이는 듯허이?"

"예, 사정이 있어서 지금은 말을 하지 못하고 있습니다. 그 때문에 잠시 화산을 찾을 생각이고요."

"허어, 어찌 그런. 부디 빠른 쾌유를 비네. 생긴 것만큼이나 목소리도 아주 예쁠 것 같은데. 쯧쯧."

이런 저런 이야기를 주거니 받거니 하며 시간을 보내고 있었지만 철웅은 이야기가 맴돌고 있다 느끼고 있었다. 저 혁련옹이란 노인은 왜 자신에게 술을 청했을까. 무엇인가 할 말이 있는 것 같지만 아직 철웅이 생각한 그런 이야기는 나오지 않고 있었다. 그렇게 얼마의 시간이 더 지나고 해시(亥時:9~11시까지)를 알리는 타종이 멀리서 들려오자 조용히 술잔을 기울이던 장 의원이 술잔을 내려놓으며 말했다.

"시간도 늦었으니 저희는 먼저 일어나겠습니다. 이 공자, 같이 올라가세나."

"예?"

"소소도 자야지……."

"아, 예."

장 의원 역시 혁련옹이 원하는 상대는 자신들이 아닌 철웅이라는 것을 어렴풋이나마 짐작할 수 있었기에 자리를 비켜주어야겠다 생각한 것이다.

장 의원의 말에 뭔가 아쉬운 듯한 대답이었지만 이철성은 장 의원의 눈짓에 하는 수 없다는 듯 가만히 앉아 있던 소소의 뒷목을 지그시 눌러 수혈을 짚었다. 그 모습에 혁련옹이 조금 놀라며 물었다.

"아니, 어찌 그 아이의 수혈을 짚는 것인가?"

"허허, 그게… 이 아이가 철웅, 이 친구의 곁을 떠나려 하질 않습니다. 그래서 궁여지책으로… 험험."

"허… 허허. 거참, 무슨 이유인지는 모르겠으나 빨리 방법을 찾아야하겠네. 매일 밤 수혈을 짚어야 한다면 그 아이에게도 좋지 않을 성싶구먼."

"휴우. 그래야지요. 화산을 찾아가는 것도 그런 이유이고요."

탄식 섞인 장 의원의 푸념에 혁련옹은 가만히 고개를 끄덕이다 일행과 함께 일어서려는 철웅을 보며 조용히 말했다.

"자네는 내 술 한잔 더 받는 것이 어떤가?"

"그렇게 하게나. 소아야, 너도 일어나자꾸나."

반쯤 감긴 눈을 하고 꾸벅꾸벅 졸고 있던 소아 역시 장 의원의 부름에 눈을 비비며 일어나서는 점소이마냥 꾸벅 인사를 하곤 장 의원을 따라 이층 객방으로 올라가고 나니 넓은 팔선탁에 철웅과 혁련옹 단 두 사람만이 남게 되었다.

묵묵히 술잔을 채우고 있던 혁련옹이 철웅에게 입을 연 것은 채워진 잔을 단숨에 비운 후였다.

"자네는 누구인가."

"……?!"

뜬금없는 혁련옹의 질문에 철웅은 말문이 막혔다. 하지만 철웅 역시 어렴풋이 짐작 가는 바가 있어 조용히 혁련옹의 뒷말을 기다렸다.

"자네의 사문까지야 알 도리는 없으나… 자네 정도의 인물을 배출한 곳이라면 내가 짐작치 못할 리가 없을 터인데……."

"그래서 아까 저를 시비에 끌어들이신 거였군요."

"허허. 미안하게 되었네만 자네 역시 알고 끼어든 것 아니었나? 눈치를 어느 정도 채고 있었기에 그런 무식한 주먹질을 해댄 것이라 생각하네만……."

"허허… 일개 촌부를 너무 높이 사신 것 같습니다."

철웅에 대한 탐색은 역시나 쉽지 않을 것 같았다. 흥미로운 자, 혁련옹은 그리 느끼고 있었다. 자신이 쏘아 보낸 기세를 담담히 받아내는 자는 강호에서도 그리 흔치 않다. 근자에 보기 드문 고수. 강호를 주유

한 지 제법 오랜 세월이 흘렀다 생각했건만, 아직도 이런 얼굴도 모르는 고수가 숨어 있다니……. 혁련옹은 칠십이 넘은 지금, 백사장의 모래알만큼이나 기인이사가 숨어 있는 강호를 새삼 실감하고 있었다.

"그건 그렇다 치고… 자네 화산으로 간다 하였는가?"

"예."

"정녕 화산파로 가는 것이 아닌가?"

"저는 무림에 적을 두지 않은 일개 촌부입니다."

잠시 철웅을 바라보던 혁련옹은 이내 고개를 내젓고는 비워져 있던 술잔에 술을 채우며 말을 이었다.

"자네의 말이 거짓이 아님을 믿겠네. 한데… 자네는 강호를 어찌 생각하나? 아니지, 자네는 무림의 사람이 아니라 하였으니 질문이 잘못되었구먼."

잠시 무언가를 생각하던 혁련옹은 생각을 정리한 듯 다시금 말을 이었다.

"당금 무림에는 수백 개의 문파가 있다네. 그중 손꼽히는 문파들이 바로 무림의 태산북두인 소림과 무당을 비롯하여, 사천에 자리한 아미파와 청성파. 비록 강호 변방에 자리하고 있다고는 하나 그 위세가 다른 문파에 못지않은 곤륜, 공동, 점창. 천하제일방이라 불리는 개방. 그리고 이곳 섬서의 화산과 종남… 언제부터인가 자유롭게 협의와 무도를 추구하던 자들이 이합집산(離合集散)을 거듭하더니 결국 열 마리의 거대한 괴물들을 만들어내고 말았네. 구파일방, 그것이야말로 당금 무림의 실체이지."

"……."

철웅도 듣는 귀가 있었으니 아주 생소한 이야기는 아니었다.

무림(武林).

사람이 하늘을 날고, 손에서 바람이 일며, 한 자루 칼에 인생을 거는 그런 자들이 사는 세상. 목숨의 귀함보다 협의와 명예의 귀함을 더 중히 여기기에 생사의 대결도 마다하지 않는 자들이라 들었다.

하지만 철웅이 부딪쳐 본 무림은 사람들이 동경하는 그런 세계만은 아니었다. 왕일이 그랬고, 흑주문의 무사들이 그랬다. 강함을 추구하면서도 약한 것을 보살필 줄 몰랐고, 힘으로 지키기보다는 빼앗기에 급급했던 자들⋯⋯. 철웅이 본 무림의 단면은 그를 실망시키기에 충분했다.

"과거 원제국(元帝國)을 몰아내고자 무림의 문파들이 합심하여 오랑캐와 맞설 때만 하더라도 몇몇 지자(智者)들을 제외하곤 이런 상황을 예견할 수 있는 자가 없었어."

"⋯⋯."

"오랑캐를 몰아내고 대명제국(大明帝國)이 바로 선 후에도 뭉쳐진 자들은 떨어질 줄을 몰랐지. 무림은 그때부터 썩어 들어가기 시작한 거야⋯⋯. 무도에 정진하는 것보다 문파의 위세를 떨치는 것이 더욱 쉽고 편한 일이란 것을 알아버렸으니, 무림이 무인(武人)이 아닌 위정자(爲政者)들에 의해 경영되기 시작한 것이 그때부터야⋯⋯."

혁련옹의 눈에는 회한이 담겨 있었다. 과거에 대한 아련한 무엇과 함께 현실에 대한 막연한 분노가 혁련옹의 눈을 통해 흘러가고 있었다.

"당금 무림의 열 마리 괴물은 저마다의 둥지에서 웅크리며 나오질 않고 있어. 열 마리 모두 비등한 덩치에 비슷한 힘을 가지고 있으니 섣

불리 나서지 않고 있지. 하지만 이 균형이 깨어져 버린다면……."

혁련옹은 잠시 자신의 검은 궤짝을 바라보곤 철웅을 바라보았다.

"왜 자네에게 이런 말을 하는지는 나도 알 수 없네. 자네의 눈빛이 마음에 들었다고나 할까. 아주 오래전에는 그리 어렵지 않게 볼 수 있던 눈빛이었네만…… 지금은 자네와 같은 눈빛을 한 자를 강호에서 보기란 참으로 어려운 일이 되어버렸어."

"저는… 앞으로도 무림에 발을 담그고픈 마음이 없습니다."

"……?!"

"그저… 인적없는 곳에서 나무나 하고 밭이나 일구고… 그렇게 살아갈 겁니다."

"허허… 부럽구먼. 허허."

혁련옹은 정말 오랜만에 사심없이 웃었고, 그런 웃음 속에는 한줄기 안타까움이 어려 있었다.

"허허… 늙은이의 노파심일지는 모르겠지만 강호는… 사람을 끌어당기는 힘이 있지……."

"……."

"자네가 그 힘에서 벗어나려면… 아주 많은 것을 버려야 할 거야……."

"가진 것이 없으니 버릴 것도 없습니다……."

철웅의 담담한 말에 놀랍다는 표정을 지어 보인 혁련옹이었지만 이내 고개를 흔들며 철웅에게 말했다.

"내가 보기엔 버릴 것은 없어도 지킬 것은 있을 것 같은데. 버린다는 것만큼이나 어려운 것이 지키는 것이지. 버리지 않으면 자네를 쫓을 것이고, 버리면 지키기 어려우니… 강호란 그런 곳일세."

혁련옹의 말을 담담히 듣던 철웅의 눈빛이 가라앉기 시작했다. 그리고 혁련옹마저 가슴 섬뜩한 느낌을 어찌지 못할 만큼 낮게 속삭였다.

"그렇다면… 싸워야겠지요. 그 강호라는 것과……."

혁련옹은 자신을 놀라킨 눈앞의 사내에 대한 생각을 수정해야만 했다. 이자는 근자에 보기 드문 강자일 뿐 아니라, 근자에 보기 드문 위험한 자라는 것을…….

"험험… 그저 괜한 노파심일 뿐일세. 기분 상했다면 내가 사과하지……."

"허허, 별말씀을… 어르신 덕분에 조금은 긴장이 되었습니다. 이런 정도의 긴장은 저에게도 필요한 것임을 잊고 있었는데, 그것을 일깨워 주셨으니 도리어 제가 감사할 따름입니다."

"그래. 한데 내가 자네에게 한 가지 부탁을 해도 되겠는가?"

"부탁이라니요?"

"그게… 자네가 잠시 물건 하나를 맡아주었으면 하네만……."

"흠… 저를 어찌 믿고 물건을……."

"허허. 칠십 평생에 남은 것은 사람 보는 눈 하나뿐이라네. 그리고 그리 오래지 않아 내가 찾으러 갈 것이니 잠시만 맡아주면 되네. 단, 이 일은 자네와 나만 알고 있었으면 하네."

혁련옹이 갑작스레 물건을 맡아달라하는 것에 의문이 드는 철웅이었다. 아무리 몇 순배의 잔이 오간 사이라 해도 자신과는 오늘 처음 만난 사이이고, 이렇다 할 이유도 없이 물건을 맡긴다는 것에 석연치 않은 구석이 있음을 느낀 것이다.

"실례가 될지 모르지만 저에게 물건을 맡기시는 연유를 여쭈어도 되겠는지요."

"허허, 그저 노부가 자네와의 다음 연을 만들기 위해 꾀를 내었다고 생각해 주면 안 되겠는가?"

혁련웅의 너스레에 적절한 답을 찾지 못한 철웅은 하는 수 없이 두 손을 들고 말았다.

"휴… 그러시지요. 그런데 혹여 비싼 물건이라면 다시 한 번 생각해 보시지요. 저도 사람인지라 어찌 변할지 모릅니다. 허허."

"허허, 그런 걱정은 말게나. 장에 내다 팔려 한다면 고철로도 못 쓸 물건이라고 면박당할 만한 물건이니… 허허."

한쪽에 세워두었던 검은색 궤짝을 탁자 위로 올리고는 궤짝 옆의 어느 부분을 누르자 철컥 하는 소리와 함께 궤짝의 덮개가 열렸다.

혁련웅은 덮개를 열기 전 잠시 시간을 끌더니 덮개를 열고는 그 속에서 무엇인가를 꺼내었다.

진홍색 두꺼운 천으로 몇 겹 둘러싸여져 있던 그 무엇을……

*　　　　*　　　　*

맑았던 오전과는 달리 다시금 눈보라가 치려 하는지, 마을에서 조금 벗어난 곳에 폐허나 다름없이 서 있던 허름한 공자묘의 문이 덜그럭거리며 요동치고 있었다. 하지만 외문의 요동은 사당(祠堂) 안에 모여 있던 일단의 무리들을 넘지 못하고 있었다. 사당 안쪽에 작은 모닥불을 피워놓은 채 십여 명의 사람이 얼굴에 복면을 한 채 모여 있었고, 그 상석에는 검은색으로 복면을 한 청의인이 앉아 있었다.

무리의 우두머리로 보이는 청의인을 향해 한쪽에 자리하고 있던 남색 장포를 입고 있던 복면인이 답을 하고 있었다.

"상황은?"

"예, 령주(令主)님. 혁련 늙은이의 종적이 끊긴 곳이 이곳 합양(合陽)입니다. 지금까지의 행로를 보아 화산으로 향하고 있는 것은 틀림이 없고, 그렇다면 다음 행로는 대려(大藜)를 지나 화산으로 진입하는 길 뿐입니다."

"쯧쯧, 누구나 생각할 수 있는 그런 것 말고 다른 것은 없나?"

한심하다는 듯 혀를 차는 청의 중년인의 면박에 남의 장포를 입은 이호라 불린 자가 머리를 조아리며 한발 물러서고 있었다.

"아마 혁련 늙은이를 쫓는 자들 중 종적을 발견한 자 대부분이 대려에 진을 치고 있겠지. 하지만 혁련 늙은이는 우리 생각만큼 어리석은 자가 아니다. 그리 어리석은 자였다면 그의 기보를 노리고 달려드는 자들을 삼십 년씩이나 따돌리고 살아올 수는 없었을 터. 음… 오히려 그자가 화산으로 가는 것이 맞는가가 더욱 의심이 가는구나……."

련(連)의 명에 따라 자신도 십여 년 전, 혁련 늙은이의 뒤를 쫓았던 적이 있다. 혁련옹의 별호인 불매검(不賣劍)이 련으로 하여금 그를 쫓게 만들었다.

문파에 예속되지 않은 자만을 골라 가장 어울리는 병기와 무공을 전해주곤 홀연히 사라지는 자. 그에게 병기를 전해 받은 자 중 고수가 되지 않은 자가 없고, 그가 주고 간 병기 중 신병이기라 불리지 못할 것이 없었으니 한때 불매검을 얻는 자가 천하를 얻는다란 말이 나돌았을 정도였다.

그러나 오 년이 지나고 십 년이 지나도 그를 찾았다는 자는 나오질 않고, 그에게 무공과 병기를 전수받았다는 자들만이 속출하니 그를 찾겠다고 나서는 이 역시 점차 그 수가 줄었다. 더군다나 그에게 무공을 전수받은 자가 수십을 넘자 그들의 서릿발도 무시하지 못했기에 한 십 년쯤 전부터는 강호의 괴사 정도로 치부되는 인물이었다.

그렇게 잊혀지고 있었던 인물이 다시금 강호를 들썩이게 하고 있는 것이다. 화산의 잊혀진 장문령부. 자하신공의 마지막 후반부가 담겨 있다는 자하신검이란 보물(寶物)을 들고…….

"그건 그렇고, 제이계(第二計)는 어찌 진행되고 있는가?"

"예. 화산 쪽에 은밀히 소문을 풀었습니다."

"확실히 처리하였겠지?"

"예. 아마 내일부터 화산파의 전력은 한중 쪽으로 분산될 것입니다."

"그래. 화산의 눈만 피한다면 나머지는 어려울 것이 없다. 그리고 사호(四號), 종남 쪽의 움직임은 어떤가?"

"아직 이렇다 할 움직임은 보이질 않고 있습니다. 그리고 종남은 그리 걱정하지 않으셔도 될 겁니다. 종남이야 원체 이런 쪽에는 정보가 둔한 문파이고, 혹 정보가 들어갔다손 치더라도 쉽사리 움직이지는 못할 겁니다."

"후후… 그렇지. 화산과 전면전을 감수할 생각이 아니라면 쉽사리 덤벼들진 못하겠지. 그래도 그쪽의 움직임도 예의 주시하도록 해라.

기보에 눈이 머는 것은 있는 놈이나 없는 놈이나 매한가지이니까."

"예!"

보고를 듣고 난 후 영주라 불린 청의 복면인은 손을 턱에 괴고 고심하기 시작했다. 자하신검의 행방에 대해, 혁련옹의 생각을 읽기 위해⋯⋯.

'혁련옹의 일련의 행동들을 보면 그자가 화산으로 움직인다는 것이 쉽게 설명이 되질 않는다. 그자는 현 구파일방에 대해 어느 정도 반감을 가지고 있는 듯하니⋯⋯. 그렇지 않다면 구태여 어렵게 천하를 주유하며 인재를 발굴하는 짓 따위는 하지 않을 터⋯⋯.'

령주라 불린 자는 혁련옹이 벌이는 기행의 이유를 인재 발굴이라 생각하고 있었고, 이번 화산행을 마땅치 않게 생각하고 있는 듯하였다.

'자⋯ 어디로 갈 것인가⋯⋯. 정녕 화산으로 가려 하는가⋯⋯.'

영주라 불린 자가 한참을 고민하고 있을 무렵, 허름한 공자묘의 문이 부서질 듯 와락 열리며 한 인물이 뛰어 들어왔다. 문이 열리는 순간 자리에 있던 십여 명의 인물 모두 순식간에 자신의 검을 반쯤 빼어내는 것을 보니 하나같이 예사로운 솜씨들이 아니었다. 상좌에 앉아 있던 영주가 손을 들어 제지하곤 들어온 자의 모습을 주시했다.

"영주님! 그자의 종적을 발견했습니다!"

검은 털옷을 어깨에 걸치고, 얼굴을 가린 검은 복면 사이로 덥수룩한 수염이 한 치는 삐져나와 있는 자였다. 그런 사내의 보고가 끝나기 무섭게 외치듯 되묻는 영주였다.

"어디냐!"

"포성입니다."

포성이라는 말이 떨어지기가 무섭게 영주라 불린 자가 자리를 박차고 신형을 날렸다. 그리고 자리에 함께 있던 십여 명의 인물들 역시 눈보라가 휘몰아치고 있는 공자묘 밖으로 일제히 신형을 날렸다.

　바람을 가르는 파공성이 멀어져 가고, 홀로 타고 있던 모닥불과 반쯤 떨어져 바람에 흔들리는 공자묘의 문짝만이 멀어지는 비조(飛鳥) 무리를 향해 잘 가라는 듯 손 흔들고 있었다.

*　　　　　*　　　　　*

　눈보라 치는 언덕 위에 서서 검은 궤짝을 어깨에 둘러맨 채 어렴풋이 보이는 포성을 내려보고 있는 사람은 분명 혁련옹이었다. 포성을 내려다보고 있는 혁련옹의 눈에는 만감이 교차하고 있었다.
　'미안하구먼. 내가 지고 있던 천근 근심을 잠시 자네에게 맡기네만 자네에게는 그리 큰 짐이 되지 않을 것이니 걱정은 하지 않겠네. 설혹 누가 보더라도 그것이 자하신검이란 생각은 꿈에도 하지 않을 것이네. 내가 이야기하지 않는다면 아무도 모를 것이야. 아무도…….'
　혁련옹의 노안에 떠오른 자하신검의 모습이 지워지며 철옹의 모습이 떠오르고 있었다. 그리고 혁련옹의 입가에도 미소가 번지고 있었다.
　'내가 왜 그랬는지는 모르겠지만, 잠시 짐을 벗고 마음을 정리할 시간이 필요했던 것 같네. 주인에게 돌려주어야 할지, 영원히 묻어두어야 할지… 자네라면 믿을 수 있겠다 싶어 그랬네. 잠시 자네가 맡아준

다면 내 마음을 정리할 시간이 조금 짧아질 것 같아 그랬으니 너무 화내지 말게.'

혁련옹은 고개를 털고는 발길을 돌려 포성 밖으로 걸음을 옮겼다.

'휴… 이제 천명이 얼마 남지 않았음을 느낄 수 있는데, 어찌 말년에 이런 물건이 나에게 들어왔을꼬. 아직 할 일이 태산처럼 쌓여 있건만, 무림의 정기를 다시 세우고자 한 맹약을 지키려면 아직도 가야 할 길이 멀기만 한데…….'

떠밀기라도 하듯 혁련옹의 등으로 불어 닥치는 눈보라 탓인지, 혁련옹의 신형이 점차 빨라지는 듯했다.

'반가웠네. 자네의 그 눈빛… 깊고 강하면서도 사심없던 그 눈빛… 다시 보세나…….'

혁련옹은 휘몰아치는 눈보라 사이로 멀어져 가고 있었고, 얼마 지나지 않아 휘몰아치는 눈보라 속에서 그의 자취는 어느 곳에서도 찾을 수 없었다.

＊　　　　　＊　　　　　＊

철웅은 팔짱을 낀 채 탁자 위에 놓인 그것을 보고 있었다. 펼쳐진 진홍색 천 위에 놓여진 작은 검 한 자루. 두 자도 되지 않을 법한 길이에, 검신(劍身)과 검파(劍把)를 나누는 검동(劍鋼)이 아니었다면 새파랗게 녹이 슬어 사방에 부식된 자국이 넘쳐 나는 이 쇠꼬챙이가 검이라 생각지 못했을지도 모른다.

철웅은 가만히 그 검 모양의 쇠꼬챙이를 바라보다 이내 고개를 흔들고, 다시금 두꺼운 천으로 동여매 자신의 봇짐 속에 집어넣어 버렸다. 그리고는 혁련웅이 앉아 있던 자리를 잠시 바라보곤 앞에 놓여 있던 잔을 입으로 털어 넣으며 자리를 털고 일어섰다.

이층 객방으로 올라가 일행이 묵는 방을 찾던 철웅은 곤히 잠든 소소를 확인하고 머리를 한 번 쓰다듬어 준 다음, 창문이 제대로 잠겼는지 확인까지 마친 후에야 맞은편의 방으로 들어올 수 있었다.

철웅은 침상에 누워 곤히 잠든 일행을 바라보곤 습관처럼 침상 밑으로 자신의 봇짐을 밀어 넣고 자신도 침상에 걸터앉았다. 그리고 침상 밑에 약간 튀어나온 자신의 봇짐을 가만히 바라보다 발끝으로 툭 차 넣으며 한마디 내뱉고는 이내 침상에 누워 잠을 청했다.

"귀한 것 같기는 한데, 쓸모는 없는 물건이군."

대화산파의 무가지보(無價之寶)요, 수백의 인원이 눈에 불을 켜고 찾고 있던 자하신검을 대면한 철웅의 감상이었다.

*   *   *

"허허, 이게 얼마 만인가……."

"한 오 년 만이던가? 자네도 그렇고 화산도 그렇고 하나도 안 변했으이… 허허."

"허허, 자네는 많이 변했네. 나보다는 자네가 더 도인 같으이… 허허."

작은 다탁(茶卓)을 마주하고 앉아 있는 두 사람. 하얀 백염을 가지런히 하고 앉아 반평생의 지우인 목현 진인을 바라보며 오랜만의 정겨움을 즐기고 있는 검절 석위강이었고, 그 옆에 공손히 앉아 초롱초롱한 눈망울로 눈앞의 도인을 바라보고 있는 아이는 검절의 손자인 석단룡이었다.

"그래, 이 아이가 자네의 손(孫)인가?"

"허허, 그렇다네. 막내 우가 낳은 집안에 하나밖에 없는 사내아이이지."

검절의 눈에 들어 앉은 석단룡을 바라보며, 이 아이를 생각하는 지우의 지극함이 어떠한지를 알 수 있었던 목현 진인이었다.

검절에게는 모두 세 명의 아들이 있었으나 아들 자손을 얻은 것은 셋째 아들인 석우(席優)뿐이었으니, 검절에게 있어 손자인 석단룡이 가지는 의미는 일가 피붙이라는 정도가 아니었다.

"그래, 듣자 하니 산문에서 우리 아이들이 불경을 저질렀다고?"

"허허, 불경은 무슨… 내가 생각해도 좀 과한 면이 있었으니 아이들을 너무 나무라진 말게나."

"무슨 소린가. 자네에게 그런 무례를 하였으니 산문을 지키던 그 녀석에게 백 일 참오를 명할 참인데."

"허허, 됐네, 됐어. 그냥 덮어두게. 민망스럽게 괜히 떠들지 말고. 그보다는 화산이 많이 한산해졌네그려…… 낯 모르는 아이들도 많이 보이고……."

검절의 말에 잠시 움찔한 목현 진인이었지만 어서 말해 보라 재촉하는 듯한 검절의 눈빛에 작게 한숨을 내쉬고는 조심스레 사정을 말하기 시작했다.

자하신검의 출현과 혁련옹의 이야기, 속가무문의 인물들이 본산에

와 있는 이유까지… 하지만 다른 사람도 아닌, 자신의 오랜 지우 검절이었기에 말을 이어가면서도 말이 샐 염려 따윈 하지 않았다.

일 다경(一茶頃) 정도 이어지던 설명이 끝나자 목현 진인은 작은 한숨을 내쉬었고, 검절은 놀랍다는 표정을 짓고 있다가 헛기침을 하곤 지우를 위로하였다.

"허험, 그런 일이 있었구먼. 자네 마음의 근심이 이만저만이 아니겠구먼……. 한시라도 빨리 사문의 진전을 되찾아야 할 터인데… 혹 내가 도와줄 일이 없겠는가?"

검절의 진심 가득한 위로에 목현 진인은 입가에 흐뭇한 미소를 띠고는 고개를 살짝 저으며 지우의 염려에 고마움을 전했다.

"허허, 천하의 검절에게 무슨 염치로 그런 부탁을 하겠나. 말만이라도 고마우이."

"예끼, 이 사람아. 어려울 때 돕는 게 친구지 차나 마시며 노닥거리는 게 친구인가."

"허허, 지금 내게 필요한 사람이 바로 차 한 잔 함께 마시며 마음 달래줄 사람이니 자네가 진정 내 지우인 셈이 아닌가. 허허."

"원 사람 참……."

두 노인의 대화가 이어지는 내내 미동도 않고 자리에 앉아 있는 석단룡을 보니 조부와의 이런 자리가 익숙한 모양이었다. 아직 어린 나이에 의젓하게 앉아 있는 것을 보니 나름대로 이런 자리에서는 어찌 행동해야 하는지 이미 배워 알고 있는 듯 보였다.

"어쨌든 내 오늘 화산을 찾은 것을 정말 잘한 일이라 생각하고 있었다네."

"허허, 무슨 다른 이유라도 있으신가?"

"오늘 아주 마음에 드는 녀석을 하나 보았거든."

"천하의 검절의 마음에 든다? 호오, 어디서 천생 무골이라도 본 모양이구먼?"

"아니, 무골 자체는 범인보다 조금 나은 편이었지만… 아주 오랜만에 마음에 드는 기개를 가진 녀석을 보았지."

목현 진인은 조금 놀랍다는 표정을 지었다. 자신이 알고 있는 검절은 누구를 쉬이 높이 사거나 하는 인물이 아니었다. 더군다나 기개라니. 천하의 독보십절 중 한 명인 검절의 마음에 드는 기개를 가진 자가 화산에 있었던가?

"허어, 자네가 마음에 들어할 정도의 기개를 지닌 자라면 이름없는 무명소졸은 아닐 터. 그래, 누굴 보고 그리도 칭찬을 아끼지 않으시는 겐가?"

"허허, 무명소졸이 맞을 터이니 너무 탓하지 말게. 자네 문파의 속가 중에 태진문이란 곳이 있다 들었네. 그곳에 적을 둔 막고위라 하는 청년일세."

"태진문?"

목현 진인은 고개를 갸우뚱했다. 물론 섬서 북쪽에 자리한 태진문을 모르는 것은 아니었다. 화산의 속가들 중 군이 중요함을 따지라면 중간 이상이란 생각이 들 만큼 제법 성세를 구가하는 문파이긴 하였다.

하지만 그뿐이었다. 무공이 뛰어난 자가 배출되었다는 소식을 들은 일도, 협행을 하여 칭송을 받은 자가 있다는 얘기도 전혀 들은 바가 없었다. 사실 태진문의 문주인 악철영이란 자를 몇 번 보긴 하였지만, 그 역시도 그리 큰 재목은 아니라 느끼고 있었던 터라 검절의 말에 더욱 호기심이 이는 것일지도 몰랐다.

"자네가 감탄할 정도이니 제법 큰 그릇인 것 같구먼."

"그래… 한 번 스친 인연이니 아직 확실치는 않으나… 연이 닿는다면 한 번쯤 가르쳐 보고 싶을 만큼……."

하마터면 들고 있던 찻잔을 떨어뜨릴 뻔했을 만큼 목현 진인은 놀라고 있었다. 한 번 본 사내가 가르치고 싶은 마음을 일게 했다면, 그것도 다른 사람이 아닌 천하의 검절이 그런 마음이 들 정도라면 쉬이 웃어 넘길 이야기는 아니었다.

'음… 나중에 필히 찾아보아야겠구나…….'

잠시 상념에 잠겨 있던 목현 진인은 생각을 정리하곤 지기와의 정담에 다시금 빠져들었다.

"그래, 자네는 어찌할 생각인가?"

"무엇을 말인가?"

검절의 물음이 무엇을 뜻하는지 몰라 되묻는 목현 진인이었다.

"소문이란 놈의 발이 얼마나 빠른 것인지 자네도 잘 알지 않는가. 어디서 어떤 자들이 나타날지 모르는데… 물론 화산의 매화검수들을 믿지 못하는 것은 아니네만……."

화산에서 이번 수색에 내려 보낸 제자들은 이대와 삼대제자들이었다. 총 이백에 달하는 인원이었지만, 사실 이대제자의 수는 채 육십을 넘지 못하고 있었다. 하지만 화산에서 말하는 이대제자 육십 명의 비중은 남은 삼대와 사대제자를 모두 합한 삼백이라는 수로서는 그 무게나 비중이 감히 견줄 수 없을 정도였다.

매화검수(梅花劍手).

현 화산파 장문인과 그의 사형제인 팔장로를 비롯한 화산 수뇌부의 직전제자들로만 이루어진 화산의 저력이요, 자랑인 육십여 명의 절정 검수들.

그 하나하나가 어지간한 중소 방파의 중진(重鎭)들과 비교하여 손색이 없을 만한 무위를 지녔으며, 자타가 공인하는 무림의 후기지수(後起之秀)들이었다.

하지만 사람의 일은 모르는 일. 제아무리 매화검수가 강하다 하더라도 세상에 힘만으론 되지 않는 일들도 많았다. 더군다나 천하의 기인이사는 모래알만큼이나 널렸다는 강호. 어디서 어떤 횡액을 당할지 장담할 수도 없는 노릇이니, 검절의 걱정도 괜한 노파심이라 말할 수만은 없었다.

"안 그래도 내일쯤 몇몇 사제들과 함께 나도 내려갈 참이었네."

"자네가 직접?"

"허허, 우리 같은 늙은이들이야 자리 보전이나 하고 있으면 되겠지만, 장문인의 심려가 이만저만이 아니시니 어쩌겠는가… 화산의 일인 걸……."

"허허, 잘되었군. 이참에 강호를 주유해 보는 것도 나쁘지 않겠구먼."

"엉? 자네도 갈 참인가?"

"허어, 사람 참. 내 어찌 이런 좋은 기회를 놓치겠는가……."

검절은 입가에 미소를 띠운 채로 옆에 공손히 앉아 있던 손자를 바라보고 있었고, 그런 지우의 모습에 목현 진인은 고개를 가만히 끄덕이고 있었다.

자신의 지우인 검절은 손자를 가르치고 있는 것이리라. 이곳 화산을 찾은 이유도 그런 것이고, 이번 수색에 함께하려는 것도 그런 것이고… 결국 강호에서 가장 중요한 것이 경험이라는 것을 알고 있는 검절이니, 자신이 직접 손자의 손을 이끌고 다니며 후인으로 점찍은 자신의 손자에게 강호를 가르치고 있는 것이리라.

목현 진인은 그런 석단룡을 바라보고 있었다.

그리고 자신의 앞에 공손히 무릎 꿇고 있는 어린아이의 모습에서 훗날 무림을 질타할 청년 영웅을 찾을 수 있었다. 독보십절의 일인인 검절의 후인을……

*   *   *

화산파는 몸을 먼저 닦고 그 다음에 마음을 닦는다는 선명후성(先命後性)의 교리를 따르는 남파와 마음을 먼저 닦은 다음에 몸 공부로 들어가는 선성후명(先性後命)의 교리를 따르는 북파 중 전진칠자(全眞七子)로 널리 알려진 북파에 속한 문파이다.

전진도(全眞道)를 창시한 왕중양(王重陽)의 직계제자인 구처기(邱處機), 유처현(劉處玄), 담처단(譚處端), 마옥(馬鈺), 학대통(?大通), 왕처일(王處一), 손불이(孫不二)의 일곱 진인을 가리켜 전진칠자라 하는데, 이중 학대통이란 자가 수행에 영산의 기운을 빌리고자 화산을 찾았다.

그가 화산을 찾아보니 이미 적지 않은 수행자가 화산에 모여 수행을 하고 있었다. 그가 수행지로 점찍은 연화봉에도 하나의 도관이 자리하고 있었고, 그곳에서 학대통은 하나의 진경(眞經)을 얻게 되었다. 그것이 바로 화산파의 시조라 불리우는 진단(陳摶), 즉 부요자(扶搖子)가 저술한 무극도(無極圖)였으니, 훗날 무림의 개세신공(蓋世神功)인 자하신공의 모체가 되었고, 무림의 거대 문파인 화산파의 시작이 되었다.

화산은 산 전체가 백색의 화강암으로 이루어진 산이고, 화산파가 자리한 연화봉 역시 기암괴석들로 이루어진 돌산이다.

상청궁은 그런 연화봉의 암벽을 등지고 세워진 건물로, 뒤로는 수행자들이 기거하는 수십 개의 동혈과 아래로는 수백 개의 도관을 굽어보는 북파도문(北派道門)의 수장인 천주궁파(天柱宮派)를 대표하는 거각(巨閣)이었다.

천하에 알려진 거대 무림문파로서의 화산파는 바로 천주궁파와 그에 동조하는 몇몇 교파를 통틀어 지칭하는 것이다.

당금의 화산파는 무림에서의 입지는 물론 천하에 교세를 확장하기 위해 동분서주하고 있었다. 하나 도문일세로서의 주도권을 잡기 위해서는 필연적으로 무당과 청성이라는 경쟁자들을 물리쳐야 했고, 이러한 상황에 등장한 자하신검이 그 때를 앞당길 수 있는 중요한 열쇠라는 것에 반대할 화산문하는 없었다.

하지만 그러한 화산의 입장에 모든 이가 동조하는 것은 아니었으니, 상청궁을 나와 자신의 처소로 돌아온 상현 진인도 화산의 무림 행보에 회의적인 인물 중 하나였다.

"후… 사형들이 저리도 자하신검에 매달리고 있으니 자하신검을 얻는다 하여도 걱정이구나……."

화산 팔장로 중 여섯째인 상현 진인은 상청궁에서 있었던 회의 내내 침묵하고 있었다. 다른 사형제들이 자하신검을 찾는 것에 아무런 이의가 없기에 암묵적인 긍정을 나타내는 침묵을 하였다면, 상현 진인은 그와는 반대의 생각을 가지고 있었기에 침묵하고 있었던 것이다.

　"교세 확장이란 미명으로 감추어져 있는 진실이 무엇인지… 도대체 우리에게 수백 년간 잊고 살았던 무공이 이제 와 무슨 필요가 있는 것인지… 어찌 법기(法器)로서의 검이 아닌 병기(兵器)로서의 검을 얻고자 하는 것인지…….

　상현 진인의 마음은 천근만근 같았다. 화산의 장래를 생각한다면 교세의 확장보다는 천리(天理)를 탐하고, 교리(敎理)를 받드는 데에 힘써야 하거늘…….

　상현 진인의 상념이 이어질 무렵 문을 두드리는 인기척이 들려왔다.

　"누구인가?"

　"장로님, 남천궁(南天宮)의 재희(裁僖)입니다."

　"오… 어서 들어오너라."

　방문이 열리고 들어온 것은 여인이었다. 여인이 방으로 들어오자 한 겹 두꺼운 면사로 얼굴을 반이나 가리고 있음에도, 유등 하나에 의지하던 방 안이 야광주라도 받아들인 듯 환히 밝아질 만큼 보기 드문 미색(美色)을 지닌 여인이었다.

　"제법 밤이 늦었거늘 이 시간엔 어쩐 일인고?"

　"예, 스승님의 전갈을 전해 드리러…….

　한 장의 서찰을 품에서 꺼내는 자태마저 사람을 아찔하게 만들 만큼 고혹적인 것이, 도교의 성지인 화산과는 어울리지 않는 여인이었다.

하지만 그런 그녀를 바라보는 상현 진인의 눈에는 일말의 동요도 보이질 않으니 과연 화산의 장로라 할 만하였다.

"그래, 수고가 많았다."

"예… 그럼……."

공손히 고개 숙여 읍을 하는 여인의 목덜미가 눈부시게 드러났지만 상현 진인은 담담히 고개를 숙일 뿐이었다.

여인이 떠난 후, 상현 진인은 탁자 위에 놓은 서찰은 볼 생각도 안 하고 여인이 나간 방문만을 바라보고 있었다.

'후… 참으로 딱한 아이… 도화살(桃花煞)의 기운이 열 살도 되기 전 나타나 화산에 맡겨진 것이 벌써 십오 년째. 남천문파의 청상 도우가 수십 번에 걸쳐 법술을 펼쳐 보았지만 도화의 기운이 너무나 강성하여 적룡(赤龍:붉은 용, 생리)을 끊는 것 마저 실패한 아이.'

나직한 한숨이 나오는 것이, 이미 오래전부터 환정보뇌(還精補腦)의 비술을 수련하고 있었기에, 환갑을 넘긴 후에는 아예 남성으로서의 구실을 할 수 없을 지경이 된 상현 진인이었건만 그래도 한 점 마음의 동요가 이는 것까지는 어쩔 수 없었나 보다.

'저 아이의 운명이 화산에서 끝나지 않음은 청상 도우와 나만이 알고 있음이지만, 언제까지 얼굴에 한 겹 면사를 두르고 야행만을 해야 하는 삶을 살아야 하는지…….'

제아무리 도교의 성지라 하여도 남자와 여자가 이끌리는 것은 하늘이 정한 순리이기에, 사람들의 이목이 따르지 않는 밤에만 외출이 허용되었다. 그나마 다행이라면 다행일까, 외부로 뿜어지는 도화살의 기운은 막지 못했으나 뇌수로 뻗치던 기운은 잡을 수 있었기에 색욕의 노예가 되는 것만은 막을 수 있었다. 게다가 일신의 재간도 비범한 구석이 있어 여도사(女道士)들로만 이루어진 남천문파 안에서도 다섯 손가락 안에 드는 무공까지 소유하고 있었으니, 화산의 산문만 벗어나지 않는다면 아무 문제 될 것이 없을 성싶었다.

고개를 털고 상념에서 벗어난 상현 진인이 서찰을 뜯고 있을 즈음, 도관과 도관 사이를 소리없이 누비며 연화봉 서쪽 끝 자락에 자리한 남천궁으로 향하는 그림자가 있었다.

도관의 벽 그림자 사이를 누비던 그림자가 갑자기 바닥을 차고 솟구쳐 오르더니 삼 장은 될 법한 어떤 나무 위에 소리없이 착지했다.

몸을 웅크리고 있던 그림자가 서서히 구부렸던 허리를 펴며 나무 위에서 신형을 바로 하였고, 화산을 비추던 만월을 말없이 바라보다가 늘어뜨리고 있던 손을 얼굴께로 가져가 두꺼운 면사를 걷어내었다.

여인(女人).

만월을 바라보며 서 있는 여인. 새하얀 피부에 깊고 검은 눈동자. 오똑한 콧날과 그 콧날을 타고 내려와 자리한 붉은 주사빛 입술. 혹여 누가 보았다면 월화주(月華珠)를 얻기 위해 나타난 천년호리(千年狐狸)라 착각했을지도 모를 만큼 짙은 색기(色氣)를 뿌리는 매혹적인 여인이었다.

그런 여인의 눈에서 한줄기 눈물이 하얀 볼을 타고 흘러내려 떨어지다 때마침 불어온 바람에 실려 허공을 은빛으로 수놓고 있었다.

재희(裁僖).

하염없이 눈물 흘리는 여인. 살(殺)의 기운을 타고나 화산이라는 거
대한 족쇄에 날개가 꺾여 버린 슬프도록 아름다운 여인의 이름은 재희
였다.

第七章

매화검수(梅花劍手)

매화검수

화산의 검,
매화검수……

"허어, 과연 화산이 자리한 곳이라 다르구면……."

"와, 객잔들 좀 보세요! 하월각만한 객잔이 수십 개도 넘겠는데요?"

말없이 걷고 있는 철웅과는 달리 화음현과 같은 큰 마을이 처음인 장 의원과 소아는 한 걸음 뗄 때마다 연신 감탄사를 연발하고 있었다.

철웅 일행이 화음현에 도착한 것은 청수곡을 떠난 지 닷새 만이었다. 포성에서 걸음을 재촉하여 이틀 만에 당도한 것이니, 피로가 이만저만이 아닐 터인데도 일행의 얼굴에는 피로감보다는 화산에 당도하였다는 안도감이 어리고 있었다.

"일단 요기라도 하시면서 앞으로 할 일들을 생각해 보도록 하시죠."

"아무래도 그게 좋겠군."

이철성의 제안에 고개를 끄덕인 장 의원과 일행이 포성과는 비교도 되지 않을 만큼 큰 저잣거리를 지나 들어선 곳은 매향객잔이란 중간 정도 크기의 객잔이었다.

"일단 사야 할 물건이 제법 많아. 작은 움막이라도 만들려면 연장도 필요하고, 겨울날 양식도 좀 구해야 하고… 아니지, 일단 옷부터 사야겠군……."

장 의원의 말마따나, 일행의 몰골은 말이 아니었다. 제대로 씻지도 못한 채 근 닷새를 옷 한 벌로 버티고 있었으니 며칠만 더 지난다면 구걸을 해도 쉬이 구리돈을 얻을 수 있겠다 싶을 정도였다.

"일단 장제(張弟)에게 은자가 있으니 돈 걱정은 안 해도 될 것 같고… 오늘은 서둘러 물건부터 구해보고, 내일 떠나는 것으로 하는 게 좋을 듯하군."

"형님이 옷가지와 생필품을 구하도록 하십시오. 저는 연장과 양식을 구해오겠습니다."

"그러세. 내가 소아랑 같이 갈 터이니 자네는 이 공자와 함께 가도록 하게나."

이런 논의에서 소소는 항상 거론되지 않았으나 소소를 책임지는 것은 당연히 철웅의 몫이란 것을 일행 모두 알고 있었고, 그것을 이상히 여기는 사람도 없었다.

"그나저나 새로이 집을 짓는다 하더라도 보름은 걸릴 터인데, 그동안은 어디에 묵으실 작정이십니까?"

이철성의 질문에 장 의원도 생각해 둔 바가 없었는지, 잠시 고민하는 눈치였다.

"글쎄. 보름까진 걸리지 않더라도 얼마간은 다른 곳에서 유숙해야 하는데, 아무래도 객잔밖에는 딱히 다른 방법이 떠오르질 않는구먼."

장 의원의 대답에 이철성이 조심스레 말문을 열었다.

"음… 다른 뜻으로 드리는 말씀은 아닙니다만 화산에 잠시 기거하심이 어떻겠습니까?"

"음? 화산파를 말하는 겐가?"

일전에 한 번 데인 적이 있는 이철성이었기에 말이 조심스러울 수밖에 없었고, 그런 이철성의 모습에 장 의원도 조금은 미안한 마음이 들었는지라 부드럽게 말했다.

"장 소저의 병세도 있고, 집을 지을 동안 마을까지 오르락내리락하는 것도 제법 번거로우실 겁니다. 그리고 화산파를 찾아 장 소저의 병세에 관한 도움을 받기로 하였으니……."

"음… 그도 그렇긴 한데… 괜한 폐를 끼치는 것 같아서……."

"하하, 폐라니요. 천하에 문호를 개방하고 있는 도문(道門)에 사람들이 찾는 것을 어찌 폐라 할 수 있겠습니까?"

이철성이 내놓은 제안은 일행에게 있어 참으로 다행인 제안이었다. 화산 어디에 집을 짓게 될지는 몰라도, 마을까지 오가는 수고보다야 화산파를 오가는 수고가 덜할 것이다.

"그렇게 하시지요. 제가 보기에도 가장 좋은 방법인 듯싶습니다."

"그럼, 그렇게 할까?"

내심 걱정스럽던 철웅까지 찬성하였으니 결정된 것이나 다름없었다.

화산에 여장을 풀기 전 살림에 필요한 물건을 사서 산을 오르는 것이 두 번 수고를 하지 않는 길이었기에, 간단한 요기를 마친 일행은 각자 맡은 물건들을 구하기 위해 저잣거리로 나섰다.

과연 대화산파가 자리한 곳이라 그런지, 겨울바람이 제법 찬데도 화음의 저잣거리는 오가는 사람들로 북적거리고 있었고, 진기한 물건들이 상점마다 가득했다.

철웅은 한 손으로 소소의 손을 꼭 잡은 채 저자를 돌다 등짐을 질 수 있는 지게를 두 개 사 하나는 어깨에 메고, 하나는 들고서는 양식을 구하기 위해 발걸음을 옮겼다.

"선배님, 지게 하나는 저를 주십시오."

이철성이 자신에게 지게를 주지 않고 손에 들고 가는 철웅의 앞을 황급히 막으며 말했고, 그 모습을 본 철웅은 가만히 미소 지으며 고개를 저었다.

"이곳은 화산의 그늘이라 하지 않았던가? 혹여 자네를 알아보는 사람이라도 있으면 어쩌하나."

"하하, 허명뿐인 무사가 지게 좀 지는 것이 뭐가 대수이겠습니까. 게다가 선배님께서 지게를 지시는데 어찌 제가 두 손 놓고 볼 수만 있겠습니까. 어서 이리 주십시오."

이철성은 빼앗다시피 철웅의 손에 들린 지게를 받아 자신의 어깨에 걸쳤다. 철웅은 그런 이철성의 모습이 제법 대견하다는 듯한 미소를 짓고는 소소의 손을 잡고 발걸음을 옮겼다.

섬서에서 제법 이름이 나 있는 무림문파의 대제자가, 그것도 본산 화산파가 자리한 화음에서 일개 평민들이나 질 법한 지게를 지고 있는 모습은 그리 보기 좋은 것은 아니었다. 하지만 이철성에게 있어 장철웅은 일개 평민일 수 없었고, 그런 그가 지는 지게를 자신이라고 못 질 이유가 없다 생각한 행동이었으니, 철웅을 생각하는 이철성의 마음이 어떠한지 알 수 있었다.

두 사람은 지게를 나란히 지고 저자를 돌며, 양식과 같은 물건들을 사 지게에 싣고는 저자의 이곳저곳을 둘러보고 있었다. 그런 철웅이 발걸음을 멈춘 곳은 백가철기점(白家鐵器店)이란 제법 큰 대장간이었다.

한쪽에 진열된 물건 중 필요한 연장 몇 가지를 고르던 철웅이 점포 안쪽에 진열된 병기들을 보곤 그곳으로 다가갔다. 마침 자리에 앉아 병기들을 손질하던 주인이 철웅을 보며 다가와 호객을 하기 시작했다.

"이 물건은 천 번 이상 담금질한 백련정강으로 웬만한 무기로는 감히 대적할 수가 없고, 또 이것은……."

천 번까지는 아니더라도 제법 단단해 보이는 철검들을 설명하던 주인은 철웅이 검이 아닌 곤과 봉이 있는 쪽을 바라보자 다시금 설명을 하기 시작했다.

"이 녀석은 현철이 한 냥 이상 들어간 철곤으로 강도는 도검에 필적하고, 탄력도 있어 잘 부러지지 않고 휘어버리지도 않는……."

열띤 설명을 듣는지 마는지 이것저것을 살펴보던 철웅의 눈에 들어온 것은 한쪽 구석에 세워진 채 먼지가 수북이 내려앉아 있던 검은색의 긴 철봉이었다. 주인은 속으로 혀를 차곤 철웅이 바라보는 철봉을 꺼내어 손으로 스윽 닦아 먼지를 털어내곤 또다시 설명을 하기 시작했다.

"이놈은… 음… 이게 언제 들어온 것이지?"

주인도 연원을 잘 모르는 물건인 듯 머리를 긁으며 기억해 내려 애쓰고 있었지만, 벌써 삼대(三代)를 내려오는 철기점이었기에 수천 개에 달하는 물건의 연원을 모두 기억하기란 거의 불가능한 일이었다. 그런 주인의 고심까지 신경 쓸 이유가 없던 철웅은 주인에게서 철봉을 건네받곤 이리저리 꼼꼼히 살피기 시작했다.

자신이 기억도 못할 만큼 수북이 먼지가 쌓였던 물건을 세심히 살피는 철웅의 모습에 주인은 쾌재를 불렀다.

"헤헤, 이 물건이 마음에 드시나 보군요. 무게도 그다지 무겁지 않고, 휘어짐도 좋은 괜찮은 물건이지만, 제가 특별히 선심을 써서 손님께만 싸게 드리도록 하지요. 딱, 이백 냥에 넘겨 드리리다."

이백 냥이란 주인의 말에 철웅이 어이가 없다는 듯한 눈빛으로 바라보자 주인은 내심 움찔하고는 말을 이었다. 연원도 모르는 물건 값으로는 조금 과하게 불렀다는 것을 내심 인정한다는 듯이…….

"…하지만 손님이 이 물건과 너무나 잘 어울리는 듯하니 백오십 냥까지는 깎아드리도록 하지요. 그 이하로는 밑지는 장사이니……."

하지만 철웅의 눈은 여전히 주인의 얼굴에서 떨어지지 않고 있었고, 이내 철봉을 내려놓고는 걸음을 옮기려 하고 있었다.

"아니, 저 손님… 좋습니다. 백 냥에 드릴 테니……."

"……."

아무 말 없이 품에서 꺼낸 철웅의 손 위에 놓여져 있던 것은 한 냥짜리 구리돈 쉰 개가 전부였다.

"이……."

"이것도 많소."

철웅과 눈싸움이라도 하려는 듯 사납게 노려보던 주인이었지만, 철웅의 손가락이 구부려지려 하자 잽싸게 돈을 낚아채 버렸다.

"얼른 가지고 가슈."

쾅 소리가 나도록 문을 닫으며 철기점 안으로 사라진 주인을 바라보다 이내 걸음을 돌려 이철성이 있는 쪽으로 다가갔다. 그리고 이철성과 함께 있던 철기점의 점원에게 연장 값을 지불하곤 철기점을 나왔다.

"히히… 멍청한 놈. 저리 가벼운 것을 보면 나무를 깎아 만든 봉에 철편(鐵片)을 넓게 두른 것일 테니, 잘해봐야 스무 냥짜리다. 이백 냥짜리 물건을 오십 냥에 샀다 여기고 좋아하시게. 히히히."

멀어지는 철웅을 바라보며 웃고 있는 철기점 주인이었지만, 철기점이 보이지 않을 만큼 걸어가던 철웅이 한 말을 들으면 게거품을 물고 쓰러졌을 것이다.

"장 선배님, 창대를 구하신 겁니까?"

"음? 어, 그렇네."

"음… 얼핏 듣자 하니 오십 냥이나 주셨다고 하던데… 그만한 가치는 없어 보입니다만……."

"하하하!"

갑자기 고개까지 들며 크게 웃는 모습에 놀란 이철성이 철웅의 얼굴을 빤히 바라보았다. 그러나 철웅이 철봉의 몇 군데를 누르고 잡아 빼자 순식간에 삼절곤이 되는 모습에 이철성은 감탄을 하고 말았다.

"아니? 전혀 이음새가 보이질 않았는데……."

"허허허. 이건 분명 운남에서 난다는 오철(烏鐵)일세. 단단하기로 따지면 백련정강보다야 덜하겠지만, 가볍기가 일반 철의 삼분지 이 정도 밖에 안 되니, 창과 같은 장병기에 쓰이는 철 중에서는 최고로 치지. 하지만 나도 창대 전체를 오철로 만든 것은 오늘 처음 봤다네. 그마만큼 값도 비싸고, 구하기도 어렵고… 거기다 삼절곤으로 만든 기술이 참 대단하다네. 나 역시도 처음에는 이것이 삼절곤인 것을 몰라볼 뻔 했으니……."

"오호… 그럼 대체 얼마나…?"

"글쎄… 예전에 오철로 만든 제미곤 한 쌍을 은자 한 냥에 파는 것을 보았네. 그러니 그보다야 더하겠지."

"예? 은자 한 냥이면… 거의 구리돈 이천 냥 아닙니까?! 그것보다 훨씬 귀한 물건을 오십 냥에… 횡재를 하셨군요."

"허허. 듣고 보니 아까 그 철기점 주인에게 좀 미안하구먼… 허허 허."

오랜만에 기분 좋은 웃음을 짓고는 두 자 길이로 줄어든 삼절곤을 봇짐 속에 잘 갈무리하고 일행이 기다리는 객잔으로 향하는 철웅이었다.

그렇게 얼마를 걸었을까. 철웅은 한쪽 팔이 무거워진다 느끼고는 발걸음을 멈추었다. 고개를 돌려 보니 자신의 손을 꼭 붙들고 있는 채로 소소가 걸음을 멈추고 무엇인가를 빤히 바라보고 있었다. 무슨 일인가 싶어 소소의 시선을 따라가던 철웅은 입에 옅은 미소를 띤 채 소소와 함께 그곳으로 발걸음을 옮겼다.

나비, 봉황, 꽃… 색색가지로 화려하게 만들어진 노리개를 팔던 노파는 다가오는 소소와 철웅을 보고는 미소를 지으며 반기고 있었다.

"어서 오거라, 아가야. 한 번 구경해 보렴."

소소는 그 자리에 쭈그리고 앉아 바닥에 널려 있는 노리개들을 천천히 구경하기 시작했고, 그런 소소의 행동이 신기했는지 철웅과 이철성은 마주 보며 놀라워했다.

마을을 떠난 이후 한 번도 이런 일이 없었다. 항상 이끄는 대로 말없이 따라오던 소소였기에, 철웅과 이철성은 그런 소소의 모습을 유심히 바라보고 있었다.

표정없는 아이.

알록달록한 노리개들을 손 위에 올려놓아 보기도 하고, 햇빛에 비추어보기도 하고, 여느 여자 아이들과 다를 바 없이 행동하곤 있었지만 그런 소소의 얼굴에는 기쁨이나 즐거움 같은 표정은 떠오르지 않고 있었다. 그러던 어느 한순간, 소소의 어깨가 움찔했다. 그리고……

"꺄~악~!"

물건을 보고 있던 소소가 갑자기 머리를 감싸 쥐고 비명을 지르기 시작했다. 갑자기 내지른 비명에 물건을 팔던 노파는 물론, 뒤에 서 있던 이철성과 철웅도 놀라 당황하였으나 소소의 비명은 멈출 줄을 몰랐다.

"꺄~아~꺄~!"

마치 짐승의 울부짖음과도 흡사한 비명에 어리둥절해 있는 사이, 철웅이 두 팔로 소소를 감싸 안고는 조용히 속삭였다.

"괜찮아… 괜찮아……."

다독이는 철웅의 품속에서도 소소의 비명은 끊이질 않았고, 무슨 일인가 싶어 몰려드는 사람들을 바라보곤 어쩔 줄 몰라 하는 이철성이었다. 모르는 이가 보면 이상한 오해를 하기 딱 좋은 상황이었으니…….
하지만 철웅이 잠시 후 내뱉은 한마디에 소소의 비명은 거짓말처럼 멈추어 버렸다.

"이젠… 춥지 않아……."

"……."

그리고 잠잠해진 소소를 토닥이며 내려다보니 소소의 손가락 끝에서 피가 흐르고 있었다. 노리개의 날카로운 곳에 찔려 피가 흐른 모양이었다. 철웅은 눈을 질끈 감아버렸다. 소소의 마음을 닫아버린 것이 다름 아닌 피였다면 자신도 그 책임을 피할 순 없으리라.

철웅은 자신의 손으로 상처난 손가락을 감싸 쥐곤 천천히 일어났다. 잔떨림이 멈추질 않는 소소였지만 자신을 감싸고 있던 철웅의 온기에 조금은 진정이 된 듯 떨림도 잦아들고 있었고, 힘들지 않게 철웅의 손을 따라 몸을 일으키고 있었다.

갑자기 벌어진 이 이상한 상황에 사람들이 웅성이고 있었으나 철웅은 그런 사람들에 개의치 않고 자리를 벗어나려 하였다. 그런 철웅 일행을 가로막는 사람들이 나타난 건 모여든 사람들을 거의 다 빠져나왔을 무렵이었다.

"멈춰라!"

하나같이 허리에 검을 차고 있는 네 명의 청년이 철웅의 앞길을 막았다. 철웅은 무슨 일인가 싶어 그들을 바라보았지만, 그들의 입에서 나온 황당무계한 이야기에 자신의 귀를 의심해야 했다.

"백주대낮에 여인을 희롱하고, 어디로 끌고 가는 것이냐! 당장 그 여인을 놓아주고 내 칼을 받아라!"

장철웅과 이철성은 눈앞의 청년이 무슨 소리를 하는 것인지 일순 당황하였으나 이내 대강의 상황을 짐작할 수 있었다.

저자에서 여인이 비명을 지르고, 비명을 지르던 여인을 조용히 시킨 후 여인을 데리고 자리를 떠나는 두 남자. 이해는 가는 상황이었지만, 사실과는 전혀 다르니 소소를 놓아주고 저 청년의 칼을 받는 짓 따윈 생각할 수 없었다.

"오해가 있었소. 나는 이 아이의 동행이오."

"그런 뻔한 수작으로 이 자리를 모면하려 하다니, 감히 대화산파를 능멸하려는 것이냐!"

무엇이 대화산파를 능멸하는 것인지는 모르겠지만, 점잖은 철웅의 이야기가 귀로 들어가지는 않았던 듯 청년들은 금세라도 검을 뽑아 들 기세였다. 상황이 이상하게 돌아감을 느낀 이철성이 사태를 수습하기 위해 급히 한발 나서며 말했다.

"나는 태진문의 이철성이란 사람이오. 나 역시 여기 이분들과 동행이고, 이분들에게 아무 일도 없었음을 내가 보증하겠으니, 이 이모(李某)의 얼굴을 보아서 그만 길을 비켜주시오."

"태진문? 호오… 어찌 태진문의 제자가 저런 색한을 싸고 도는 것이오? 우리가 두 눈으로 똑똑히 보았는데, 어찌 거짓을 늘어놓는단 말이오! 게다가 당신이 태진문의 문도란 증거가 어디 있단 말이오. 오히려 당신도 저자와 한패가 아닌지 의심스럽소!"

이십대 중후반으로 보이는 세 명의 청년 중 양쪽에 있던 청년들은 태진문이란 이름에 한발 물러서는 것도 같았지만, 가운데 서 있던 곱상하게 생긴 청년만은 거의 억지라고 해도 좋을 만큼 철웅을 색한이라 단정 짓고 있었다.

물론 악다구니를 쓰고 있는 청년이 저잣거리에서 우연히 본 소소에게 반하여 친구들이 눈치 채지 못하게 이끌며, 그녀의 뒤를 쫓고 있었다는 것은 천하에 자신만이 아는 일이었다.

"어서 그 여인을 놓지 못할까!"

철웅과 이철성이 아무런 반응이 없자 느닷없이 검을 뽑아 들곤 철웅을 향해 달려드는 청년이었다. 철웅의 눈에서 불꽃이 튄다 느낀 것은 검이 거의 자신의 앞까지 쇄도했을 때였다.

파~박!!

"윽!!"

멍청히 친우의 쇄도를 바라보던 화산파의 두 청년은 눈앞에 벌어진 상황에 얼이 나가 버린 상태였다.

청년의 검이 철웅의 목전으로 쇄도하자 철웅은 소소를 안은 채 몸을 빙글 돌려 검을 자신의 앞으로 흘린 후 회전하던 그대로 오른 다리를 들어 올려 청년의 어깨를 내려 찍어 버린 것이었다.

청년은 어깨를 가격당해 꼴사납게 나가떨어져 버렸고, 그가 휘두르던 검은 손에서 빠져나가 저만치 떨어져 있었다.

"이, 이… 헉!"

넘어져 있던 청년이 이를 악다물고 인상을 쓰며 일어나려던 순간, 철웅의 발이 목전을 눌러버려 청년은 얼굴이 벌게진 채 가빠오는 숨을 쉬기 위해 몸을 이리저리 흔들고 있었다.

"나와 이 아이는 분명 동행이다. 네가 믿든 안 믿든……. 단, 다시

한 번 검을 휘두른다면…그땐 용서하지 않는다."

나지막이 들리는 철웅의 목소리에 바닥에 누워 숨을 헉헉대던 청년의 얼굴은 하얗게 질려 버리고 말았다.

얼굴이 질리거나 말거나 더 이상 아무런 신경도 쓰지 않겠다는 듯 발을 떼고는 소소와 함께 떠나는 철웅이었다. 남아 있던 두 청년은 감히 철웅을 막을 생각도 못하고, 누워 있던 동료에게 달려가 그를 부축하였다.

화산파란 이름에도 아무런 감흥이 없는 듯 행동하는 철웅의 모습에 고개를 살래살래 흔들던 이철성도 결국 철웅의 뒤를 따라 걸음을 옮기고 있었다.

'휴우. 당장 화산에 올라가 청을 넣어야 하는 판국에 화산의 제자를 상하게 하였으니… 그나마 아직 젊은 삼대제자들인 것 같고, 피를 본 자가 없으니 천만다행이긴 하지만……'

하지만 이철성의 그런 마음은 채 일 다경도 지나지 않아 부질없는 일이 되어버렸으니…….

일행과 다시 만나기로 한 매향객잔이 조금씩 보이려 하는 저자를 지날 즈음, 사람들을 헤치며 나온 다섯 사람이 철웅 일행의 앞을 가로막았다.

이철성은 앞을 막아선 사람들 중 세 사람이 아까의 그 화산파 제자들인 것을 알고 머리를 짚었다. 앙심을 품고 쫓아온 것이리라. 하지만 머리에서 손을 떼고 다시금 전면을 바라보던 이철성의 얼굴이 굳어가기 시작했다.

'매… 매화검수(梅花劍手)?'

그자의 소매에 수놓인 것은 분명 매화검수를 나타내는 네 송이의 매화 문양이었다. 이철성은 가만히 시선을 옮겨 그의 얼굴을 바라보았다.

삼십대 중반의 사내. 날카롭게 빛나는 눈빛과 당당히 서 있는 자세 하나만으로도 그가 매검수임을 인정하지 않을 수 없을 만큼 기도가 출중한 사내였다. 화산의 검, 매화검수…….

그리고 그 사내의 입에서 들려온 한마디에 이철성은 이를 악 물고 말았다.

"화산파를 능멸하였다 들었소. 부디 책임질 수 있기를 바라오."

『노병귀환』 2권에 계속…

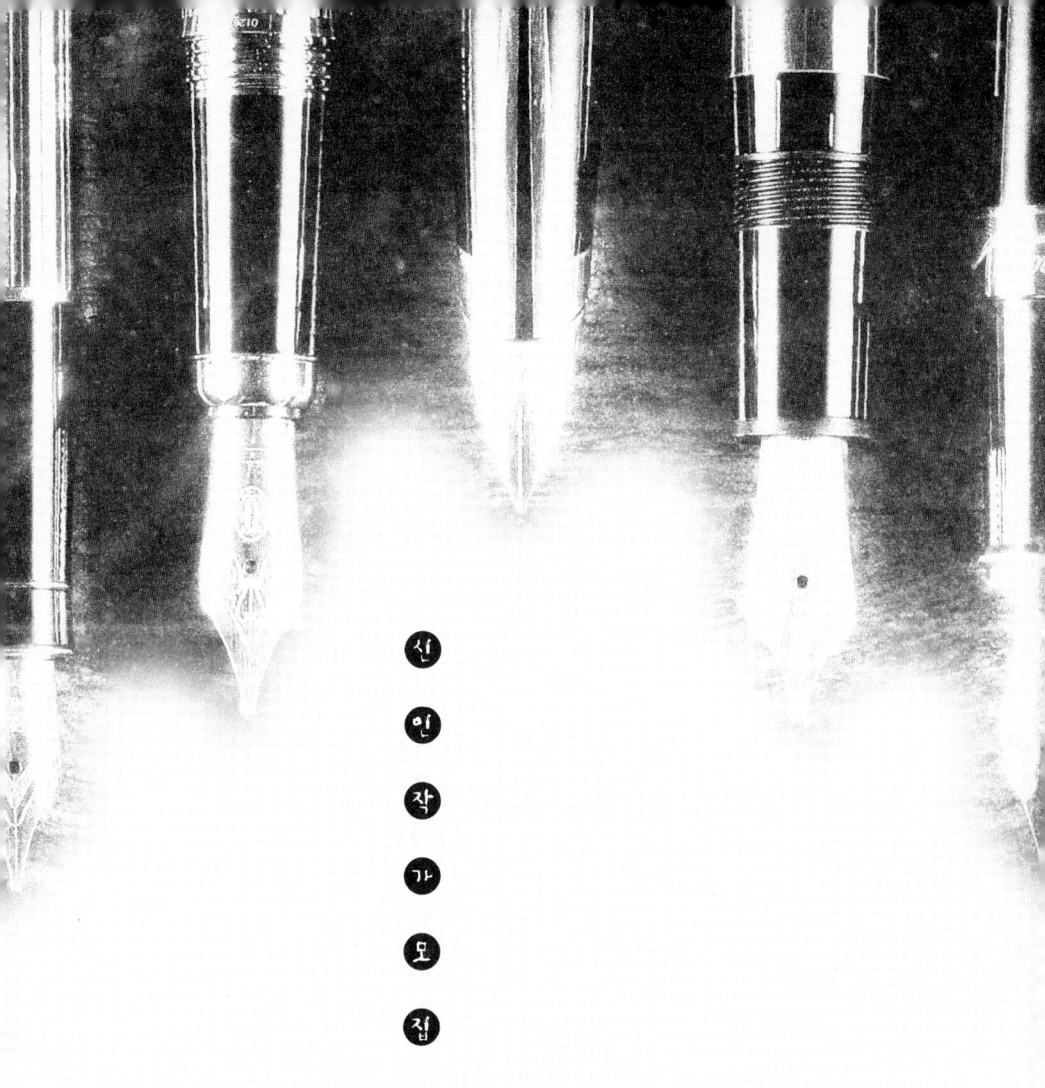

신 인 작 가 모 집

시작이 반이라고 했습니다.
작가의 길에 대한 보이지 않는 벽을 과감히 깨뜨리십시오!
청어람은 작가 지망생 여러분들의
멋진 방향타가 되어드리겠습니다.

저희 도서출판 청어람에서는
소설 신인 작가분들을 모집합니다.
판타지와 무협을 사랑하시는 분들의 많은 참여를 바랍니다.
소정의 원고(A4용지 150매)를 메일이나 우편으로 보내주시면
검토 후 출판 여부를 알려드리겠습니다.

주소:경기도 부천시 원미구 심곡1동 350-1 남성B/D 3F 우편번호420-011
TEL:032-656-4452 · **FAX**:032-656-4453
http://www.chungeoram.com
e-mail:chungeoram@chungeoram.com